잠들지 못하는 숲의 신부

잠들지 못하는 숲의 신부~서큐버스의 저주~

초판 1쇄 찍은 날 | 2015년 4월 1일
초판 1쇄 펴낸 날 | 2015년 4월 10일

지은이 | 휴가 유키
그린이 | 아라라기 소우시
옮긴이 | 지수
펴낸이 | 예경원

편집책임 | 박우진
편집 | 오아현

펴낸곳 | 예원북스
등록번호 | 제396-2012-000132호
등록일자 | 2012. 7. 25
YRN | 제5-0003호

주소 | 경기도 고양시 일산동구 무궁화로 8-28 삼성메르헨하우스 712호 (우) 410-837
전화 | 031-819-9431 팩스 | 031-817-9432
http://blog.naver.com/ainandfin
E-mail | ainandfin@naver.com

ISBN 979-11-5630-538-5 03830

※ 이 도서의 국립중앙도서관 출판시도서목록(CIP)은 서지정보유통지원시스템 홈페이지(http://seoji.nl.go.kr)와 국가자료공동목록시스템(http://www.nl.go.kr/kolisnet)에서 이용하실 수 있습니다.

잠들지 못하는
숲의 신부
서큐버스의 저주
휴가유키 글
아라라기 소우시 그림
지수 옮김

음마(淫魔) 서큐버스
마성의 아름다움을 지니며 북쪽
마경에서 살고 있다.
에르비스에게 저주를 건 자.
아라
서쪽 대국의 제2왕자.
바람기가 있으며,
하렘을 가지고 있다는 소문이다.

폴테스
에르비스의 집사 겸 주치의.
쿨한 냉소주의자.
에르비스를 지켜보겠다고 한 것이,
언제부턴가 그녀의 남편 찾기에
화가 나기 시작하는데…….
에르비스
쾌활한 말괄량이 공주님.
성년 생일날까지 결혼하여 그때부터
매일 동침하지 않으면 호흡이 끊기는
서큐버스의 저주를 받았다.
잠들지 못하는
숲의 신부
등장인물 소개

프롤로그
서큐버스의 음란한 저주

그곳은 대륙의 가장 동쪽에 위치한 푸르른 땅이었다.

대륙 안에서도 가장 빨리 아침이 밝아오는 곳이기에 '시작의 땅' 이라고도 불렸다.

머나먼 옛날 그 땅에 '새벽의 기사' 라 불리는 영웅을 중심으로 사람들이 모여 마을을 세웠다.

마을은 시간이 흘러 도시가 되고, 도시는 국가가 되어 현재의 솔 오리엔스—'동쪽 태양' 이라 불리는 큰 나라가 되었다.

나라를 통치하는 자는 '새벽의 기사' 가 남긴 자손의 일족.

언제부턴가 사람들에게 '왕' 이라 불리게 된 일족은 솔 오리엔스 왕족으로 번영하여, 지금에 이르렀다.

부지런하고 용감하며 현명한 지도자의 모습을 유지하며, 국가와 국민의 평화를 확고히 지켜 나가, 언젠가부터 대륙에 펼쳐진 무수한 나라에까지 영향을 미치는 나라의 왕가가 되었다.

아름다운 숲과 번성한 성 아래 마을을 둘러싼 백악의 성은 무엇보다도 그 번성을 상징하고 있었다.

"어머, 정말 예쁜 공주네요."

"살결은 하얗고, 머리칼은 푹신하고 부드러운 적갈색으로 반짝이네요. 둥근 눈동자도 마치 호박색 캔디 같고요."

그중에서도 이제 막 약관이 지난 나이에 25대 국왕이 된 볼그 사비오 솔 오리엔스는 역대 왕 중에서도 가장 젊고 용맹하며 지혜로운 왕이었다.

소년 시절부터 새벽의 기사를 연상시키는 선명한 눈빛이 돋보이는 단정한 얼굴에, 연갈색의 머리칼이 무척 아름다운 남자였기에, 그의 아내, 솔 오리엔스의 왕비가 되길 바라는 동년배 영애들이 끊이지 않았다. 그 인기는 국내뿐만 아니라 대륙으로 퍼져 나가 왕족과 대귀족의 영애들이라면 누구든지, 부모를 통해서라도 알현하기를 원할 정도였다.

또한 부모들 역시 어마어마한 공물을 준비하여 어떻게든 자신의 딸을 왕후로 앉히기 위해 앞을 다투고 있었다.

하지만 볼그 사비오가 선택한 여인은, 왕위를 잇기 전 떠난 여행길에서 만난 남쪽 작은 나라의 귀족 집안 영애 신시아였다. 그녀는 비록 신분은 낮았지만, 유서 깊은 가문에서 엄격한 양친의 손에서 자란 아가씨였다.

청초하고 귀여우며, 유려하고 기품 넘치는 몸가짐을 지닌, 볼그 사비오가 한 눈에 사랑에 빠져 뺨을 붉혔다고 해도 누구 한 사람 의심하지 않을 미인이었다.

역시 새벽의 왕자 볼그 사비오. 하늘에게 하사받은 눈으로 찾아낸 것이겠지만, 이 얼마나 빈틈없는 분인가— 하고 감탄할 정도로, 솔 오리엔스 사람들은 하루라도 빨리 자랑스러운 왕자님에게 시집올 신부를 바라며 그 혼인날을 애타게 기다리고 있었다.

"거기다 전혀 겁먹지 않고 있어. 나라에서 제일 엄격하다는 루프스 대신 앞에서도 저렇게 미소 짓고 계셔. 참으로 믿음직한 공주로다. 그야말로 새벽의 왕의 후예, 새벽의 왕녀님이로군."

"엄격?! 하다못해 수완가라고 말하지 못할까!"

"이거, 실례했습니다."

"어머, 루프스님도 참."

그렇게 해서 볼그 루프스 사비오가 거국적으로 남쪽 나라에서 신시아를 데려온 것은 지금으로부터 일 년 전 겨울. 전 국왕의 갑작스런 죽음으로 인해 혼인 예정이 일 년 미뤄지게 되었지만, 그럼에도 대관식을 마치고 돌아가신 아버지의 상을 치른 뒤, 볼그 사비오가 이십일 세가 되던 생일날, 무사히 결혼식을 올리게 되었다.

이십이 세가 되던 해에는 자신의 아이까지 얻게 되어 볼그 사비오는 행복의 절정에 달해 있었다.

"꺄아~ 꺄아~"

왕가의 첫째로 태어난 아이는 여자였지만 별다른 사정이 생기지 않는 한, 첫째가 왕위를 계승한다는 규칙이 존재하는 솔 오리엔스에 있어서는 아무런 문제가 없었다.

거기에다 신시아의 미모를 그대로 가지고 태어난 아름다운 아이의 출생은, 성안뿐만 아니라 온 나라에서 환호 받았다.

"오오, 또 웃었어. 마치 우리가 주고받는 말을 모두 이해하고 계신 듯하군."

"분명 우리 폐하의 현명함을 물려받아 태어나신 게 틀림없어."

"그거 정말 근사하네요. 왕비님의 아름다움만이 아니라 폐하의 현명함마저 물려받으시다니. 에르비스님은 그 이름처럼 솔 오리엔스의 희망 그 자체예요."

언젠가는 다른 나라의 훌륭한 왕자를 사위로 맞이해 솔 오리엔스의 여왕이 될 소녀.

볼그 사비오는 누가 봐도 한눈에 반해 버릴 듯 사랑스러운 딸아이에게, 나라의 앞날을 맡기고자 하는 의미를 담아 '에르비스' 라고 이름 지었다.

동쪽 태양이 트는 곳에서 태어난 우아하고 아름다운 희망, 에르비스 그라시오조 솔 오리엔스.

그녀는 새벽의 왕인 볼그 사비오의 눈으로 봐도, 틀림없이 태어날 때부터 가장 뛰어났던 영웅, 새벽의 기사의 후예로서 그 피를 충실히 이어받은 존재감을 가진 소녀였다.

"으음, 하나도 나무랄 데 없는 아씨로구먼. 역시나 내가 어렸을 적부터 길러온 볼그 사비오님의 아이로다. 그렇다 치더라도, 귀엽구먼. 눈에 넣어도 아프지 않다는 건 바로 이런 것일 테지."

그런 만큼, 설마 이런 불행이 찾아올 것이라 그 누가 예상했을까?

그 일은 잠시, 아주 잠시 볼그 사비오가 새로이 축하를 위해 찾아온 손님들을 맞이하러, 아내와 갓 태어난 사랑스런 딸아이의 곁을 떠나 있었을 때 일어났다.

"어머, 불쌍해. 사람이 어떤 결함도 없이 태어나다니. 이 이상 불행한 일도 없어요. 완벽한 존재란 신에게의 반역. 사람이 사람으로 존재하기 위해서라도, 하나둘쯤의 미흡함이 없어선 안 된답니다."

밖에는 눈이 내리고 있었다. 테라스로의 문이 갑자기 열리며 고혹적인 목소리가 울려 퍼졌다.

"누구냐?!"

그곳에 있던 사람은 신시아와 에르비스, 그리고 가신 몇 명과 다른 나라에서 온 손님 몇 명.

한정된 사람만이 모여 있는 객실의 테라스에서 갑자기 모습을 드러낸 이는, 칠흑의 머리칼과 눈동자, 그리고 칠흑의 드레스와 코트로 몸을 감싼 요염한 미녀였다.

"정말 아름다운 여자다."

"혼을 빼겨 버릴 정도야."

어둠을 휘감은 듯한 모습 속에 드러난 새하얀 살결과 진홍의 입술이 상당히 요염해 보인다.

그 보기 드문 미모 앞에서 나이 든 남자고 젊은 남자고 할 거 없이 단숨에 마음을 빼앗겨 버렸다.

"조심해. 저 마성의 아름다움, 분명 서큐버스야."

"서큐버스? 그렇다면 저게 북쪽의 마경에 사는 여신이란 말인가……."

"무슨 소리야. 저건 여신 같은 게 아냐. 마녀다. 그것도 남자를 눕혀 놓고 악몽을 꾸게 만드는 사악한 음마(淫魔)라고!"

개중엔 두려움에 떨며 험한 욕을 퍼붓는 이도 있었다. 그러나 다른 나라에서 온 그 남자에게 서큐버스라고 불린 미녀는 입꼬리를 올리며 큭큭 웃었다.

"어머, 실례네. 나의 아름다움에 한번 굴복했던 남자가 무슨 말을 하나 싶었더니……."

"으읏."

"뭐, 뭐라고!! 어떻게 된 거야, 당신?!"

"그건……."

서큐버스가 뱉어낸 의미심장한 말에 반응한 아내의 추궁에, 남자는 입을 다물었다.

"밤마다 나의 꿈을 꾸면 천국으로 날아가 버리죠. 이미 아내와는 도달할 수 없게 된 쾌감의 세계로. 단지 그것뿐이랍니다."

"다, 당신!!"

"히이익!"

입장이 난처해졌는지 남자는 아내에게서 도망치듯 방을 나갔다. 그의 뒷모습을 눈으로 좇으며, 서큐버스는 그저 웃고 있을 뿐이었다.

"후후후, 앗하하하하! 어리석은 남자, 이런 곳에서 나를 매도하니까 그런 꼴을 당하지. 그렇죠, 왕비님?

그렇게 말하며, 마성의 시선을 향한 것은 왕비 신시아였다.

"세레이야. 혹시 당신은 세레이야?"

신시아는 눈썹을 찌푸리며 의아한 듯 물었다.

"이거이거, 청렴결백하고 아름다우신 왕비님, 안녕하신지요? 저는 북쪽 마경에서 살고 있는 여신 서큐버스입니다. 그런 옛날 이름 따윈 잊었답니다."

서큐버스는 한층 더 차가워진 시선으로 신시아를 바라본 뒤, 고개를 돌려 침대에서 잠들어 있는 에르비스를 바라보았다.

"그럼 이곳에는 대체 무엇을 하러 온 거지?"

"당연히 축하를 드리러 왔지요. 솔 오리엔스의 국왕에게 어여쁜 공주님이 태어나셨다는 말을 듣고 이렇게 달려왔답니다. 하지만 이렇게 와서 보니 공주님께서 큰 불행을 짊어지고 태어나실 줄이야……. 정말 놀랍고도 불쌍하군요."

에르비스는 서큐버스를 바라보면서도 천진난만하게 웃고 있었다.

"무슨 소리야? 내 아기가 불행할 리 없어."

신시아는 서큐버스의 시선에서 아기를 가리려는 듯 침대 앞을 가로막고 섰다.

"하지만 이 사랑스런 공주님에겐 아무런 결함이 없잖아요? 여왕님의 아름다움에 국왕 폐하의 지혜. 분명 그뿐만 아니라 성장하시면서 더 많은 혜택을 받게 되겠죠. 하지만 인간으로서 결점도 없다니, 그건 그것대로 불행한 일이에요. 언젠가 누군가에게 질투당하고, 시기 받고, 배신당해, 이 저처럼 북쪽 끝자락에 버려지고 마는 것 같은 처사를 당해, 상처받고 말 거예요."

그렇게 말하며 서큐버스는, 신시아에게 다가가 한 번 더 그녀를 바라보더니 그녀의 새하얀 뺨에 손을 대었다.

"읏!"

신시아는 얼음과도 같은 차가움에 순간 멈칫하며 몸을 틀었다

"그러니까 제가 그렇게 되지 않도록 이 사랑스러운 공주님에게 한 가지 불행을 드리도록 하죠. 멋진 저주를 걸어드릴게요."

"뭐라고……!"

하지만 그 순간 서큐버스는 에르비스의 가슴에 진홍빛으로 물든 손톱을 갖다 대었다. 마치 신시아의 동요를 부추기듯이 붉은 입꼬리를 올리며 더욱 차가운 미소를 띠었다.

"공주님에게 무슨 짓을!"

"읏!!"

순간 가신들이 그녀를 에르비스에게서 떼어 놓기 위해 달려들었지만 서큐버스에게 쏘아보아지자 몸을 움직일 수가 없게 되었다. 바깥의 눈보다도 차갑고 잔혹한 시선에 전신이 얼어붙은 것만 같았다.

"세레이야, 그만둬. 장난은 그 정도로 해둬."

"……이 세상에서 가장 얄밉고도 사악한 여자인 솔 오리엔스의 왕비여, 잘 듣거라. 네 딸아이는 성년을 맞이하는 생일날이 지나도 처녀인 채라면 숨이 끊겨 죽을 것이다. 하지만 그전에 일단 남자와 관계를 가진다면 목숨은 건지겠지만, 그 후에도 매일 밤 관계를 갖지 않으면 숨이 끊겨 죽게 되겠지."

"뭣……."

서큐버스의 입에서 나온 저주에 신시아가 숨을 삼켰다.

"내일의 목숨을 부지하기 위해선 남자를 탐하여 정기를 몸에 취하는 방법밖에 없어. 그렇게 매춘부처럼 매일 밤 날뛰며, 시체가 될 때까지 남자에게 미쳐 계속 남자를 원하게 돼. 정말로 멋진 숙명이지?"

"무슨 짓을!!"

그런 바보 같은, 들어본 적도 없는 저주라고 의심하면서도 유쾌한 듯이 미소 짓는 서큐버스를 보고 있으니 불안감이 복받쳤다.

"후후후. 이렇게나 불쌍한 공주라면, 제아무리 축복받은 환경과 용모, 두뇌를 가지고 있더라도 타인에게 실투를 살 일은 없지. 무엇보다도 너처럼 사악한 여자의 피를 이어받은 딸아이에게는 오히려 기뻐할 만한 숙명으로, 무엇 하나 괴로울 것 없을지도 몰라. 오히려 내가 최고의 선물을 줘버린 건지도 모르겠다만……."

서큐버스가 에르비스의 가슴에서 손을 떼어 부드러운 볼을 한 번 쓰다듬고는 침대에서 멀어졌다.

"그만둬. 장난은 그 정도로 해!! 저주하려면 차라리 나를 저주해! 그 아이에겐 아무런 죄도 없잖아."

"그렇군. 이 공주에겐 아무런 죄가 없지. 서큐버스가 되기 전의 나처럼 말이야."

서큐버스는 돌아보며 증오에 가득 찬 시선을 신시아에게 보냈다.

"세레이야."

"앗하하하! 왕비님, 왜 그런 표정을 하고 있는 거야? 하지만, 울부짖어도 이 저주는 평생 풀리지 않아. 지금이야말로 내가 받은 치욕과 고뇌가 얼마나 큰 것이었는지, 뼈저리게 느끼는 게 좋을 거야."

"그만둬!!"

친히 직접 손을 뻗어 서큐버스에게 애원해도, 그녀는 신시아의 손을 뿌리쳐 냈다.

"네 딸은 한 나라의 공주로서 평생 남자 없이는 살아갈 수 없는 천박한 여자가 되는 거야. 그리고 언젠가는 새로운 서큐버스로 불리고, 멸시받는 가운데 마음을 잃고 북쪽 마경으로 와 음란한 악마로 변하겠지. 아, 기분 좋아!"

서큐버스는 무릎이 꺾인 채 주저앉은 신시아를 내려다보고, 테라스로 이어진 문으로 뛰어들었다.

"세레이야, 세레이야!!"

"울어도 소리쳐도 아름다우신 왕비님. 부디 앞으로도 행복하시길."

바깥에는 눈이 내렸다. 그러나 일 년 중 태반이 눈과 얼음으로 덮인 북쪽 끝에서 왔을 서큐버스에게는, 밖의 추위 따윈 아무것도 아닌 듯했다.

소리도 없이 눈 속으로 사라져 가서, 그 이후 두 번 다시 나타나지 않았다.

"세레이야!!"

"왜 그러나?! 대체 웬 소란이냐?"

볼그 사비오가 소란함을 듣고 객실로 돌아왔을 때, 신시아는 울면서 쓰러진 상태였고, 가신과 손님들은 그저 멍하니 서 있었다.

"부탁이야. 용서해 줘, 세레이야. 저주라면 나에게 걸어 줘!"

"신시아? 왜 그러나, 신시아?"

"아앗, 볼그. 우리 에르비스에게 저주가…… 서큐버스의 음란한 저주가……."

절망에 젖어 울며 쓰러진 신시아와 무언가 이상한 듯한 얼굴로 멍하니 있는 에르비스가 상당히 대소석이었다.

"무슨 일이냐? 저주라니……. 대체 뭐가 어찌 된 일이냐."

그 뒤, 볼그 사비오는 아내와 가신들에게 이곳에서 일어난 저주스러운 사실을 들었지만, 얼마간은 '저주' 같은 걸 믿을 수가 없었다.

"에르비스…… 나의 사랑스런 딸."

신에 대한 신앙심은 있으나, 실제로 악마 같은 것은 믿지 않았다. 더구나 과학과 의학이 발전하고 있는 지금 시대에, 갑자기 나타난 여자가 남긴 말 때문에 사랑하는 딸이 저주받았다고 생각할 수 있을 리가 없었다.

"나 때문에…… 나 때문에……. 아앗, 아아아아!"

하지만 그럼에도 시간의 흐름은 볼그 사비오의 신념까지도 바꾸어 놓았다.

눈앞에서 자신의 아이를 저주받은 신시아의 깊은 슬픔, 그리고 고뇌는 언제부턴가 그녀의 마음을 좀먹었고, 깊은 병에까지 빠져들게 했다.

"말도 안 돼……. 저주 따위가 있을 리 없어. 마녀 따위이 세상에 존재할 리가 없는데."

가장 사랑하는 딸 에르비스가 여섯 살이 되던 봄날, 솔 오리엔스의 왕비 신시아가 타계하자 아직 젊은 왕 볼그 사비오는 비탄에 빠졌다.

마치 자신을 닮아 사랑스럽게 자라난 에르비스의 성장을 거부하듯, 왕비는 영원한 잠에 들었다.

1장
동쪽 나라의 에르비스

신년—봄.

대륙에서 가장 일찍 태양이 떠오르는 솔 오리엔스는 봄이 오는 것도 가장 빨랐다.

원래 녹음과 자연의 축복을 받은 토지로, 꽃들로 가득한 마을이 만들어지는 것만으로 솔 오리엔스의 봄은 일 년 중 가장 아름답고도 볼 만한 가치가 있는 계절이었다.

다른 나라에서 관광을 오는 사람도 많아, 나라 안이 북적이고 있었다. 남녀노소 할 것 없이 웃음이 끊이지 않는 정말로 좋은 계절이다.

그러나 나라는 안정되고 백성들도 이렇게나 축복받았지만, 요 근래 국왕 볼그 사비오의 얼굴에서는 매서움이 사라지지 않았다.

오늘도 성내에 세워진 의회실에 측근과 대신 등 중진들을 모아두고, 원탁의 상석에서 깊은 한숨을 흘리고 있다.

"자아, 모두를 이렇게 모은 것은, 다름이 아니라 나의 왕녀 에르비스의 앞날에 대해 의견을 묻기 위해서다. 이미 왕녀는 이번 겨울이 지나면 성인이 된다. 올해야말로 우수한 사내를 사위로 삼아 혼례를 치르고 싶은데, 그대들의 생각은 어떠한가?"

볼그 사비오의 웃음을 앗아간 건 의제로 올라 있는 서큐버스의 저주, 사랑하는 딸 에르비스에게 걸린 음란한 주문이었다.

"저도 서큐버스의 저주를 생각한다면 그것이 가장 좋은 수가 아닐까 합니다만……."

볼그 사비오와 고락을 함께해 온 중진들은 머리를 맞대고 각각의 의견을 내기 시작했다.

"그렇긴 하지만, 정말 저주 같은 게 존재하는지……. 서큐버스의 존재 자체가 미신이라고는 생각지 않나?"

"하지만 만약 진짜라면 어쩔 텐가? 이대로 공주님을 홀로 두었다가 만에 하나 성인이 되는 날 불행한 일이 생긴다면 후회하는 걸로 끝나지 않을 텐데?"

아직까지도 믿기 어려워 저주 그 자체에 불신감을 품은 자들도 있었지만, 절대 '없다' 고는 단언할 수 없는 이 현실이 지금까지 이어온 생각마저 변화시켰다.

볼그 사비오 또한 저주 따위 믿지 않는 사람 중 하나였지만, 지금은 대책을 마련하는 데 여념이 없었다.

"역시 지금은 건강하고 우수한 명문가의 자식을 선별하여 하루빨리 혼약을 치르는 게 제일이지 않겠습니까."

저주를 믿는가, 믿지 않는가는 제쳐 두고, 볼그 사비오와 중진들은 어디까지나 최악의 상황을 피해갈 방법을 검토하고 있었다.

왕가의 사람이 저주에 걸리는 일은 지금까지 전례가 없는 일. 이런 전개인 만큼 결론부터 말하자면, 저주에 의한 죽음을 맞이하지 않기 위한 환경을 만들어내면 된다. 성인이 되기 전에 에르비스를 결혼시키면 될 일이긴 하지만, 이것만으로 해결될 일이 아니라는 게 가장 큰 문제였다.

"—그렇다고는 하지만, 정말로 만에 하나를 생각한다면 측실을 두는 것도 염두에 둬야 하지 않겠습니까?"

"측실?! 공주에게 첩을 둬라, 이 말인가?!"

음란한 저주—음주(淫呪)라니, 말 한 번 참 잘 지었군. 볼그 사비오도 주문의 내용이 내용인 만큼 실소할 수밖에 없었다.

중진들이라 해도 좀체 냉정하게 대화하기가 어려워 감정이 북받치는 자, 무심코 얼굴을 붉히는 자 등 표정들이 제각각이었다.

"어쩔 수 없군. 아무리 건강하고 우수한 남자를 뽑는다 할지라도 어차피 인간에 지나지 않는다는 건 변함이 없어.

몸 상태가 좋지 않은 날 역시 존재할 수 있고, 언제 어느 때 병으로 쓰러지거나 사고가 일어나지 않을 거란 보장도 없지. 그렇다면 처음부터 측실을 두거나 여러 명의 남편을 두는 것을 전제로 하는 게 훗날 공주님에게 문제가 되지 않겠죠."

이곳에 모인 자들은 전원 기혼자. 그것도 아내를 맞이하고 십 년, 이십 년은 함께 생활해 온 남자들이었다.

그중 만약 올해로 결혼 사십, 오십 년을 보낸 남자도 있어, 자연히 걱정도 그 앞날까지 미친다. 속된말이라는 것은 알고 있어도, 껄끄러운 의견도 나올 수밖에 없다.

"그런 건 나중이든 앞으로든 문제다. 왕에게 측실을 두는 거라면 몰라도 왕녀에게 첩이라니, 들어본 적도 없어. 더욱이 일부일처제를 중시하는 우리나라에서 여러 명의 남편을 둔다니……. 설령 법을 바꿀 순 있을지언정 국민들에게 깊게 박혀 있는 상식까지는 바꿀 순 없습니다."

모든 것은 사랑스런 에르비스를 위해서다. 태어날 때부터 사랑을 받아온 왕의 아이인 공주님을 위한 일이지만, 수치란 것을 아는 그들에게 있어 그것은 가혹한 이야기였다.

"하지만 에르비스 공주님은 언젠가 이 솔 오리엔스의 여왕이 되실 분. 옥체의 보존을 가장 우선시해야 하기에, 지금까지의 상식에 얽매여 있을 때가 아니야. 그건 국민들도 이해해 줄 터."

"으아아아아아~"

그러자, 방 모퉁이에서 시중을 들고 있던 노파가 갑자기 소리 높여 울기 시작했다.

"갑자기 왜 그러나, 마야."

"너무나도, 너무나도 공주님이 불쌍해요. 아무리 옥체를 위한, 목숨을 위한 거라지만 의회에서 이런 수치를 겪어야 한다니……. 폐하, 정말 시녀들은 아무런 도움이 되지 않나요?"

말하지 않아도 알고 있다.

울고 싶은 건 이쪽이다.

입 밖으로 내진 않아도 모두가 마음속으론 그렇게 생각하고 있었다.

볼그 사비오쯤 되면, 남몰래 흘릴 눈물도 말라 버렸을 정도다.

"됐다, 마야. 나로서도 슬플 일이 뭐가 있어서 이런 회담을 열지 않으면 안 되는지, 가슴이 아파서 견딜 수가 없구나. 이게 왕자에게 일어난 일이었다면 수치를 무릅쓰고 온 대륙에서 희망자를 모집하여 하렘이라도 세워주면 되지만, 내 딸아이 에르비스는 왕녀……. 하다못해 왕비가 살아 있었다면 이 이야기도 왕비나 그대들 궁녀에게 맡겼을 테지만, 가장 중요한 왕비는 이제 없어."

그럼에도 볼그 사비오는 매일 커져만 가는 자신의 고뇌를 숨기는 일 없이 마야와 중진들의 앞에서 말했다.

"왕비는 내 딸아이에게 걸린 저주 때문에 마음에 상처를 입어, 깊은 병에 걸려 십 년 전에 타계했다. 난 이제 더 이상의 비극은 바라지 않아. 설령 손가락질 받게 되더라도 공주의 목숨을 지키기 위해서라면 온 대륙에서 남자들을 일벌처럼 끌어 모아 공주에게 바치는 일도 불사하겠어."

고민에 고민을 해봤자 항상 제자리일 뿐. 누군가가 뜻을 정하여 마음을 굳게 먹고 저주에 맞서지 않으면, 에르비스는 죽을지도 모른다.

마치 자신에게 들려주듯, 수치나 세간의 말 때문에 망설이고만 있을 순 없다고 그는 스스로 말했다.

"그래, 나의 공주님은 여왕벌이 될 숙명을 짊어졌어. 확실해. 그렇지 않다면 마음을 독하게 먹는 한이 있어도 그리 믿는 수밖에 없어."

태도의 변화.

간단하게 말하자면 그 수밖에 없다.

하지만 왕비를 잃은 이래, 볼그 사비오는 몇 번을 생각해도 결국에는 이 방법밖에 없다고 자신에게 되뇌어왔다.

아무리 에르비스를 위해주고 있을지언정 중신들이 앞장서리라고는 생각할 수 없었다.

역시 아버지이자 국왕인 볼그 사비오가 앞장설 수밖에 없다.

"명안이십니다, 폐하. 확실히 그 수밖에 없습니다. 우리 나라는 첫째라면 남녀 구분 없이 왕위에 앉을 수 있는 평등의 나라. 대륙 어딘가에는 더 좋은 자손을 남기기 위해 매일 밤 측실에게 가는 왕도 있다고 합니다. 그렇다면 여왕이라고 해도……."

"그런 돼먹지 못한 왕이랑 우리 에르비스 공주님을 같은 취급하지 마세요!"

물론 남자와 여자는 생각하는 것도 느끼는 바도 다르다.

남편과는 달리 당연한 듯 '정숙한 아내'로 일관해 온 마야—볼그 사비오의 유모이기도 한 그녀에겐 말도 안 되는 이야기일 터.

마야의 의견과 감정이야말로 솔 오리엔스 국민을 대표하는 것이었다.

"그럼 어쩌란 말이냐! 신께서 내려주신 천사와도 같은 에르비스가 죽어도 좋단 말이냐!"

"그런 말은 하지 않았습니다!"

"마야님, 기분은 알지만 진정해 주십시오. 우리도 그쪽과 같은 심정입니다. 그렇기에 대륙 내의 훌륭한 신분을 가진 남자 중에서도 엄선된 자를 사위로서, 폐하와 함께 검토할 겁니다. 다만, 아무리 절륜한 자라고 해도 혼약의 날부터 죽을 때까지 매일 밤 관계를 맺어야 한다면 이야기는 다르죠. 나약한 소리를 하고 싶진 않습니다만, 같은 남자로서 그런 괴물이 존재하리라고는 생각할 수 없군요. 이런 파렴치한 이야기를 하자는 건 아니지 않습니까."

"읏……."

하지만 그래서는 결말이 나지 않는다. 역시 볼그 사비오로선 작정하고 태도를 바꾸는 수밖에 없었다.

"결국, 이야기는 원점으로 돌아왔군. 그래, 문제는 아무리 우수한 남성과 매일 관계를 한다 해도 그게 언제까지 이어질지는 미지수. 오 년, 십 년이라면 그런대로 괜찮을지 몰라도, 아니, 애당초 애가 들어서면 어쩔 거냐? 대체 어떻게 돼먹은 주문이 이 모양이냐? 생각하면 할수록 끝이 없군."

그럼에도 갈 길이 멀다는 것에 한숨만 나왔다. 볼그 사비오는 결국 머리를 싸맸다.

어째서 내 아이가…… 이 지긋지긋한 주박에서 벗어날 수는 없는 걸까?

과거에 비슷한 사례마저 없다니, 어쩔 도리가 없다.

한심한 일이지만 현 상태로는 어쩔 수가 없었다.

"아니요. 가장 문제인 건 이런 마음가짐이 아닐까요?"

고뇌하는 볼그 사비오에게 어딘가에서 차가운 말투로 의견을 낸 자가 있었다. 지금 막 뒤늦게 의회실에 도착한 젊은 중진이자 에르비스의 집사, 폴테스 도라코였다.

"오오, 폴테스. 오늘은 네 의견을 들려다오. 이대로 여름을 지나, 가을이 지나고 해를 넘기게 된다면 공주는 성인의 날을 맞이할 거야. 이대로라면 나는 왕비뿐만 아니라 공주마저 잃게 될 거야. 저주스러운 서큐버스 때문에 사랑하는 공주까지……!"

"그렇기에 저는 이전부터, 이런 마음가짐 그 자체가 서큐버스의 저주가 아닐까 하고 말씀드리지 않았습니까."

올해 스물넷이 된 폴테스는 대륙의 북쪽에 있는 덴스 실바라 국의 사람이었다. 칠흑의 머리칼과 청회색 눈동자가 인상적으로, 늘씬한 장신의 인텔리하고 감미로운 인상은 성안에서 일하는 여성들의 동경의 대상이었다.

성 밖에서도 마찬가지로, 지금 그를 동경하는 솔 오리엔스의 여성은 수를 셀 수 없을 정도였다.

'에르비스의 집사' 라는 역할만 아니었으면 얼마나 많은 여성이 매일같이 그에게 마음을 전해왔을지 알 수 없을 정도다. 지금은 볼그 사비오의 인기마저 위협할 정도였다.

"애초에 저주로 사람이 죽다니, 대체 언제 적 이야기입니까? 미신? 종교? 공주님의 몸속에 악마가 있기라도 하단 겁니까? 만약 있다고 치더라도, 그런 건 월경을 하면 잊기로 하지 않으셨던가요? 공주님도 이제 월경을 하신 지 여러 해가 지났습니다만."

그러나 언뜻 보기엔 페미니스트인 폴테스이지만, 입만 열었다 하면 누구든 가리지 않고 이런 식이었다.

볼그 사비오를 대함에도 이런 식인데, 안이하게 다가온 여성들에게 용서 없이 대하는 것은 말할 필요도 없었다.

"무슨 소릴 하시는 겁니까, 폴테스님. 아무리 공주님의 측근인 집사라 할지라도 잘도 그런 말을 따박따박……."

"이래 봬도 의학에 몸담은지라, 부끄러워하고 있어서는 아무것도 배울 수 없습니다. 그리고 누가 봐도 공주님은 건

강하시지 않습니까. 그런 이상한 저주에 걸리다니, 의학적으로도 상상할 수 없는 일입니다."

그는 흥분 상태인 마야 앞에서도 냉정하다. 때로는 냉혹함이 드러나는 시선으로 담담히 의견을 주장했다.

"오늘 아침만 해도 갓 구운 빵이 맛있다, 막 짜낸 우유가 맛있다고 하시며 한 잔 더 달라고 하셨습니다. 이것만으로는 부족하신지 추가로 햄에그까지 주문하시고, 디저트까지 이 인분을 드셨습니다. 남은 삶이 일 년도 남지 않은 병자의 식사량이 아니지요. 말 나온 김에 말씀드리자면, 그 뒤엔 안뜰에서 애견과 뛰어다니셨죠. 제가 보기에 공주님은 보통 사람보다 십 년은 더 사실 만한 생명력을 보유하셨습니다. 저 모습을 보십시오."

그렇게 폴테스는 이런 상황에서도 자신의 의견을 확실히 말했다.

그의 말에 입구 안쪽, 의회실 창문까지 걸어가 안뜰을 바라본 의회실 안의 사람들은 에르비스의 모습을 확인할 수 있었다.

"어머, 어쩜 저리 사랑스러운 모습일까."

"정말 그렇군요. 우리 공주님은 천진난만하고 순수하시죠. 조금 말괄량이 기질이 있긴 합니다만, 대륙 제일로 아름다우시니까요."

에르비스는 폴테스가 말한 것처럼 강아지를 상대로 안뜰을 뛰어다니고 있었다.

프릴과 레이스를 듬뿍 사용한 고급 드레스는 다소 움직이는 데 제한이 있을 텐데, 그녀에게는 아무런 상관이 없는 것 같았다.

등까지 내려온 적갈색으로 빛나는 머리칼을 찰랑이며 정말로 즐거운 듯이 뛰어다니고 있나. 그리고 그런 그녀를 경호하는 이는, 하늘의 패자라 불리는 한 마리의 매 살다드. 우아하게 날아다니면서도 뛰어다니는 에르비스에게서 시선을 떼는 법이 없다.

"음음, 그렇지"

"오오, 건강하고 쾌활하고 착한 아이지"

매년 아름다움을 더해 가는 에르비스의 모습에 볼그 사비오도 중진들도 만족한 듯했다. 그러나 그런 모습이 도리어 폴테스를 어이없게 만들었다.

"바보가 되어버릴 것 같은 이 과보호도, 분명 서큐버스의 저주인 게 틀림없군요."

아까 볼그 사비오가 내뱉은 한숨과는 다른 느낌의 한숨을 쉬었다.

폴테스는 '이거 안 되겠군' 이라고 말하고는 고개를 돌렸다.

"뭔가 말했나, 폴테스 경."

"아니요. 저렇게 아름답고 귀여운 공주님을 곁에 두고 있는 저는 대륙 제일의 행운아. 축복받은 종자, 집사에 불과할 뿐이라고 말했습니다."

그런데도 말을 돌리며 완벽히 만들어낸 웃는 얼굴을 해 보이는 과정이 참으로 능숙하다.

"오오, 그래, 그런가. 그렇긴 하지만, 아무리 그대가 검술과 지혜가 뛰어난 종자라 할지라도 섬길 사람을 착각하면 스스로 자신의 가치를 깎아내리는 게 된다. 우리들이 에르비스 공주를 섬기는 것은 그대의 조국, 북쪽 실바라 왕의 아들을 섬기는 것과 같은 이치니까."

"그렇군요."

속으로는 얼마쯤 웃고 있겠지만, 그의 사교를 위한 겉치레적인 태도가 풀리는 일은 흔치 않았다. 이번엔 폴테스 쪽이 곁에 있는 볼그 사비오로 하여금 쓴웃음을 짓게 만들었다.

국민성의 차이는 있지만, 어딘지 모르게 북쪽 사람들이 동쪽 사람에 비해 쿨한 면모가 있다.

냉정하고 침착하다고 말할 수도 있겠지만, 폴테스처럼 무척 잘생긴 청년이 이러하니 볼그 사비오는 그저 아쉽기만 했다.

혹시나 그가 하늘에 빛나는 태양 같은 웃음과 함께 경쾌한 말을 하는 사람이었다면, 얼마나 좋은 인상일까 하는 아쉬움이었다.

하기야 이런 점이 그의 매력이기도 하고, 솔 오리엔스의 남자에게 그다지 없는 면모라고 좋아하는 여자가 끊이지 않으니 굳이 입 밖에 내진 않았다만.

“그런데 폴테스.”

“네.”

그럼에도 볼그 사비오는 이 이국의 청년을 대하며, 이전부터 마음속에 담아두던 게 있었다.

“그대는 북쪽의 지배자 실바라 왕과는 먼 친척으로, 집으로 돌아가더라도 차남. 집안의 뒤를 이을 의무가 없는 남자라 우리의 양자로 들여도 문제없지. 차라리 우리 공주의 남편이 될 생각은 없나? 이대로 솔 오리엔스에 한 몸 바쳐, 훗날 공주와 함께 이 나라를 다스릴 생각은 없는가?”

너무나도 갑자기 볼그 사비오의 결심을 듣게 된 지라, 그 대단한 폴테스도 표정이 변했다. 언제나처럼 포커페이스를 유지할 수 없었다.

“그대가 공주의 교육자로서, 그리고 집사로서 이 성에 들어온 지도 어느덧 오 년이다. 그대의 용감하고 성실한 인성은 나도 가신들도 신뢰하고 있네. 무엇보다 공주가 그대를 흠모하고 있지. 그대라면 공주도 흔쾌히 받아들일 것 같은데…… 어떤가.”

그러나 놀란 폴테스와는 달리, 중진들은 그렇지 않았다. 오히려 폐하께서 드디어 말을 꺼내셨다는 듯한 표정을 하고 있었다.

“그건, 평생토록 애 보기를 하라는 말씀이십니까?”

폴테스는 볼그 사비오와 중진들에게서 눈을 돌려, 정원에서 뛰어다니는 에르비스를 보았다.

"공주님도 곧 성년, 언제까지나 아이는 아닙니다. 게다가 지금도 충분히 아름다운 여인이 되셨고요. 뭐, 식욕은 남자처럼 왕성하고 아직 색기는 부족합니다만. 그래서 저에게 측실 중 한 사람이 되라는 겁니까? 아니면 평생 아내의 부정한 행위를 보고도 못 본 체하는 바보 같은 남편이 되라고요?"

독설이 평소보다 이상으로 험하다.

"폴테스 경! 아무리 자네라도 폐하 앞에서 말이 너무 심하지 않나. 뭐하는 짓인가!"

마치 뱉어내는 듯한 말투에 격노해, 중신 중의 중신 루프스가 허리에 찬 칼을 뽑아 들었다. 단순한 위협이란 걸 알고 있으면서도 마야는 비명을 질렀다.

"그만두지 못하겠나! 검을 넣어라!"

"하오나……."

곧바로 볼그 사비오가 루프스를 말렸지만, 정작 폴테스는 미동도 하지 않았다. 등에서 불과 십 센티미터 언저리까지 칼이 다가왔음에도 불구하고 두려움을 느끼는 기색마저 없었다. 도리어 루프스를 노려보고 있었다.

어떤 때에도 추태를 보이는 일이 없는 폴테스의 태도에, 어딘가에서 조용하게 감탄의 목소리까지 나왔다.

"폴테스는 나의 친우 실바라 왕이 나와 공주의 앞날을 걱정하여 보내준 북쪽 나라 제일의 검사로, 의학에도 정통한 자. 공주를 받쳐 주는 집사로서의 일을 수행하고 있지

만, 실바라 왕에게 받은 소중한 기사라는 점은 그대들도 잘 알고 있을 터."

볼그 사비오가 말하지 않아도 폴테스가 특별한 남자라는 건 이곳에 있는 모두가 알고 있었다.

"그리고 그대들도 입 밖에는 내지 않았지만 마음속으로는 같은 생각을 하고 있겠지. 이런 우수한 젊은이야말로 우리 공주에게 어울리는 자. 진심으로 믿을 만한 사내다."

중진들은 수긍했는지 고개를 끄덕였다.

볼그 사비오는 찬성을 받아내자, 등을 떠밀리듯 폴테스에게 다시금 물었다.

"그렇기에 폴테스, 이들 앞에서 다시 한 번 본심을 듣고 싶구나. 정직하게 대답해 다오. 공주, 에르비스가 싫으냐? 공주를 한 사람의 여자로 보는 것이 불가능한가? 결국 자네의 마음속엔 언제나 처음 봤을 때 같은 어린애일 뿐인가?"

폴테스가 솔 오리엔스로 찾아온 건 지금으로부터 오 년 전.

당시 폴테스는 열아홉 살, 에르비스는 지금보다도 한참 어려서 아이로 취급했기에 특별한 감정을 갖기는 어려웠다. 그러나 에르비스가 성년을 앞둔 지금이라면 볼그 사비오도 기대감을 품을 만했다.

비록 자기 아이라고 겸손하지 못한 소리를 한다고 듣는대도, 에르비스는 누가 봐도 아름답게 자라준 딸아이였다.

설령 꼬맹이일 때부터 밤낮으로 지켜보던 폴테스라 해도 아이에서 소녀로, 소녀에서 아가씨로 자라난 에르비스에게 어느 정도 마음이 싹트지 않았을까 바랄 만했다.

"아니요. 제가 공주님을 싫어할 이유는 하나도 없습니다. 한 명의 여성으로 볼 때에도 성발 훌륭한 분이라고 생각합니다. 애를 본다는 소리를 한 건 실언이었습니다만, 그렇게라도 생각하지 않으면 저만한 나이의 남자가 밤낮이고 곁에 있는 것도 문제라고 생각합니다만……."

하고, 폴테스는 볼그 사비오의 기대를 저버리지 않았다.

뿐만 아니라 나날이 성장하는 에르비스의 집사로서 개인적인 감정을 가지지 않도록 노력했노라 털어놓았다.

아무리 왕녀와 그 집사라고 해도, 지위만 떼어 놓고 보면 평범한 '남자와 여자' 로 보일 만한 나이였다.

한 나라의 공주를 언제나 옆에서 모실 남자로서, 폴테스는 너무나 젊다. 그런 점에서 직무 이외의 감정이 솟아나는 것은 폴테스 자신이 용서하지 않을 것이다.

소중하게 지켜온 공주이기에, 에르비스의 정숙함을 확고한 것으로 하기 위해서도, 쓸데없는 일은 생각하지 않도록 하는 것이야말로 중신으로서의 충의일 것이다.

그런데도 볼그 사비오는 폴테스에게 직접 '부디 에르비스의 남편이 되어달라' 는 말을 했다. 열망이라고 해도 과언이 아닐 만큼의 요구였기에, 지금 상황에서 어중간한 충의를 들이밀었다간 곤란해질 것이다.

"그렇다면 어째서냐?! 기사로서, 한 명의 남자로서도 이건 명예로운 이야기지 않은가? 실바라 왕도 언젠가는 그럴 생각으로 그대를 솔 오리엔스로 보냈다고 생각하네만……. 역시 저주받은 공주는 싫은가? 역시 불안하나? 성가시다 이건가?"

폴테스에게 심한 짓이라고는 생각하지만, 이것만은 묻지 않고선 알 수가 없었다. 볼그 사비오는 비통한 심정으로 물었다.

"아니요. 그렇지는 않습니다. 그저 말씀에 감사하며 무례를 용서해 주시리라 믿고 말씀드리자면, 폐하를 시작으로 여러분이 서큐버스의 저주를 믿고 중히 여기시는 한 공주님은 싫든 좋든 목숨을 부지하기 위해서 몇 명이나 되는 남편을 가지게 되겠죠. 이것이 정의이며 어쩔 수 없다고, 이게 최선의 조치라 믿으면서 말이죠."

한 명의 딸아이를 생각하는 아버지로 돌아온 볼그 사비오에게 폴테스는 성심성의껏 대답했다.

"그렇다고 해서 제가 몇이나 되는 남편 중 하나가 될 수는 없습니다. 설령 남편이 저 혼자라도 측실을 허용하는 것 역시 불가능하고요. 어떠한 이유가 있다고 해도 제 아내가 된 여인이 다른 남자와 잠자리를 같이하는 것 같은 일이 일어난다면, 저는 분명 아내를 이 손으로 죽여 버릴 겁니다. 이래서는 저주 이전에, 앞뒤가 전도되어 버립니다."

거짓 없는 폴테스의 고백에 루프스와 마야들은 웅성거

렸다.

"폴테스, 그대는……."

이것만은 받아칠 말이 없었다. 볼그 사비오도 말을 잇지 못했다.

"여러분이 생각하시는 것보다 저는 질투심이 강합니다. 그렇기에 여러분이 바라시는 공주님의 남편에는 어울리지 않습니다."

젊은이의 독점욕. 그 한마디로 해결될 것이었다면 볼그 사비오도 지금 이상으로 괴롭지 않을 것이다. 하지만 폴테스의 말은 틀리지 않았다. 일반적으로도 한사람의 남자로서도, 지극히 옳은 말이었다.

"질투인가. 절대 자신의 체면 때문은 아니겠지?"

"으읏."

하지만 그렇기에 볼그 사비오는 폴테스 같은 남자에게 자신의 딸을 맡기지 않을 수 없는 것이다. 그라면 평생 에르비스를 지켜주고 사랑해 줄 것이다.

자신이 아내를 사랑했듯이—그러한 생각이 든 볼그 사비오는 그의 본심을 들었다고 해서 그의 주장을 곧이곧대로 인정할 수 없었다. 도리어 폴테스라는 남자에게 집착이 솟아, 무슨 수를 써서라도 사위로 삼고 싶어질 정도였다.

"그대가 사랑하는 방법은 잘 알았다. 일단 공주의 혼인에 대해선 다시 생각해 보지. 아니, 일단이 아니라 몇 번이고도. 어떻게 하는 게 공주에게 있어 가장 좋은 방법인지 앞으로도 모두와 함께 지혜를 짜내보도록 하자."

다만 결국 오늘도 에르비스에게 있어서 최선의 방법은 나오지 않았다. 볼그 사비오의 어깨가 처지자, 중진들도 기운이 빠진 듯 어깨를 늘어뜨렸다.

"그럼에도 시간의 흐름이란 건 잔혹한 것. 빠른 시일 내에 결론을 내지 않으면 안 된단 말인가."

볼그 사비오가 루프스들에게 눈짓을 보내자, 오늘의 의회는 종료되었다.

빠른 시일 내에 결론을 내지 않으면 안 된다.

에르비스의 혼인과 그 상대를 찾지 않으면 안 된다는 것은 확실하지만, 오늘은 이 이상 회의는 무리라고 판단, 자리에서 일어나려고 했다.

"기다려 주십시오, 솔 오리엔스 왕이시여!"

"뭐냐?"

그러다 폴테스에게 저지 받아, 볼그 사비오에게 희미한 기대가 일었다.

"그렇게까지 공주를 사랑하고 생각하시면서, 어찌 '애당초 저주 따윈 없어. 처음부터 존재하지도 않았다' 고 생각지는 못하시는 겁니까? 저는 지금까지 의학을 익힌 자로서도 공주님을 지켜봐 왔습니다. 공주님은 건강하십니다. 저는 아무리 생각해도 이런 저주 때문에 나중에 어떻게 될 것이라고는 여겨지지 않습니다. 부디 재고해 주십시오."

다소나마 떠올랐던 만큼, 절망으로 떨어지는 듯한 기분

이었다.

“그래서 될 일이었다면 의회에서 이런 의제가 나올 일도 없었겠지.”

볼그 사비오에게 폴테스의 의도는 이해되었지만, 폴테스에게 볼그 사비오의 심정은 이해되지 않았다.

“그렇게 믿어버리는 것이 이미 서큐버스의 저주이며 미신이라고 생각지 않으십니까!!”

“그렇다면 반대로 그대의 의견을 존중했다고 해보세. 그런데 만약 이대로 성인이 되어서 공주의 숨이 끊어지기라도 한다면 나는 대체 어쩌면 좋단 말인가?”

“으윽…….”

조용히 예를 드는 볼그 사비오의 슬픈 시선에 폴테스는 말문이 막혔다.

“아내는 저주 따위 걸리지 않았지만, 자신의 아이를 걱정하며 마음의 병이 생겨 세상을 떠났다. 나로선 그냥 바라보고 있을 순 없어. 한때는 서큐버스의 저주 따윈 없다는 것을 증명하기 위해 북쪽의 마경에 병사도 보냈다. 서큐버스 자체를 잡든지, 그런 마녀는 처음부터 없다는 것을 증명해 보이기 위해 손을 써봤지.”

원래 현실주의적인 것은 볼그 사비오도 폴테스와 다를 바가 없었다.

“하지만 북쪽 끝에 세워진 천연의 요새, 극한의 산맥. 그 맹위 앞에서 병사들은 말 그대로 전멸했지. 계절이 바뀌고 몇 번을 더 시도해 봤지만 단 한 번도 북쪽의 마경에 닿는 일은 없었어."

대륙의 역사를 살펴보아도 기도나 저주가 중요시되던 것은 백 년도 더 전의 일이다.

무슨 일이 일어나면 신의 천벌, 악마의 행위라고 단정 짓던 시대는 이미 과거의 이야기다.

인간의 발견과 노력이 의학과 과학을 발전시킨 지금, 저주나 미신 같은 걸 믿지 않는 것은 당연한 이야기다.

"그런 곳에 살고 있는 자가 있다면, 필시 마물일지도 몰라. 혹은 북쪽 마경 자체가 꾸며낸 이야기이고 실제론 아무것도 존재하지 않을지도 모르지. 그러나 아무것도 모른 채 병사들이 희생을 치렀고, 나는 아내를 잃었어. 공주가 똑같이 마음의 병을 앓지 않을 거라는 말을 어떻게 할 수가 있지? 그대는 '믿어버리는 것' 이라고 했지만, 설령 그렇다고 해도 나의 고민은 아내와 많은 병사들의 죽음으로 인해 생겨난 것이야."

그러나 저주를 믿든 말든 볼그 사비오의 눈앞에서 왕비는 숨을 거두었다. 그리고 북쪽으로 향한 병사들은 소식이 끊기고, 때때로 시체로 발견되어, 그 유해들은 북쪽 나라 덴스 실바라에서 화장되어 유골만이 고향에 돌아왔다.

"나도 처음부터 저주 따위 믿지 않았어. 하나 서큐버스가 공주에게 건 저주 때문에 죽어간 사람들이 있어. 이건 미신도 무엇도 아니야. 잔혹할 정도의 사실이지."

이것들이 사실이며 현실인 한, 볼그 사비오는 폴테스처럼 생각할 수가 없었다. 결국엔 생각하는 것조차 불가능해진 것이다.

"언젠가 그대도 알게 될 날이 올 것이다. 자신의 신념 같은 건, 사랑하는 사람의 생명 앞에선 나약하지. 아무리 의학과 과학이 발전해도 여차 싶을 땐 '신'을 의지하고 마음속으로부터 기도하고 매달리는 일도 있지. 인간은 그런 나약한 동물이야."

저주할 거면 서큐버스 그 자체를 저주하고 싶다.

거스를 방법도 없다면 피할 방법도 없다.

여왕과 병사들의 죽음 앞에 볼그 사비오는 저주에 따르는 것 이외의 수단이 없는 자신을 누구보다 혐오하고 격노해 왔다.

"그렇다면 하다못해 의지를 존중해 주시죠! 공주님 자신에게도 부디 반려와 미래를 선택할 권리를! 이대로 회의에서 모든 걸 정해 버리면 너무나도 불쌍하지 않을까요."

그럼에도 굴하지 않고 폴테스가 물고 늘어지자, 드디어 볼그 사비오도 목소리가 거칠어졌다.

"그래서 공주가 정한 남자가 폴테스, 자네 같은 사상의 남자면 어떡할 텐가? 공주는 무사히 살아가며 원하는 것을 이룰 수 있을까?"

절대로 폴테스를 예로 들 생각은 없었지만, 이쯤 되니 볼그 사비오도 인내심이 바닥난 듯했다. 곧바로 '미안하다'

는 손짓을 보였지만, 좀처럼 노기를 보이지 않는 볼그 사비오의 격한 분노에 폴테스도 숨을 삼킬 수밖에 없었다.

"그 전에 무엇보다, 청렴결백하게 자라온 공주에게 스스로 몇 명의 남편—잠자리 상대를 고르라고 하는 게 더 잔인하지 않나? 그러느니 차라리 회의에서 정해줘, 그에 따를 수밖에 없는 비극의 왕녀로 남는 편이 그나마 행복하지 않겠나?"

볼그 사비오는 마음을 가라앉히고 폴테스에게 이해를 요구했다.

차후의 에르비스에게 있어 아름다운 일로 해결될 만한 이야기는 단 하나도 없었다. 그래서 서큐버스의 저주는 꺼림칙하다는 거다! 하는 것처럼.

"모든 것을 이해하고 공주를 마음속으로부터 사랑해 줄 반려가 되기 위해서는 이 대륙보다 드넓은 관용이 필요하겠군. 과욕을 참아내고, 무상의 사랑을 쏟아붓지 않으면 남편이 될 사람 그 자신도 고뇌할 뿐이지."

볼그 사비오가 폴테스를 사위로 맞이하고 싶은 기대 속에는, 말로는 꺼내지 못한 마음이 있었다.

에르비스의 남편이 된다는 것이 폴테스에게 가혹한 일이라는 것은 알고 있지만, 그럼에도 매달리고 싶은 것이 부모의 마음. 절대 한 나라를 다스리는 왕의 심정이 아니었다.

"듣기 편한 말은 아니겠지만, 나는 이 넓은 대륙의 어딘가에 모든 조건이 갖춰진 남자가 여럿이나 있다고는 생각할 수가 없네. 그 자신의 어떤 욕망보다 에르비스의 생명을 사랑해 줄 남자가 둘 이상 나타날 거라고는 바라지도 않는단 말이네."

"……읏."

"무엇보다 그게 징말 힘든 일이란 것은 지금 막 그대가 가르쳐 주었지만 말이네."

폴테스는 볼그 사비오의 분노에 눌려 완전히 할 말을 잃었다. 하지만 볼그 사비오는 굳이 소리 높여 심정을 드러내는 것으로, 에르비스의 혼인에 관해서는 완전히 강하게 밀어붙일 생각이었다. 말이 끝날 때쯤엔 불온한 미소까지 띠었다.

"그럼에도 나는 그대를 중진으로 신용하며, 의지하고 있다. 에르비스도 마찬가지겠지. 그러니 부디 앞으로도 공주를 위해 힘써다오. 사윗감을 고를 때, 그대의 지혜와 수완을 발휘해 다오."

속삭이듯 말했지만 에르비스에게 특별한 마음을 지녔을 폴테스를 향해 사위가 되어달라는 말을 두 번 하지 않는 대신, '사위 고르기에 협력하라' 는 잔인한 말을 하였다.

폴테스가 볼그 사비오가 요구하는 에르비스의 남편은 될 수 없다고 한다면, 그것은 그것대로 한 사람의 의지, 인정하는 수밖에 없다.

다만 볼그 사비오에게 있어서 원치 않는 의지라면, 간절히 바라는 사랑도 되지 못할 뿐이기에 여기서 놓아주지 않으면 앞으로 나아갈 수가 없었다.

볼그 사비오에게 소중한 것은 에르비스. 비정해지지 않으면 앗 하는 순간 세월이 지나 성인이 될 것이다.

"알겠나, 폴테스."

"분부를 받들겠나이다."

볼그 사비오의 기백에 눌린 폴테스는 일단 깨끗이 물러났다. 인사를 하고는 볼그 사비오보다 먼저 의회실을 빠져나왔다.

'자신의 어떤 욕망보다 에르비스의 생명을 사랑해 줄 남자…… 인가. 폐하도 할 말은 하시는 분이군. 중요할 땐 쓸모없는 남자라는 말을 듣고 말았어.'

그럼에도 솟아나는 분노를 숨기지 않는 뒷모습에 볼그 사비오가 점잖지 못하게 코웃음을 친 것을 폴테스는 알 수 없었다.

'하지만 나는 저주 따위 믿지 않아. 에르비스가 몇 명의 남편을 만드는 것도, 강제적인 결혼을 하는 것도 인정 못 해.'

흔히 말하는 시어미와의 싸움은 지금의 솔 오리엔스엔 없다. 있는 것은 장렬하게 펼쳐지는 시아버지와 사위가 될지도 모를 남자 간의 싸움이다.

그걸 알기에 루프스나 마야를 필두로 한 중진들은 눈빛을 주고받으며, 지금과는 다른 의미로 한숨을 쉬며 어깨를 늘어뜨렸다.

'미신이야. 한 여자가 장난으로 말한 저주 때문에 마음에 병을 얻어 여왕이 죽은 거야. 누구나가 에르비스를 사랑한 나머지 그 주박에 구속되었을 뿐이지. 하지만 그걸 증명하려면 어떡해야 하는가. 이것이 나에게 있어서는, 최대의 문제다…….'

아무리 에르비스가 사랑스러운 공주라 해도 이 시아버지와 시숙의 존재가 난관이다.

과연 양가의 시선을 버티며 데릴사위로 들어올 담력의 소유자가 나타나긴 할까?

반대로 나타났다 쳐도 매일 밤 잠자리를 치를 수 있을까 어떨까를 생각하면, 당연한 말이겠지만 걱정이 끊이질 않았다.

저주스러운 서큐버스의 저주—이 한마디가 줄곧 귓전을 맴돌았다.

*　　*　　*

한편, 정원에서 의회실에 있는 볼그 사비오와 폴테스의 모습을 발견한 에르비스도, 함께 있던 시녀 이리스 앞에서 무거운 한숨을 내쉬었다.

"아바마마는 또 중진들과 회의를 하고 계신 걸까? 거기다 오늘은 폴테스까지 끼워서. 바보 같아."

조금 전까지만 해도 활발하게 나부끼고 있던 적갈색의

머리칼은 고요할 정도로 늘어졌으며, 태양빛을 머금어 옥석처럼 빛나는 눈동자에서도 생기가 사라져 있었다.

"저주가 있든지 없든지 사람은 언젠간 죽어. 왜냐면 어차피 생물이잖아. 그렇게 생각하면 도리어 내가 이대로 성인이 되어 그다음 날 숨이 끊어진다고 해도 그게 수명인 거야. 처음부터 나에게 수명이 그 정도밖에 없었단 거지. 왜 그걸 모를까?"

예전이었다면 귀로 들어도 이해할 수 없었던 서큐버스의 저주. 그러나 이 나이가 되어 자기가 어떤 저주에 걸렸으며, 또 그걸 피하기 위해서는 무엇을 해야 하는지 이해할 수 있게 되었다.

"에르비스 공주님……."

알면 알수록 어리석은 이야기다.

무슨 농담이 그래, 하면서 웃어넘기면 될 일이다. 그러나 볼그 사비오를 필두로, 에르비스를 사랑하는 이들은 이 저주에 순순히 따랐다.

지금은 폴테스를 제외하곤 '저주 따윈 미신이다' 라고 말하는 사람조차 없었다.

그것이 얼마나 에르비스 자신을 몰아넣는 일인지도 모른 채, 주위에서는 성인이 될 날이 가까워질수록 신랑감 찾기에 열을 올렸다.

이래선 아무리 에르비스가 건강한 공주라 해도, 기력도 활력도 떨어질 수밖에 없었다.

"거기다가 좋아하지도, 사랑하지도 않는 남자랑 결혼할 바에야 난 하늘에 모든 걸 맡기고 싶어. 매일 밤 매춘부처럼 굴면서까지 오래 살고 싶진 않은걸. 그치, 이리스?"

설령 저주가 진짜라고 할지라도 '죽음' 이라는 선택지도 있지 않을까 하는 마음도 있었다.

서큐버스의 저주가 사실이든 거짓이든 에르비스의 마음은 시간과 함께 좀먹어 갔다. 이는 볼그 사비오가 무엇보다 걱정하는 것 중 하나였지만, 이쯤 되어서는 어찌할 수도 없다.

아직 소녀인 에르비스에게 있어 서큐버스의 저주는 너무나도 비정한 것이었다. 더럽혀지지 않은 처녀에게 있어, 몇 명이고 남편을 들여야 한다는 것은 그저 잔혹한 이야기였다.

하물며 한 나라의 고귀한 왕녀로 태어나 자라난 에르비스에게는, 아무리 결혼이라는 형태를 취해도 이래서는 능욕이나 마찬가지였다. 그렇다면 차라리 죽는 게 낫다는 생각이 자연히 생겨나더라도 이상하지 않았다.

"무슨 말씀이세요, 공주님. 폐하께선 공주님이 결혼하여 행복하게 일생을 보내시게끔 사윗감 찾기에 열심일 뿐이에요. 공주님은 이 솔 오리엔스 왕의 따님이시고요. 공주님 나이라면 결혼 이야기가 나와도 이상할 거 하나도 없어요. 모두가 우수한 남편 찾기에 분주한 게 당연한 거랍니다."

그것을 알고 있기에 이리스처럼 곁에 붙은 시녀들은 에

르비스를 매일같이 격려해 주었다.

"거기다가 공주님은 이렇게나 귀여우시잖아요. 이제부터는 온 대륙의 남자들이 결혼하고 싶을 정도로 아름답고 고귀한 왕녀로, 그리고 언젠가는 여왕님이 되실 거예요. 제 개인적인 의견을 말씀드리자면, 공주님에겐 우수한 왕자나 기사가 양옆에 있어도 괜찮지 않을까 생각한답니다. 다른 나라에는 여자들만 모아 놓은 하렘을 가진 왕도 있으니까, 공주님에게 아름다운 남자만 모인 하렘이 있어도 전혀 이상하지 않아요. 도리어 꿈만 같죠! 그 영웅, 새벽의 왕의 자손을 남기기 위해서라도 여기서는 '미래의 왕이 될 아이의 부모' 로서 뜻을 확실히 정하셔야죠."

이럴 때마다 항상 해온 이야기를 진지하게 말한다.

이런 부분에 대해서는 볼그 사비오보다 아주 오랜 옛날부터 정색하고 말하고 있다.

역시 동성. 나이 차이도 크지 않아서 남자들이 깨닫지 못하는 부분도 필사적으로 메워준다.

"그것도 뭔가 아닌 것 같아. 나는 역시 평생토록 한 분만 사랑하고 싶고, 사랑 받고 싶어. 어마마마와 아바마마처럼"

"공주님……."

그런 이리스의 말치레에도 한계가 있었다.

이상적인 부부가 부모로 있다는 것은 아이의 입장에선 좋은 일이다. 하지만 지금의 에르비스에게 있어 그런 것은 어찌 되든 상관없는 내용이었다.

"알겠습니다. 그럼 이렇게 하죠. 공주님이 고르신 남편분에게 이 이리스가 매일 밤 정력을 돋울 식사를 준비하죠. 온 대륙, 아니, 전 세계에서 밤일에 좋다는 식재나 한방약을 모아 계속 드시게 하죠. 그러면 다소 국정에 지친 밤에도 힘이 넘치실 거예요! 마음은 원하지만 몸이 따라주지 않는 일 없이 밤마다 공주님을 원하실 거예요."

그렇다면 끝까지 해보겠다며, 이리스는 이곳에 와서 볼 그 사비오보다 몇 단계는 더한 대담함을 보여주었다.

에르비스보다 세 살 연상이며, 원래 처녀 때부터 야무졌던 이리스이기에 할 수 있는 대담한 발언이었지만, 에르비스는 그녀의 말에 일부러 웃으면서도 부끄러워 뺨을 붉혔다.

"이리스! 무슨 파렴치한 소리니!"

이렇게 되면 화제는 급변하여 저주가 어쩌고 하는 이야기에서 완전히 밤일 이야기로 변해 버린다.

"아니요. 이 정도는 파렴치하지 않답니다. 태어난 자가 언젠가는 죽는 게 당연하다면 남자가 여자를 원하는 일 역시 당연한 일이죠. 남자는 원래 그런 동물이에요. 하물며 공주님 같은 아름답고 뛰어난 분을 아내로 맞이했는데, 밤이 오기를 기다리지 않는 남자가 어디에 있을까요. 아마 공주님의 남편이 될 남자만은 이 솔 오리엔스가 대륙에서 가장 빨리 해가 진다는 것에 기뻐하면서도 빨리 떠오른다는 것에 비탄에 빠지지 않을까요."

이리스의 '아주 당연' 하다는 듯한 말투에는 아무리 말주변이 좋은 대신들도 혀를 내두를 수밖에 없었다.

에르비스의 붉어진 뺨을 이리스가 양손으로 어루만지자, 에르비스는 '정말!' 하고 말하며 사랑스럽게 입술을 삐죽 내밀었다.

"거기다 폐하나 중진들도 남편의 구애가 줄어들 것을 걱정하는 게 아니에요. 역시나 사람이니 '몸이 마음을 따라주지 못하는' 날이 있지 않을까 걱정하고 있는 것이니까, 그 부분은 저희가 전력으로 건강 관리라는 원조를 하겠어요."

홍조가 띤 에르비스의 뺨을 감싼 이리스의 양손에는 비할 수 없는 사랑과 자애가 담겨 있었다.

"그러니 부디 걱정 말고 지내세요. 공주님은 매일 밤 낭군님을 원하고 사랑 받는 아내가 되시어 행복한 일생을 보내실 거예요. 그리고 언젠가 남편이 되실 분은 서큐버스에게 감사할 거예요. 언제라도 가장 사랑하는 아내와 매일 잠자리를 함께하는 구실을 줬으니 고맙다고 말이죠. 제가 낭군님이라면 분명 그렇게 말하며 소리 높여 웃을 거랍니다."

절대로 에르비스를 저주의 희생양으로 만들지 않겠어!

이렇게 된 거, 저주의 의미도 요령 있게 풀어나가겠어!!

그렇게 확고한 결심이 전해져 와 에르비스도 이리스의 기세에 감탄했다.

꼬옥 안아준 이리스의 상냥함에는 뭐라고 해도 당해낼

수 없다.

"정말, 이리스도 참."

그녀는 일찍 세상을 뜬 왕비처럼, 그리고 여동생을 아끼는 언니처럼, 마음속으로부터 에르비스를 소중히 생각하며 지켜주려 하고 있었다. 그와 동시에 아무리 강한 척을 해도 끌어안은 이리스의 심장박동은 빨라졌고, 팔도 약간 떨리고 있었다.

"누구나 사랑하는 솔 오리엔스의 희망, 우아하고 아름다우십니다. 에르비스 그라시오조님, 곁에 있는 자도 국민들도 공주님의 건강과 행복을 마음속으로부터 바라고 있습니다. 그러니 부디 서큐버스의 말에 휘둘리는 일 없이 결혼에 대한 건, 아니, 연애에서 눈을 돌리지 말아주세요"

에르비스는 그녀의 품에서 느끼고, 깨달았다.

아무리 화가 나더라도, 포기하더라도 사람이 간단히 '죽음' 이라는 말을 입에 담아선 안 된다. 그것은 자신을 사랑하는 사람들을 곤란하게 할 뿐만 아니라 슬프게 만든다.

에르비스는 안이한 말을 한 자신을 반성했다. 그리고 누구나 에르비스를 생각해서 회의를 거듭해 저주에서 벗어날 방법을 모색하고 있으니까 그것을 싫어하기만 해선 안 되는 것이었다. 그것은 난지 응석일 뿐.

그렇다면 차라리 나 자신도 생각하자. 찾아보고 뭔가 방책을 마련해 보자고 결심했다.

이대로 울면서 잠드는 것도, 몇 명의 남편을 들이는 것도, 아니면 무력하게 죽어가는 것도 싫다면 오늘부터라도 가능한 일을 찾을 수밖에 없다.

저주를 믿느냐 믿지 않느냐는 별개로 하고, '믿지 않아도 되는 증거'를 찾는 게 에르비스에게 필요하다고 생각했다.

"……연애?"

게다가 에르비스는 이런 이야기를 할 사람은 이리스가 아닌 폴테스라고 직감했다.

"그래요. 공주님은 태어나실 때부터의 입장도 있으시니 어떻게든 남자 분과의 사귐이 결혼으로 이어지기 쉽답니다. 하지만 지금은 그런 앞날의 일은 생각지 마시고 일단 멋진 사랑을 해보시길 바라요. 지극히 평범한 여자가 멋진 남자 분에게 두근거리듯이, 이 가슴을 뛰게 해드리고 싶어요."

역시 이리스와는 저주의 이야기가 아닌, 이런 여자다운 이야기를 하고 싶었다.

상냥하게 머리를 쓰다듬어 주며 눈을 반짝이는 이리스처럼, 에르비스도 적갈색 눈동자를 빛낼 만한 로맨틱한 '사랑 이야기'가 하고 싶었다.

"혹시 공주님의 마음에 들어온 사람이 있다면 이 이리스에게 말씀해 주세요. 사랑의 한마디도 알려 드리고, 밀회를 나눌 방법도 정리해 드릴게요. 그러니까 부디, 아시겠죠?"

"이리스……."

물론 사랑 이야기는 아직 상상에 지나지 않는다.

밀회를 나눌 상대 같은 건 이리스에게 기대어 일상의 대부분을 성안에서 보내는 에르비스에게 존재할 리 없었다.

"에르비스 공주님!"

거기다 에르비스가 당장에라도 이야기하고 만나고 싶은 사람은, 언제나 이상하게도 상대방 쪽에서 알아서 찾아왔다.

"폴테스! 아, 나머지 이야기는 다음에 해, 이리스. 나 폴테스에게 할 이야기가 있거든."

마치 자신이 저주에 대한 것을 상담하고 싶어 한다는 사실을 알고 있다는 듯 나타난 폴테스를 보며 에르비스는 완전히 기운을 되찾았다.

온 얼굴에 미소를 띠우며, 레이스와 프릴이 잔뜩 달린 고급 드레스 옷자락을 나부끼며 강아지에게 지지 않을 기세로 폴테스에게 달려갔다.

"식사하신 지도 얼마 안 되셨는데 그렇게 뛰어다니시다니. 속을 망치십니다."

원래라면 '입을 열자마자 잔소리라니' 라고 말하겠지만, 오늘은 그보다 우선시해야 할 일이 있어서인지 에르비스는 폴테스의 팔을 붙들었다.

"괜찮아. 그보다 폴테스, 나 너랑 저주에 대해 상담할 게 있어."

"왜 그러십니까, 상담이라니."

볼그 사비오와의 대화 직후라 폴테스는 여느 때와 달리 망설였다.

설마 에르비스가 결혼에 대한 이야기를 끄집어낼 줄은 생각지 못했다. 지금까지 그녀와 몇 번 장난스럽게 대화한 것 이외에는 상담 같은 건 한 적이 없었다.

“방에 가서 이야기할래. 자, 가자.”

그러나 한순간 보인 폴테스의 망설임 같은 것에는 에르비스는 아랑곳하지 않았다.

“읏, 공주님!”

그렇게 폴테스는 에르비스의 팔에 끌려 앗 하는 순간 이리스의 앞을 떠나갔다.

남겨진 이리스는 놀 상대가 없어진 강아지를 끌어안고는 우아하게 넓은 하늘을 날아다니는 매를 올려다보며, 중진들에게 지지 않을 정도로 큰 한숨을 쉬었다.

“그렇긴 해도, 어렸을 때부터 국왕에게 큰 사랑을 받고 이래저래 실력 있는 가신들이 주위에 있지. 요 근래 와서는 마음, 솜씨, 몸까지 훌륭한 만능 집사가 밤낮을 가리지 않고 곁에 있어서, 그렇게 간단히 가슴 두근거리는 상대가 나타날 리 없겠지만 말이야~”

이유는 틀리지만, 멀지도 가깝지도 않다.

에르비스에게 있어서 문제는 서큐버스의 저주만이 아니라고 느끼는 건 어느 쪽이나 같을 것이다.

“어찌 됐든 폴테스님을 본 후에는 어느 왕국의 왕자든

기사든 감자나 호박으로밖에 안 보여서. 하아…….”

계절은 봄.

에르비스가 성인이 될 때까지는 여름이 있고, 가을이 있다.

하지만 그렇게 말하는 동안에도 오늘까지의 세월은 앗 하는 순간 지나갔다.

솔 오리엔스의 성안에는 앞으로도 점점 한숨을 내쉬는 이들이 늘어갈 것 같았다.

2장
사랑의 왈츠

지금껏 의식한 적도 없는 말이나 생각이 에르비스에게 생겨난 것은 연애 이야기를 했기 때문이었다.

'사, 사랑이라…….'

실제로 어떤 기분이나 충동이 일어나는 것을 '사랑' 혹은 '연애' 라고 부르는지, 에르비스는 아직 알지 못했다.

그저 혹시라도 '그런 기분을 말하는 걸까?', '아니면 이런 인상을 가진 사람?' 이라고 짐작하는 정도는 가능했다.

에르비스도 짚이는 구석은 있었다.

'그건 한눈에 반하는 걸까? 어마마마 아바마마는 그렇다고 들은 적 있지만, 간단히 만난 순간 이 사람이 멋있다고 생각하는 게 그런 것일까?'

에르비스는 지금껏 처음 만난 남자에게 특별히 감동을 느낀 일이 두 번 정도 있었다.

기억에 있는 상대, 그중 하나는 집사인 폴테스였다.

몇 년 전의 일이지만 이미 에르비스는 열한 살. 예고도 없이 찾아온 아름답고도 늠름한 이국의 청년을 보자 가슴이 죄어왔던 것을 기억하고 있었다.

폴테스는 열아홉 살이고 이미 성인이었다.

그러나 에르비스의 측근 중 그만큼 젊은 남자는 없는 데다, 성안의 사람들은 가족과도 마찬가지. 그 이외의 남자와는 제대로 만나서 이야기할 기회도 별로 없었고, 그런 와중에 만났기에 지금껏 없었던 긴장과 흥분을 기억하고 있었다.

분명 가슴이 요동쳤음을 선명히 기억하고 있던 것이다.

하지만 그런 '두근거림일지도 모를 감정'은 사실 눈 깜빡할 사이에 사라졌다.

올곧고 엄격하며 냉소가 어울리는, 때로는 당당히 볼그사비오에게마저 의견을 표하는 폴테스에게 에르비스가 위축되는 시간은 너무나도 빨랐다.

지금이야 말하고 싶은 것을 말하고 응석도 제법 부릴 수 있게 되었지만, 당시의 에르비스에게 있어 지금과 변함없는 말투의 폴테스를 접하는 것은 너무나도 무서웠다.

누구에게나 상냥하게, 그리고 모셔지듯 자라난 에르비스에게 있어 단도직입적이고 업무적인 그의 화법은 아무래도 받아들이기 어려운 감이 있었다. 처음엔 자신이 미움 받는다 생각하고 슬퍼했던 것이었다.

"폴테스는 나를 좋아하지 않는구나. 분명 덴스 실바라 왕의 명령에 어쩔 수 없이 솔 오리엔스로 왔을 거야."

어린아이였지만 이런저런 상상을 하며, 자신이 폴테스에게 있어 성가신 존재라고 생각해 어려워했다.

"아냐. 북쪽의 과학과 의학을 배웠다고 들었으니 어쩌면 아바마마가 억지로 부탁했을지도 몰라. 거기다 사실은 성 안의 의사로서 일하려고 왔는데, 나의 가정교사나 건강 관리 같은 걸 하게 돼서……. 호위나 집사까지 강요당하니 이야기가 틀리다며 화내고 있을 게 틀림없어."

곁에 있는 것마저 괴로웠다.

누가 무슨 말을 한 건 아니었지만, '분명 내가 저주 받은 아이니까' 라고 몇 번을 생각했는지 모를 정도다.

그러나 누구를 대할 때에도 태도를 게을리 하지 않는 것이 폴테스 나름의 매너이며, 일을 할 때의 의식을 높이기 위함이며, 무엇보다 어린 에르비스를 대하는 데 있어서 확고한 경의를 표하는 것임을 안 것은 어떠한 일 때문이었다.

"공주님, 기운차고 애교가 있는 것은 정말 좋은 일입니다만, 이제부터는 늠름하고 엄격한 자로 보이는 것도 익히지 않으면 안 됩니다."

"늠름하고 엄격한 얼굴?"

"그렇습니다. 공주님은 이 나라에선 볼그 사비오 국왕의 뒤를 이을 분. 권력과 걸맞은 책임을 질 분이란 말입니다. 일방적으로 사랑을 받으시기만 해선 안 됩니다. 풍부한 지식과 지혜, 그리고 때에 따라선 엄격한 결단도 내릴 수 있는 강한 심성도 필요합니다. 그런 것들이 없이, 사랑받는 것만으로 사랑을 베풀어주는 것은 불가능합니다. 지키고 싶은 사람을 지킬 강함을 얻을 수 없습니다. 진정한 여왕이 될 수 없기 때문입니다."

아무것도 아닌 일상의 주의 속에서, 에르비스는 폴테스에게서 그의 참뜻을 깨달았다.

"……진정한 여왕. 혹시 폴테스는 나에게 그걸 가르쳐 주려고 언제나 그런 표정인 거야?"

"네?"

"그러니까, 폴테스가 언제나 엄격한 표정으로 빡빡한 말만 하는 건, 에르비스에게 그걸 가르쳐 주기 위해서였던 거냐고?"

약간 해석이 엇나간 것 같지만, 엘비스는 폴테스에게 오해를 품고 있었음을 느꼈다. 거기다 어린 에르비스가 두려워하면서도 마음의 답답함을 말로 표현하자, 폴테스는 이때껏 보여준 적 없는 표정을 보였다.

"……공주님, 제가 그렇게도 늘 엄했던가요?"

"에?"

"아니요. 들을 것도 없이 엄했겠죠. 공주님이 제 얼굴을 보고 곤란해하셨던 건 다른 나라 사람을 만나서 생긴 긴장이나 낯가림이 아닌 저 개인을 무서워하셨던 것이고요. 저도 원래 붙임성 좋은 성격은 아닌지라…….”

에르비스는 이렇게나 곤란한 표정을 보여주는 폴테스는 처음이었다. 분명 볼그 사비오나 루프스, 마야나 이리스들에게도 보여주지 않았음이 틀림없다. 언제나 폴테스는 쿨하니까.

그러고 보니 그 누구 앞에서도 그다지 표정 변화가 없다. 폴테스는 에르비스에게만 차가운 게 아니라 그저 표정이 그다지 변하지 않을 뿐이었던 거다.

“저기, 폴테스.”

“무슨 일이십니까?”

“폴테스는 에르비스가…… 좋아? 이렇게 공부를 가르쳐준다든지, 이런저런 뒤치다꺼리를 해줘도 힘들지 않아? 싫지 않아?”

에르비스는 그 사실을 깨닫자, 적갈색의 눈동자를 동그랗게 뜨며 폴테스에게 물어왔다.

“……정말, 난 대체 얼마나 공주님을 불안하게 만들었단 말인가.”

폴테스가 축 어깨를 늘어뜨리며 반성하였으나, 에르비스가 바라는 것은 그의 반성이나 사죄가 아니었다. 좀 더 특별한 한마디였다.

“폴테스?”

그러자 다시금 불안한 표정의 에르비스에게 폴테스는 입

가에 미소가 가득한 얼굴로 웃어 보였다.

"좋아합니다, 에르비스 공주님. 분명 조금만 눈을 돌리면 무슨 짓을 하실지 알 수 없어 돌보는 게 보통 일이 아닙니다만, 들은 것도 착실히 따르시고 공부도 열심이시죠. 전 정말 좋은 제자를 둔 데다, 좋은 주인님도 두었다고 생각합니다."

에르비스의 가슴이 꾹 죄어오듯 아파 빰이 붉게 물들었다. 지금까지의 두려움이 거짓말이었던 것처럼, 폴테스의 존재 그 자체로 인해 두근거렸다.

"학생에 주인님?"

"그렇죠. 저는 이렇게 당신에게 공부를 가르칠 때, 그리고 몸의 상태를 볼 때에는 스승이지만, 그럼에도 원래 종자임에는 변함이 없습니다. 저의 주인님은 볼그 사비오 왕도 아니며, 덴스 실바라 왕도 아닙니다. 단 한 명, 에르비스 그라시오조 솔 오리엔스 왕녀, 당신입니다."

반들반들한 검은 머리에 청회색 눈동자가 처음 봤을 때 이상으로 빛나 보였다. 마치 밤하늘에 반짝이는 별 같았다.

"내가……."

"그러니까 무서워하지 마십시오. 저는 제 목숨을 바치더라도 당신만은 지키겠습니다."

에르비스는 이때, 폴테스가 추운 겨울 하늘에 빛나는 일등성처럼 보였다.

"응. 나 훌륭한 여왕이 될게. 그리고 언젠가는 폴테스가 어디에서나 자랑할 수 있을 정도로 솔 오리엔스의 국민 모두를 사랑하고 지킬 수 있는 여왕이 될 거야!"

그 반짝임은 추운 하늘 아래 하얀 입김을 뱉으며, 아무리 차가운 바람이 뺨을 때려도 두 눈을 뜨지 않고선 볼 수도, 알 수도 없는 특별한 반짝임이었다.

"그렇다면 여기서 '응' 이라고 말씀하셔서는 안 됩니다. '하하' 라든가, '그렇군' 이라고 자연스레 말씀하실 정도가 되지 않으면 계속 애교뿐인 공주님일 뿐입니다."

"으읏, 네엣!"

그저 겨울 별의 반짝임과 동시에 어두운 구름을 몰아내는 벼락과도 같은, 분명 빛나 보이기는 하지만, 에르비스에게 있어선 전신이 움찔할 정도의 것이었다.

"그러니까 '네' 가 아니라…… 책상 아래에 숨는 건 지진이 일어났을 때만 해주십시오."

"그게, 역시 폴테스는 화나면 무서운걸."

"공주님!"

거기다 폴테스가 반짝이는 별로 보이는 걸 계절에 비유하자면 역시 겨울뿐!

남은 봄, 여름, 가을의 '덜컹' 은 대개 움찔, 꿈쩍과도 같은 것이었다.

그것만으로도, 태어날 때부터 함께 있었던 어른들에게 느꼈던 감정과는 분명 다른 것이지만, 그렇다고 해서 절대로 폴테스에게 느꼈던 가슴의 두근거림이 이리스가 말한 사랑 혹은 두근거림 이라고는 생각하지 않았다.

폴테스는 어떻게 해도 폴테스, 에르비스에게는 성실하기에 엄격한 집사다.

그럼 폴테스 이외에 에르비스를 특별히 두근거리게 한 '다른 한 명' 이라고 한다면,

'폴테스는 어찌 되었든 종자. 그리고 스승. 그렇다면 역시 가장 처음 두근거림을 느꼈던 '그분' 이 나에게 있어 첫사랑인 걸까?'

그것은 에르비스의 마음속 깊숙이 새겨져 있던 소년이었다.

'황금빛 머리칼에 금빛 눈을 가진, 대천사와도 같던 분. 내 황금의 왕자님.'

어렸을 적 딱 한 번 만나 말을 주고받았을 뿐인지라, 신분도 이름도 몰랐다. 그러나 그 당시 느꼈던 가슴의 고동, 두근거림이 특별한 것이었다는 것은 지금도 확실히 기억하고 있다.

공주에겐 언젠가 왕자님이 나타난다. 그래, 잠자리에 들 때 누구나 하는 이야기를 믿고 있던 에르비스에게 있어 그는 틀림없는 왕자님이었다.

딱 한 번 만났던 것이 도리어 그림책과 같은 첫사랑이라는 인상으로 에르비스의 마음속에 남았는지도 모르겠지만.

'혹시 지금 만난다면 이 가슴은 어떻게 될까? 나는 운명을 느끼고 역시 이것이 사랑이었구나…… 하고 실감할까?'

그런 생각에 푹 잠겨 있을 때였다.

"그런데 뭐야? 갑자기 왈츠라니. 이른 아침부터 성내에서 오케스트라 연습?"

아직도 태양은 동쪽 하늘에 있는데도 갑자기 성안에서 오케스트라 연주가 울려 퍼지기 시작했다.

아침 식사 후의 휴식 중, 폴테스가 별실에서 볼일을 보고 있을 시간에, 침대 위에서 뒹굴거리던 에르비스는 당황해서 벌떡 일어났다.

"폴테스, 폴테스! 이거 대체 무슨 일이야?"

무슨 일이 있을 때 에르비스가 입을 열고 가장 처음 부르는 이름은 오 년간 단 하나뿐이었다.

"폴테스!"

그런 그녀의 목소리를 듣고 그 모습을 발견한 볼그 사비오가 어깨를 늘어뜨렸음을 에르비스는 알지 못했다.

"폴테스!"

그리고 오늘 아침도 또, 볼그 사비오는 드레스를 휘날리며 성안의 복도를 뛰어다니는 사랑스런 딸의 모습을 보며 한숨 섞인 쓴웃음을 지어 보였다.

아침 일찍부터 왈츠가 울려 퍼진 것은 에르비스가 작정하고 '나의 저주를 그저 미신이라고 증명하려면 어떡하면 돼?' 라고 폴테스에게 상담한 지 사흘 후의 일이었다.

"진짜 무도회를 열 거야? 아바마마가 그렇게 말씀하셨어?"

오케스트라 연습에 힘을 싣기 시작한 의문은 금세 풀렸다. 요 근래 다른 나라의 손님들을 초대하는 큰 행사를 일체 치르지 않던 볼그 사비오가 갑자기 행동을 바꾼 것이다.

"네. 온 대륙의 왕족이나 귀족들이 모이는 듯하니 공주님도 제대로 댄스를 연습하지 않으시면 안 됩니다. 무도회까지 한 달도 채 안 남았으니까요."

"그래. 그렇네."

오랜만의 대이벤트에 이리스를 필두로 한 시녀들은 제대로 흥분된 상태였다.

사실을 안 에르비스가 말문이 막힌 것도 깨닫지 못했다. 마치 몇 년분의 축복이 한 번에 몰려온 듯한 야단이다.

"그렇다곤 해도 온 대륙에서 손님을 모으다니, 몇 년 만의 일일까요. 서둘러 폐하와 공주님에게 새로운 의복을 만들어 드려야지요."

"최소한 세 벌은 준비해 두는 게 낫겠죠? 손님맞이용, 식사용, 무도회용 정도는 있어야 화려해 보이니까요."

"그거 멋지네요. 그럼 지금 바로 재단사를 부르죠."

그러나 이리스들의 환희도 모르는 바는 아니었다. 솔 오리엔스에서 마지막으로 성대한 파티가 열린 건 에르비스가 태어난 날의 피로연으로, 한참 전의 일이니까.

그동안 유일하게 나라 밖으로부터 내빈들을 모신 행사가 있었다고 한다면, 왕비 신시아의 장례식뿐.

사랑하는 딸에게 저주가 걸리고 왕비도 죽어 몹시 우울해진 볼그 사비오에게 가신들은 누구 하나 '성을 개방하여 파티라도 여는 게 어떻습니까?' 라고 말을 꺼낼 수 없었다. 뿐만 아니라 볼그 사비오에게 일어난 비극이 소문이 되어 온 대륙에 퍼져 나가자, 걱정과 호기심 어린 사람들의 눈에 에르비스를 보이지 않겠다는 생각에, 결과적으로 볼그 사비오 자신이 다른 나라로는 나갈지언정 내빈을 맞이하지 않는 상태를 지속해 왔던 것이다.

"자자, 공주님은 어서 왈츠의 준비를."

"…에에, 알겠어."

"폴테스님, 부탁드릴게요."

"알겠습니다."

"자, 우리들도 할 일이 태산이야. 무사히 다 끝내기 전까지 휴식은 없다고 생각해."

"그렇네. 하지만 하는 보람은 있어."

그렇긴 하지만 솔 오리엔스가 대륙에서 다섯 손가락에 꼽을 만큼 큰 나라라는 것은 변함이 없었다.

성안에 각국의 중요 인물을 불러 파티를 개최하는 것은 외교의 수단으로, 국가의 위엄을 타국에게 비추기 위해서도 피할 수 없는 길이다.

언젠가 왕위를 이을 에르비스에게 있어서도, 대체할 수 없는 교류이자 교섭의 수단이었다.

뿐만 아니라 슬슬 왕가의 행사로서 무언가 하지 않으면

안 된다고 대신들이 검토한 것 역시 사실이기에, 급히 내린 결정임에도 불구하고 이 무도회에 대해서는 누구 하나 반대하는 자가 없었다.

"대신들과도 상담하지 않으면. 손님들은 전부 몇 명이나 오실까?"

"대륙 온 나라에 초대장이 가는걸요. 당일엔 분명 대합실이 가득 찰걸요?"

"방 준비도 해둬야지. 아아, 정말 눈이 돌 정도로 바빠지겠어."

특히 '이렇게 된 거 우리가 에르비스 공주님에게 대륙 제일의 남자 분을!' 이라며 매일 밤 생각하고 있던 이리스들에게는, 그간 기다려 온 신랑 후보를 선발할 수 있는 찬스다.

설령 상대가 무슨 기분으로 이 솔 오리엔스의 땅을 밟든 간에, 에르비스 본인을 보면 '남편이 되고 싶어' 라고 바랄 게 틀림없다. 그뿐 아니라 이후 얼마나 구혼자가 나타날지 알 수 없을 정도라고 믿어 의심치 않았기에, 힘이 넘치는 것도 당연한 것이다.

"그렇다곤 해도…… 기대돼. 마치 가슴에 품고 있는 보석 상자 안을 이제야 들여다보는 기분이야."

"그 기분 이해해, 이리스. 분명 당일에는 대륙에서 모인 신사 숙녀들이 한숨을 크게 쉴 게 틀림없으니까."

"꾸미는 보람이 있는 주인님을 섬기는 우리는 어쩜 이리 행복할까.”

“에르비스 공주님의 사랑스러움도 그렇고, 볼그 사비오님은 또 어때? 대관식 때부터 줄곧 사이즈가 변함이 없으시잖아. 정말 다른 나라의 배 나온 신사 분들에게 보여 드리고 싶어.”

“그치~”

어디에 내놔도 부끄럽기는커녕, 자랑하지 않을 수 없을 정도로 아름다운 용모의 왕과 공주.

솔 오리엔스의 왕가는 분명 이 나라에선 선망의 대상이었다.

누구나가 사랑하여, 충의를 다 바칠 것을 마다하지 않는 새벽의 태양 그 자체였다.

폴테스와 함께 성안을 이동한 에르비스는 오케스트라가 있는 무도회장에서 왈츠의 연습을 시작했다.

연주를 부탁할 필요도 없이 연습곡은 끊임없이 흐르고 있었기에 참으로 편리했다.

댄스 강사도 만능 집사가 봐주므로 한시도 기다리는 일이 없었다.

돌려 말하자면, 무엇이든지 막힘없이 흘러가, 마음의 준비를 할 여유가 없는 것이 유일하게 곤란한 점이었다.

“그럼 우선 기초 스텝만으로 두세 곡 연습해 볼까요.”

“…….”

에르비스는 갑자기 무도회라 들어서 가슴속이 개운치 않았다.

어떻게 해도 시녀들처럼 들뜨지 못했다. 이 기회에 드레스를 세 벌이나 만든다고 했는데도 별로 기분이 내키질 않는 것이었다.

거기다 시간이 흐를수록 불어나기만 하는 불쾌함에 개운치 않게 마음을 빼앗겨, 점점 말수가 줄어들고 시선도 내려앉게 되었다.

"왜 그러십니까? 별로 내키지 않으신가 보군요."

완전 헛스텝만 밟고 있는 에르비스에게 폴테스가 물어온 건 몇 곡 뒤의 일이었다.

"폴테스, 아바마마는 혹시 새로운 상대를 원하시는 걸까?"

자신이 말하고 싶지 않았지만, 물어보니 의외로 물어볼 수 있었다.

키가 큰 폴테스의 얼굴을 올려다보니 가슴속의 불안감이 날아가 버렸다.

"왕비 말씀이십니까?"

"그래. 어마마마가 돌아가신 지 이미 십 년. 하지만 아바마마는 아직도 젊으시고, 옆 나라 공주들 중에는, 부모 자식 정도로 나이 차이가 나도 상관없다고. 허가만 해준다면 아바마마의 다음 아내로 보내겠다고 하는 분들도 많다던데."

에르비스가 불안과 의문을 동시에 품고 있는 건 볼그 사비오의 일 때문이었다. 누구나가 알고 있듯, 볼그 사비오는 몇 년간 오늘 같은 파티를 연 적이 없었다.

그것이 갑자기 예고도 없이 일어나, 에르비스는 볼그 사비오에게 어떤 심경의 변화가 일어난 것일까 하고 생각했다.

다른 사람들이 말을 꺼냈다면 몰라도 볼그 사비오 스스로 제안하고 결정한 일이라 이렇게 불안하고도 걱정이 되는 것이다.

"거기다 아바마마가 어마마마를 처음 만난 것도 무도회라고 했었지. 손을 맞잡고 춤을 추니 운명의 상대라고 자연히 알았다던데. 그래서……."

"그렇다면 폐하가 원하시는 건 자신의 아내가 아닌 공주님의 상대가 아닐까요?"

하지만 우울해하고 있는 에르비스의 앞에서, 폴테스는 몹시 간단히 대답했다.

무언가 매정한 말처럼 들린 것은 기분 탓일까?

"내 상대?"

볼그 사비오의 일로 머릿속이 가득 차 있던 에르비스에게 동요가 일었다. 그러나 이 상황에서 폴테스의 기분까지 알아볼 정도로, 에르비스에게는 그럴 재주도 연륜도 없었다.

"네. 초대장을 받은 손님들은 대륙의 왕족이나 귀족. 그중에서도 적령기인 차남이나 삼남, 친척이 계신 분들이 중심이라 들었기에, 필연적으로 후보자가 될 남자 분들도 많이 오십니다.”

갑자기 홀드를 잡고 있던 오른손을 강하게 붙들며, 등을 감싸 안아지자 에르비스의 동요는 일순간 곤혹으로 변했다.

“으읏!”

무도회용의 왈츠 연습이라 생각되지 않는 강렬한 턴. 여느 때와 달리 하반신이 끌려가 리드 당한 에르비스의 몸이 자연스레 휘둘렸다.

“그러니 이런 식의 리드도 제대로 받을 수 있도록, 또 냉정하게 대응 가능하도록 익숙해지십시오. 성급하신 분들은 댄스 중에 구애를 해오기도 합니다.”

그때 폴테스는 무슨 생각을 했는지, 에르비스의 몸을 꼬옥 끌어안았다.

“정열적인 분이라면 춤의 난이도를 올리는 것을 가장하여 이런 것까지도…….”

그것만으로도 심장이 튀어나올 것 같았는데, 격렬한 스텝 때문인지 에르비스의 오른 허벅지에 폴테스의 사타구니가 닿아 숨이 멎을 것 같았다.

“으읏, 폴테스!!”

프릴과 레이스가 잔뜩 수놓아진 볼륨감 있는 속치마가 막아주긴 했지만, 워낙 엄청난 일이라 비명을 질렀다. 마치 번개를 맞은 듯한 충격이 에르비스의 전신에 일어 자신도 모르게 폴테스의 가슴을 밀어 넘어뜨렸다.

"장난이나 술주정으로 남성성을 과장하려는 자들도 나오겠죠. 그중에는 사타구니를 덮은 천이라고 발뺌하는 자들도 있을 수 있으니 댄스 중에는 충분한 주의와 각오가 필요합니다."

부끄럽고 굴욕적이지만, 몸 안이 뜨거워지는 기분에 에르비스는 자신을 주체할 수 없어 눈물을 글썽였다. 그런데도 폴테스는 안색 하나 변하지 않고 언제나처럼 냉정하게 냉혹한 이야기를 했다.

"더욱이 공주님이 많은 손님들 앞에서 그런 표정을 보이게 두진 않을 테니 이리스님에게 말해 무도회용 드레스는 가볍고도 튼튼한 크리놀린(스커트를 부풀리는 속옷)을 만들어 달라고 하겠습니다. 그다음엔 속치마나 속바지도 몇 겹 겹쳐 입고요. 오늘 같은 파니에 복장으론 감당이 안 될 것을 알았으니까요."

속옷에 대한 것까지 당당히 입에 올리다니, 분해서 죽을 것 같았다.

이것을 말하는 사람이 볼그 사비오나 루프스라고 해도 졸도해 버릴 것 같은데, 폴테스라니 머리끝까지 솟아오른 피가 내려오지 않았다.

"폴테스! 아무리 그래도 파렴치하잖아. 너무 실례야. 아니면 네가 살던 나라에선 이런 걸 당연하게 숙녀에게 말하는 거야? 저질!"

에르비스는 볼을 붉게 물들이며 몸을 펴, 폴테스에게 항의했다.

"구애하는 방법은 여러 가지입니다. 저질과 정열은 종이 한 장 차이죠. 공주님도 어른이 되시면 아실 거라 봅니다만, 지금으로선 자극이 너무 강했던 모양이니 이것에 대한 이야기는 다음번에 이리스님을 통해 듣도록 전하겠습니다."

그러나 폴테스는 말을 바꾸기는커녕 사과 한마디도 없다. 이것도 집사의 일이라며 코웃음 치며 시선을 돌렸다.

"그 말은 나중에 폴테스가 '이런 이야기'를 이리스랑 한다는 거야?! 내 속옷 이야기를 이리스랑!"

그 순간 어린애 취급 당해서 화가 난 건지, 이리스의 이름이 나와 화가 난 건지는 에르비스도 알지 못했다.

"안 됩니까? 이것도 소중한 공주님을 지키기 위한 가신들의 역할 중 하나라고 말씀드렸을 텐데요."

"그럼 나에게 직접 말해! 이리스에게 이야기를 들을 때마다 얼굴에 불이 날 것 같단 말이야."

그저 자기가 들어도 이렇게 부끄러운 이야기를 폴테스가 이리스에게 하는 것이 싫었다.

생각할 것도 없이 이런 건 처음부터 '에르비스와 이리스'끼리 이야기하면 해결될 일이었지만, 왜인지 거기까지 생각이 미치지 않았다.

어지간히도 혼란스러워하고 있었는지, 에르비스 스스로 무덤을 판 꼴이 되었다.

"알겠습니다. 그럼 이번 기회에 코르셋의 이야기도 해두도록 하죠. 남쪽 나라에서는 허리를 조이는 것뿐만 아니라 가슴을 크게 보이기 위해 사용하는 것도 있다고 들었습니다만, 이 기회에 주문해 볼까요?"

그 때문에 폴테스가 말하며 히죽 웃음을 지을 때엔 완전히 참을성이 끊어져 버릴 것 같았다.

'폴테스가 속옷을, 그것도 여성용 속옷을 주문한다고 했어! 거기다가 가슴을 크게 보이게 한다니. 그거, 내 가슴이 작다는 말이지?! 허리가 두껍고 가슴이 작은 어린아이 체형 그대로라고 딱 잘라 말한 거지?! 너무해!!'

쇼크 받은 것도 있지만 피해망상까지 겹쳐 에르비스는 더욱더 울 것 같은 기분이 되었다.

"공주님, 왜 그러십니까?"

벌레라도 씹은 듯한 표정으로 괴로워하는 에르비스를 역시 이상하다고 생각했는지, 폴테스는 그녀의 이마에 손을 뻗었다.

"아, 열이……. 바로 방으로 돌아가 진찰을 받도록 하죠."

너무 흥분해 도리어 열이 올랐는지, 폴테스는 얼굴뿐만 아니라 온몸이 뜨거워진 에르비스의 모습에 당황하여 그 자리에서 그녀를 안아 들고 이동하기 시작했다.

"읏, 폴테스! 괜찮아. 별거 아냐."

내친김이라고는 하지만, 아픈 사람 취급당한 에르비스는 더욱더 열이 오를 것 같아 날뛰기 시작했다.

지금껏 공주님 안기로 옮겨진 적은 셀 수 없을 정도였지만, 오늘은 특히 강하게 거부했다.

"병은 생기자마자 고치는 게 최고입니다. 조금 열이 있으신 듯하니 오늘은 이대로 쉬시죠. 금방 잘 듣는 약을 준비해 두겠습니다."

"싫어! 폴테스의 약은 쓰단 말이야!"

에르비스는 자신의 등을 부드러우면서도 탄탄한 그의 양팔이 감싸고 있다는 사실이 부끄러워 견딜 수 없었다.

그렇지 않아도 아직 그의 부푼 곳을 느낀 부분이 찌릿찌릿하고 있는데, 이 이상 의식했다가는 죽을 것만 같았다. 에르비스의 열은 오르기만 했다.

"애 같은 소리를. 애당초 좋은 약은 입에 쓴 법입니다."

도중에 쓴 약이 생각나서 기분을 전환하려 했지만 잘 되지 않았다.

에르비스는 폴테스에게 '어린애' 소리를 들어 더욱 분개했다.

"에르비스, 약학 수업 때 알려 드렸을 텐데요."

"으읏!!"

그렇다면 차라리 모든 감정을 분노로 밀어내면 될 것인데, 이럴 때만은 폴테스가 선생님의 얼굴을 하고 있다.

에르비스는, 극히 드물지만 일부러 선생으로서 주인의 이름을 그냥 부르는 폴테스의 고압적인 시선에 말려들면, 결국 반박할 말도 잃고 굽히게 된다.

"에르비스."

원래라면 '무례한 것' 하고 말하고 뺨이라도 한 대 때리면 되지만, 에르비스는 폴테스가 낮춰 부르는 걸 싫어하지 않았다. 그러기는커녕, 보통 때보다 두 사람의 거리가 가까워졌다는 기분이 들어 좋았다. 그렇게 생각하고 있는 만큼, 분노도 기쁨도 섞여 들어 사라졌다.

날뛰어 팔에서 빠져나오는 일마저 포기해 버릴 정도다.

"아차, 농담을 주고받을 때가 아니었군요. 점점 열이 오르고 계십니다."

"폴테스가 짓궂게 장난쳐서 그래."

금세 삐쳐 버리고 말았다. 결국 그 한마디밖에 할 말이 없다고 에르비스는 생각했다.

"저는 심술을 부린다거나 사람을 병들게 하는 마법은 없습니다. 이래 봬도 의사 축에는 낍니다만, 무슨 말씀을 하시는 겁니까."

"하지만……."

폴테스는 항상 냉정하고 주눅 들지 않으며, 표정을 바꾸는 일이 없었다.

멋있고, 만능에, 집사로서도 선생으로서도 또 호위로서도 완벽하다.

게다가 외모도 훌륭하고 목소리도 황홀한 미성이었다. 이렇게 완벽한 종자는, 온 대륙을 뒤져 봐도 없을 것이라고 에르비스는 자랑스레 생각했다. 다만 딱 하나 난점이 있다면 그가 심술궂다는 점이었다.

'댄스 때도 그렇고, 속옷 이야기도 그래. 지금도 그렇지. 폴테스한테 이런 짓을 당하면 누구라도 열이 오를걸. 나만 그런 게 아냐.'

바쁜 일 중의 사사로운 즐거움일까, 아니면 기분 전환일까, 폴테스는 때때로 이렇게 에르비스를 곤란케 했다.

폴테스의 진지한 표정에 에르비스가 안달하거나 허둥대는 것을 볼 때 그는 최고로 아름답고 얄미운 표정을 지었다.

입꼬리를 올리면서 보통 때에는 결코 보여주는 일 없는 품위 있고 심술궂은 시선을 보내면서 말이다.

'특히 오늘 댄스는 너무해. 아아…… 안 돼. 생각하는 것만으로도 열이 오를 것 같아. 이래선 아무리 연습해도 왈츠 따위는 출 수 없어. 폴테스라면 당일 내가 흐트러지지 않게 일부러 이랬다고 생각하지만……. 그렇다곤 해도…… 하아.'

어떤 남자도 매료시켜 포로로 만드는 마녀, 서큐버스.

그러나 에르비스는 만난 적도 없는 마녀보다 눈앞의 폴테스가 더욱 위험한 존재로 느껴졌다.

그야말로 북쪽 끝의 마경이라는 얼음의 산속에 가두지

않는다면 조만간 모든 여성이 영혼을 뺏길 것이다. 폴테스의 포로가 될 것이다. 그리 생각했다.

'그렇다곤 해도 무도회에서 나의 상대를 찾는다는 게 사실일까? 이런 마음으로 결혼까지 가야 한다고? 게다가 매일 밤 맺어진다니, 죽을 것만 같아.'

그럼에도 에르비스는 폴테스에게 안겨 복도를 가는 사이에 점점 마음이 안정되는 것을 느꼈다.

'구해줘, 폴테스. 나 아직 결혼 같은 거 하고 싶지 않아. 그것도 진짜인지 거짓인지도 모를 저주 때문이라니, 정말로 싫어.'

아무리 심술궂어도 폴테스의 곁이 가장 안전했다.

왕가의 피를 이은 자, 후계자로 살아가기 위해 가장 필요한 것을 알려준 사람은 집사 폴테스였다.

거기다 이제 와서 결혼을 강요하는 볼그 사비오의 품보다도 마음을 허락할 수 있는 존재다. 성안에서 에르비스의 혼약을 인정하지 않는 자는 이러니저러니 해도 폴테스뿐이었다.

그리고 에르비스와 함께 '서큐버스의 저주 따윈 처음부터 없었다' 라고 증거를 밝혀줄 사람도 분명 그뿐이다.

"어머, 무슨 일이신가요."

폴테스에게 안긴 채 방으로 돌아오자 마침 방을 청소하고 있던 마야가 당황해서 다가왔다.

"댄스 연습을 하고 있었습니다만, 상태가 좋지 않으셔서 일단 돌아왔습니다. 오늘은 이대로 쉬게 해드려야 할 것 같습니다."

"그거 큰일이네요. 진짜 얼굴이 빨개지셔서는, 감기라도 걸리신 걸까요."

폴테스에게서 이야기를 듣고, 마야는 즉시 침대에 덮인 커버를 들춰 눕힐 수 있게끔 해주었다.

"요 근래 따뜻해졌기에 분명 침대에서 주무시며 다리라도 내놓았던 모양이죠. 공주님은 주무시면서도 힘이 넘치니까."

"그거, 있을 법한 이야기네요."

조금 전까지만 해도 뒹굴며 놀았던 침대에 누운 에르비스는 정말로 병에 걸린 듯한 기분이 들었다.

'옷이 굉장히 젖었어. 진짜 내 잠버릇이 나쁜 것 같은데.'

본의가 아니긴 했지만, 기왕 이렇게 잠들어 버리면 무도회에도 나가지 않아도 되지 않을까 하고 교활한 생각도 하기 시작했다.

"실례합니다, 공주님. 진찰을……."

'하지만 뜨거워진 머리나 뺨에 폴테스의 차가운 손이 닿으면 기분이 좋아. 아, 하지만…… 역시 목덜미는 간지러워. 난 고양이도 아닌데.'

열이 떨어져도 머리가 아프다, 배가 아프다고 하면 누구든 무리해서라도 손님을 상대하라든가, 춤을 추라든가 하는 소리는 못하겠지.

그 대신 얼굴이 일그러질 정도로 쓴 약을 먹어야 되겠지만…… 무도회에서 도망칠 거면 꾀병도 괜찮지 않을까 하고 생각했다.

"편도선도 약간 부었군요. 지금 약을 준비해 둘 테니 한시라도 빨리 잡도록 하죠."

'에, 그냥 열 아니었어? 편도선이라고?'

그렇긴 하지만, 오늘 열이 나는 것은 순간의 분개나 흥분 때문이 아니었음을 알았다면 이야기는 달라진다.

그렇다면 도리어 에르비스에겐 잘된 일이라고 생각할 수는 없게 된다.

'큰일이야. 어서 낫지 않으면. 심해져서 무도회에 나가지 못한다면 내가 혼나는 게 아니잖아.'

왜냐면 이전 감기에 걸렸을 때,

"주치의인 폴테스가 온종일 곁에 있었으면서 이 무슨 실책인가!"

그렇게 말하며 루프스가 혼내는 사람은 폴테스였다.

그때 에르비스가 감기에 걸린 것은 폴테스의 말을 듣지 않고서 얇게 입은 채로 첫눈이 내린 정원을 돌며 놀았기 때문이었므로 자업자득이었다.

그러나 누가 원인이 됐든 에르비스가 건강하고 활기차게

있어 주지 않으면 혼나는 것은 폴테스였다. 그의 보통 사람을 넘어선 우수한 재능과 직함은, 자연히 그 자신의 책임을 늘리고 마는 것이었다.

그걸 알고 있기에 에르비스 자신도 몸 상태엔 신경을 써 왔다.

자신이 건강하고 활기차게 있는 것이 '당신만의 가신입니다' 라고 말한 폴테스를 지키기 위한 최선책이니까. 어렸는데도 그렇게 이해했기에 에르비스는 일 년에 감기 한 번 걸리지 않는 공주가 되었다.

상처를 입는 것도 정원에서 넘어져 무릎을 다치는 정도. 볼그 사비오가 웃어넘길 정도의 수준을 유지해 왔다.

'내키지 않는 무도회는 좋아하지 않지만, 아무 죄 없는 폴테스가 혼나는 것은 더 싫어. 나만을 위한 종자가 다른 누군가에게 혼나는 건 절대로 사양이니까.'

그런 이유도 있어 에르비스가 그대로 얌전히 침대에서 안정을 취하자, 이틀 뒤에는 확실히 좋아졌다.

폴테스가 고른 쓴 약의 효과도 있지만, 부었던 편도선이 금방 호전을 보여 사흘 뒤에는 왈츠 연습도 다시 시작할 수 있게 되었다.

거기다가,

"아팟."

"죄송합니다!"

여러 가지 의미로 가슴의 고동이 빨라지거나 비명을 지

를 상황이 오면 주저 없이 상대의 발을 걷어차 버리든지 밟아버리고 춤을 중단했다.

"조금 지친 것 같아. 발이 엉켜 버렸네."

그대로 웃으며 잘라내 버리는 거친 기술도, 에르비스는 스스로 생각해 내어 몸에 익혔다.

"저기, 폴테스. 진짜 매너 없는 분이 계시면 이런 느낌으로 가도 되겠지?"

그건 폴테스가 이리스에게 말해서 준비시킨 크리놀린보다 몇 십 배는 방어 효과가 있어 보였다.

이럴 때만큼은 누가 뭐라고 하지 않아도 사랑스런 모습을 최대한 살려 발휘하기 때문에 여자는 마물이라 불리는지도 모른다. 설령 성인이 되기 전인 소녀라고 해도, 타고난 본능은 건재했다.

"그렇군요. 정말 잘하셨습니다."

이런 데에는 폴테스도 쓴웃음을 지을 수밖에 없다.

"진짜? 좋았어."

다만, 딱히 실례되는 일을 한 적이 없는데도, 그 뒤에도 폴테스가 댄스 연습을 할 때마다 에르비스로부터 마구 걷어차인 것은 확실했다.

"아파……."

"미안해! 일부러 그런 건 아니야. 발이 걸려서 그만!"

그때마다 다른 변명을 해오는 에르비스의 넉살도 대단했지만, 폴테스 역시 설마 다리를 걷어차인 것이 에르비스가 부끄러움을 숨기기 위한 것이라고는 생각지 못했다.

이쯤 되면 빈번히 일어난 가슴의 고통을 숨기는 수단이라고는, 너무나도 아팠기에 생각할 겨를도 없었다.

3장
무도회 날 밤에

나라 안팎에서 손님을 한 번에 초대하게 된 무도회 당일, 솔 오리엔스에선 요 근래 드물었던 축제로 난리였다.

성 주변 마을뿐만 아니라 국경 근처의 마을이나 거리에까지 이번에 성에서 개최되는 무도회 이야기로 달아올랐다.

솔 오리엔스의 연중행사로는, 초대 왕을 받드는 '새벽제'가 가장 성대한 활기를 자랑하는 것이었지만, 이번엔 그에 못지않게 북적였다.

이것은 현 국왕인 볼그 사비오의 존재와 인기가 그만큼 크다는 이야기이기도 했다.

나이를 먹어도 여전히 강인한 육체와 젊디젊은 얼굴을

유지하고 있는 솔 오리엔스 국왕은 머리 위에서 빛나는 태양과도 같은 찬란함으로 민중의 마음을 북돋아주는 존재였다.

그리고 그것은 멀리서부터 이 땅을 찾아온 손님들도 하는 말이었다. 특히 이 기회에 몸을 가꾸고 온 귀부인들은 그의 용감한 모습에 눈을 반짝였다.

"볼그 사비오님은 언제 보아도 가슴이 두근거려."

"정말 그래. 왕비님이 돌아가셨을 때 얼마나 곁에 있고 싶었는지. 하다못해 위로라도 해드리고 싶어서 마음 아팠어."

앉을 자리에 생화가 장식된, 오케스트라가 우아한 왈츠를 연주하는 대회랑에서는 어디를 봐도 화제로 떠올라 있는 사람은 볼그 사비오였다.

"재혼을 생각하고 계시지 않을까?"

홀몸인 여성들에게 있어서는 지금도 동경하는 왕이기에, 가능하다면 다음 아내가 되고 싶다는 마음을 가슴속에 담아두는 이도 결코 적지 않았다.

"돌아가신 왕비님은 아름답고도 총명하신 분. 마치 그림으로 그린 듯한 분이라 들었는데, 지금은 별로 그럴 기분이 아니시지 않을까요? 사연이 있는 왕비님이시고……."

"그렇지. 분명 무도회도 그 때문일 거야. 이렇게나 이름 있는 왕자나 기사들을 대륙에서 긁어와서는……."

그러나 그런 홀몸인 여성들조차 신경 쓰고 있는 것은, 역시 공주인 에르비스였다.

라이벌을 견제하면서도 볼그 사비오에게 있어 가장 가슴 아픈 것임에 틀림없을 일의 해결 방법을 모색해 본다.

"하지만 덴스 실바라 왕의 아들 분은 나오지 않았네요. 분명 또래의 형제가 있을 텐데."

"덴스 실바라는 솔 오리엔스에서 북쪽에 위치한 대륙. 게다가 일부일처제를 의무로 하는 나라니까요. 아무래도 그 나라의 왕자가 수많은 남편 중 하나가 되는 건 생각지 못할 일 아닐까요? 거기다 솔 오리엔스와의 동맹은 옛날부터 이어진 것. 이제 와서 정략결혼 같은 걸 할 필요도 없고 말이죠."

하지만 그녀들이 보기에도 저주를 피할 방법은 빠른 결혼뿐이었는지, 이번엔 그 상대의 후보를 예상하는 이야기를 꽃피우기 시작했다.

"그럼 프루골 듀시스의 제2왕자는? 아무 데도 보이질 않네. 국왕 내외는 오셨는데 말이지."

"그는 서쪽 나라 제일의 플레이보이라는 평판이 끊이지 않는 왕자야. 자기 하렘을 보유하고 있다고 들었는데, 솔 오리엔스 공주에게 올 것이라 생각할 수도 없지. 왜냐면 서큐버스의 저주를 받은 공주님은 남편이 몇 명이고 필요해. 이대로라면 공주가 대륙 최초로 하렘을 보유하게 되든가, 몇 명이나 되는 남편을 한 번에 갖는 공주가 되겠지."

"그거 딱하다고 해야 할지, 부럽다고 해야 할지. 그치?"

이런 건 귀부인들도 마을 처녀도 별 차이 없었다.

결국엔 다른 사람 이야기라는 건가. 대합실에서 이어진 대기실까지 들려오는 안 좋은 소문이 오고가는 사이, 에르비스는 무도회의 참가를 위해 두 발을 디뎠다.

이래서는 분명 누구랑 춤을 춰도 가시방석에 앉은 기분이다. 색안경을 쓰고 바라볼 수밖에 없다.

상황에 따라선 친절히 댄스를 청해오는 상대에게마저 좋지 않은 인상을 남기는 게 아닐까 걱정이 되었다.

"이리스, 아바마마에겐 죄송하지만, 역시 오늘은 나가고 싶지 않아."

기껏 어젯밤 '무도회는 에르비스의 정식 피로연이다. 딱히 사윗감을 찾겠다는 게 아니라 우선 에르비스가 왕족과 귀족이 모인 사교계에서 데뷔하기 위한 파티다' 라고 볼그사비오에게 확실히 전해 들어 안심하고 있었을 터인데, 완전 기가 꺾였다.

이리스들이 나라 안에서 실력이 좋은 장인들을 모아 만들게 한 드레스의 자락을 꽉 쥐고, 지금이라도 회장에서 도망치고 싶었다.

"무슨 말씀이세요. 모두 공주님을 한번 만나보고 싶어서 찾아온 사람들이에요. 공주님이 솔선하셔서 예를 갖추셔야죠."

평상복도 충분히 사랑스러운 에르비스였지만, 온갖 사치를 부린 옷을 입은 모습은 누구의 눈에도 압권일 터였다.

아무리 멋진 드레스나 보석으로 치장해도 그녀 자신의 매력이 몇 배나 높았기 때문이다.

이 높은 완성도를 자랑하고 싶지 않은 시녀는 어디에도 없을 것이다.

에르비스에게 선망의 시선이 모일 것을 기대하며, 드디어 회장에 보내는 순간을 기다리고 있었는데 본인이 도망치려고 하다니. 그건 곤란하다.

"알고 있어. 하지만 나같이 저주에 걸린 딸이 인사하러 나가면 아바마마에게 창피를 주는 꼴이 될 거야."

"무슨 말씀 하시는 건가요! 공주님은 폐하뿐만 아니라 우리나라의 긍지. 누가 그런 말을 하던가요!!"

그러나 누구나가 모여 있는 상황에 에르비스가 필요 이상으로 사람들의 눈을 신경 쓰고, 또한 두려워하고 있는 것은 서큐버스의 저주로 인한—눈에는 보이지 않는 낙인 때문이었다.

"하지만……."

이리스들은 이런 에르비스를 볼 때마다 서큐버스가 건 저주의 심각함과 무거움을 깨달았다. 그와 동시에 지금 에르비스가 괴로워하고 있는 것은 저주도 무엇도 아니었다. 그것을 믿는 사람들의 호기심 어린 눈이었다. 때로는 에르비스를 걱정하고 있는 이리스들 역시 같은 눈을 하였다.

"하지만이 아니에요! 공주님, 좀 더 자신감을 가지세요. 에르비스 그라시오조는 저희들의 공주님, 솔 오리엔스 국민의 자랑거리니까요."

마음 깊숙한 곳에서 솟아난 진심을 억누르지 못했는지 이리스의 목소리가 거칠어졌다. 그러나 에르비스는 자신이 혼난다고 느꼈는지, 더욱 위축되어 어깨를 움츠리고 말았다.

"이리스의 말대로다, 에르비스."

그러자 안에서 폴테스를 필두로 남자 가신들을 데리고 나타난 볼그 사비오의 목소리가 들렸다.

"아바마마."

"누가 뭐라 해도 너는 나의 딸이다. 그것도 가장 사랑하는 왕비가 유일하게 남긴, 나의 생명과도 같은 보물. 좀 더 자신을 가지고 당당한 모습을 보여주려무나."

낮 동안 준비되었던 예복도 신사적이고 멋졌지만, 볼그 사비오의 무도회용 옷은 격이 달랐다.

화려한 것은 당연하다고 해도 평소보다 부드러운 보디라인이 부각된 의상으로, 에르비스 역시 자신의 아버지란 걸 알지만 눈을 반짝일 수밖에 없었다.

"나는 너를 자랑스럽게 생각한 적은 있지만, 창피하다고 생각한 적은 단 한 번도 없다. 어느 쪽이냐고 굳이 말하자면, 너처럼 아름답고 영리한 딸을 둔 아버지로서, 선망과 질투의 시선이라면 얼마든지 받아주겠다는 마음이다."

겁내는 에르비스를 상냥하게 타이르며 언제나의 미소로 손가락으로 살짝 이마를 찔러주었다.

볼그 사비오는 에르비스에게 있어 자랑하고 싶은 아버지이며 국왕이었다. 이런 마음은 이리스들과 전혀 다르지 않았다.

"아바마마."

"자, 알았으면 함께 오너라. 너는 나의 아이, 새벽의 왕의 자손이니까."

"네."

에르비스가 볼그 사비오의 강하고 깊은 애정에 등을 떠밀려 대기실에서 대합실로 걸어가자, 시녀들은 안도했다.

무도회용으로 만들어진 드레스는 옅은 핑크색과 흰색을 기조로 한 드레스. 프릴과 레이스를 곳곳에 사용하여 여기저기 강조의 의미로 단 리본이 에르비스의 사랑스러움을 더욱 끌어내주었다.

그러나 그럼에도 한 발 한 발 걸을 때마다 살짝 흔들리며 빛나는 긴 적갈색 머리칼의 화려함에는 비할 수 없었다. 그런 머리칼에 꾸며진 장미와 레이스, 진홍의 머리 장식은 더할 나위 없었지만, 그녀의 크고 둥그런 눈동자 앞에서는 빛이 바래 버린다.

볼그 사비오의 에스코트를 받으며 대합실로 들어선 에르비스는 활짝 핀 꽃처럼 아름다웠으며, 고귀하고 가련했다. 때때로 보여주는 수줍은 미소가 사랑스러워, 앗 하는 사이에 주위의 시선을 고정시켰다. 특히 또래 청년들의 마음을 움켜쥐어 버린 모양이다.

"폴테스님의 제안이 정답이었던 것 같군요."

대기실에서 바깥 상황을 확인하며, 이리스는 지극히 만족한 듯했다.

"응?"

"절대로 겉모양을 망치지 않게끔 만든 가볍고도 단단한 크리놀린. 레이스와 프릴이 잔뜩 달린 속치마와 속바지. 이걸 준비해 달라고 들은 데다, 직접 본인이 남쪽 나라까지 가서 특별 주문한 코르셋까지 가져왔을 땐 저는 비명을 지르고 싶었어요. 그런데, 오늘 밤 공주님을 보니 납득이 되네요. 저도 댄스를 구실로 삼아 안아버리고 싶어요. 허락만 해주신다면 공주님에게 갑옷을 둘러주고 싶을 정도예요."

폴테스가 필요 이상으로 속옷에 연연한 데다, 맨살이 드러나지 않는 의상을 필요로 한 의미를 이론뿐만 아니라 감정적으로도 납득해, 새삼 감탄하게 되었다.

"변태 집사의 오명을 만회할 수 있었던 것 같아 다행입니다."

"아무도 그런 말은 안 했어요. 그보다, 폴테스님, 기다리세요. 회장 안에 들어가시기 전에 이 상의로 갈아입으세요."

폴테스는 쓴웃음을 지었지만, 이리스가 결정타를 날렸다.

"아뇨, 전 이대로도……."

"그럴 순 없어요. 더욱이 공주님의 곁에 계시니까 이 정도는 입어주셔야죠."

이리스는 다른 시녀들과 결탁해 그가 입은 칠흑의 상의를 벗기고, 옷깃에 황금빛 호화로운 자수가 놓인 파티용 재킷을 억지로 입혔다.

"아니, 하지만 이래선 손님들과 다름없지 않습니까."

질 좋은 벨벳 옷은 폴테스를 집사에서 북쪽 나라의 귀공자로 순식간에 바꿔 놓았다. 그 요염한 자태를 보자, 이리스와 그 자리에 있던 시녀들은 환희함과 동시에 왠인지 서로 씨익 하고 웃음 지었다.

"그걸 노리는 거예요. 오늘 저녁은 에르비스님에게 있어선 피로연이에요. 그렇지만 저희에게 있어선 공주님의 신랑 찾기를 겸한 무도회라구요. 아무리 앞뒤 가릴 수 없는 사정이 있다고 해도, 필요 최저한의 기준은 명확히 해두고 싶다구요."

"기준?"

이리스나 시녀들이 무엇을 꾸미고 있는지는 폴테스도 충분히 알았다.

"자, 다녀오세요."

그러나 그에 대해 물어볼 새도 없이 대기실에서 떠밀린 폴테스는 에르비스들을 쫓듯이 대합실로 들어섰다.

호화롭고도 현란한 환희로 채워진 공간에 폴테스는 일순간 눈을 가늘게 떴다.

등 뒤에서 시녀들이 '옆에는 볼그 사비오 국왕님, 측근으로 폴테스님. 이 철벽 안으로 당당히 공주님에게 말을 걸어올 정도의 남자분이 아니고선 볼 필요도 없지' 하고 서로 호응하고 있었지만, 이렇게 되면 신경 쓸 여지도 없었다.

"어쩜 귀엽고도 아름다우실까."

"거기다 당당하고, 품위 있고. 사랑받기 위해서 태어난 꽃 같군."

대합실에 모인 사람들은 폴테스의 존재에 신경 쓰는 일 없이 에르비스에게 시선을 고정시키고 있었다.

"후보자들의 눈빛이 순식간에 변했군."

"그거야 아무리 저주 받은 공주라 해도 이렇게나 아름다운 공주님은 온 대륙을 뒤져 봐도 없을 테니까. 이렇게 되면 다수의 남편 중 한 명이 되어도 상관없다는 남자는 얼마든지 있을걸."

"그래? 나라면 저 정도로 아름다운 공주님을 누구도 건들게 하지 않을 거야. 바꿔 말하자면 소유욕이 넘쳐흘러 다른 남자와 공유한다는 생각조차 못하게 될 거야."

누구나가 처음으로 보게 된 성장한 아름다운 공주, 에르비스로 인해 정신이 없었다.

"더욱이 저 정도의 아버지 품에서 자라난 공주라면 저주가 있든 없든 구설수에 올릴 용기는 나오지 않을 것 같네."

"음, 마치 나이 차이가 나는 연인 같지 않은가."

역시 볼그 사비오가 옆에 딱 붙어 있어 선뜻 말을 걸 수 없게 된 듯 했지만, 그만큼 열심히 바라보고 있는 청년들도 많았다.

폴테스는 자기도 모르게 '구멍 뚫리니 그렇게 보지 마라', '누가 연인 사이냐' 라고 말해 버릴 것 같아 어금니를 꽉 깨물었다.

"왕비님이 일찍 돌아가신 만큼 국왕은 에르비스를 아껴왔어. 서큐버스가 저주 같은 걸 걸지 않았다면 결혼 따위 아직 생각하지 않고 있을 텐데. 같은 딸을 둔 부모로서 참으로 가슴 아픈 이야기군."

"오, 그래도 이름을 대는 자가 있는 듯하군."

그렇다고 언제까지나 그렇게 서서 이야기만 하고 있었냐고 한다면 그렇지도 않았다. 몇 명의 젊은이가 마음을 먹고 볼그 사비오와 에르비스에게 말을 걸어왔다.

연령대는 에르비스보다 조금 높거나 폴테스와 비슷한 정도. 모두 신분이 높고, 여자를 다루는 데 익숙해 보이는 청년 귀족들이었다. 그중에는 에르비스처럼 순진해 보이는 청년도 있었으나, 현시점에선 뒤로 밀려나 있었다.

이래서는 춤을 요청하기는커녕 에르비스의 시야에 들어가는 것조차 무리일 듯하다.

"과연 이 무도회에서 공주님의 마음을 잡을 남자는 몇 명이나 나올 것인가."

"음, 어떤 의미로는 다수를 선택하는 것도 괜찮을 것 같은데."

"그렇지."

그저 이 상황을 '이건 이것대로 볼 만하군' 하고 비웃는 자들의 목소리까지 귀에 들리자, 폴테스는 괜히 기분이 나빠져 눈을 돌렸다.

'세간의 소문은 세상 어딜 가도 제멋대로군.'

이런 풍문이나 소문에서 에르비스를 자유롭게 하려면 역시 '저주 따윈 없다'는 걸 증명하는 수밖에 없다. 누가? 바로 나, 이 폴테스 도라코가.

'역시 내가 어떻게든 해야 해. 에르비스를 진정한 의미로 구해내기 위해선, 이 손으로 서큐버스의 저주 따윈 없다고 증명하면 돼. 하지만 그러려면……!'

그러나 그런 걸 생각하고 있을 때에만 볼그 사비오와 눈이 맞았다. 폴테스는 더더욱 웃을 수 없었다.

"폴테스."

의기양양하게 말을 걸어오는 볼그 사비오에게 폴테스는 무뚝뚝한 얼굴을 숨기듯 인사했다.

"그대도 에르비스랑 한 곡 춤출 마음이 생겼나? 오늘 밤은 집사가 아닌 덴스 실바라의 귀공자로서 말이네."

아무래도 볼그 사비오는 폴테스의 복장을 보고는 마음이 바뀌었다고 생각한 모양이다. 이곳에서 일을 떠나 춤을 춘다는 건 구혼을 향한 첫걸음이다. 그렇게 해석하자, 자연히 입이 귀에 걸릴 정도로 만족했다.

"아뇨, 이건 이리스 씨가 공주님에게 창피를 주어선 안 된다고 억지로 입힌 겁니다. 공주님의 댄스 상대라면 이미 차고 넘칠 정도로 있으니 더 이상 바랄 것도 없습니다."

"여전히 빈말 하나 못하는 남자로군."

그것으로는 폴테스의 의지를 바꿀 수 없다는 걸 안 볼그 사비오는 노골적으로 실망감을 내비쳤다.

"실례했습니다. 다시금 말씀드리자면, 저 같은 것이 그런 주제넘은 일은 생각할 수 없습니다. 죄스럽습니다."

"폴테스!"

이렇게 한발 물러선 태도로 대해도 솔직하게 말하는 폴테스.

그러나 그의 입에서는 에르비스 자체를 부정하는 말은 단 한 마디도 나오지 않았다.

폴테스가 부정하고 있는 건 어디까지나 볼그 사비오의 방침이었다. 저주를 위해 일처다부제를 지향하는 생각을 부정한 것이다.

"폐하, 이런 곳에서 할 이야기가 아닙니다. 저에게 무엇을 기대하는 것은 공주님의 수명을 줄일 뿐입니다. 그게 아니면, 지금 당장 생각을 바꾸어주시겠습니까? 공주님에게 몇 명의 남편 따위를 붙이는 바보 같은 계획을 포기해 주신다면 저도 머리를 숙이고 맹세하겠습니다. 오늘 밤, 새벽의 공주의 손을 잡고 춤출 수 있는 명예를 저에게도 달라고 말이죠."

그것만 없다면, 하는 분노와 고뇌에 붙잡힌 마음이 폴테스의 눈에 나타났다. 또 그걸 읽어낼 수 있었기 때문에야말로, 볼그 사비오도 폴테스에게 얽매이고 만 것이겠지만.

"완고한 녀석."

"폐하에게 비할 바 못 됩니다. 그러고 보니 공주님이 보기와는 달리 고집이 센 것도 폐하를 닮아서 그런지도 모르겠군요."

"그렇지 않아. 그대가 아직 진정한 사랑을 모를 뿐이다."

"전 타협을 전제로 한 사랑 따위 평생 몰라도 됩니다."

대합실 중앙에서 계속 다른 나라 청년들의 권유를 거절하는 일 없이 화려한 왈츠를 선보이는 에르비스.

드레스 자락과 적갈색의 긴 머리가 흩날릴 때마다 사람들의 한숨을 자아내는 그녀는, 볼그 사비오와 폴테스가 회장 구석에서 말다툼하고 있다는 걸 알 리가 없었다.

"그렇다면 정말 에르비스를 다른 남자들에게 줘도 좋다 이거군. 이 장소에 불러낸 젊은이들 중 누군가에게 에르비스를 시집보내도 된다 이거지."

파트너가 몇 명 바뀌어도 얼굴 빛 하나 변하지 않고 에르비스를 지켜보는 폴테스.

그러나 아내를 빼닮은 에르비스가 다른 남자와 춤추는 것을 보고 있는 것을 무엇보다 자신이 참을 수 없어졌는지 볼그 사비오는 얼굴을 돌렸다.

그러나,

"그럼 묻겠습니다만, 그 누군가 젊은 사람에는 저 남자도 포함되는 겁니까?"

"응?"

갑자기 폴테스에게 팔을 붙잡힌 볼그 사비오는 '그 남자'를 확인했다.

"헬로스 왕?!"

눈에 보인 것은 볼그 사비오와 나이 차이가 그다지 나지 않는, 남쪽 나라 오지의 전사 헬로스 부족의 왕이었다.

자식뻘인 에르비스의 손을 잡고서, 반은 휘두르듯 춤을 추고 있었다.

나쁘게 말하자면 미녀와 야수였다. 겨울잠에서 막 깨어난 곰과 먹이였다.

"어디에도 낯짝 두껍고 수치를 모르는 무례한 남자는 있는 법이군요. 제가 막으러 갈 테니 지원을 부탁드립니다."

역시 참는 것에도 한계가 온 것인가, 아니면 이건 있을 수 없는 일이라는 확신이 생겨서일까. 폴테스는 휘둘리면서도 필사적으로 상대를 맞추려 하고 있는 에르비스에게 향했다.

"폴테스!"

볼그 사비오도 자신이 그를 심하게 화나게 만든 뒤라는 것을 알고선 당황하여 뒤를 쫓았다. 이대로는 폴테스가 볼그 사비오에게 받은 화를 헬로스 왕에게 풀 것을 알고 있었기 때문이다.

"정말 그대는 사랑스럽군. 나는 한눈에 사랑에 빠졌다구."

그러나 그러는 와중에 헬로스 왕이 에르비스를 끌어안았다. 당연히 이것만은 볼그 사비오의 얼굴이 일그러질 만도 했다.

"그, 그런…… 농담도. 아얏."

남쪽 나라의 거인 전사라는 별명을 가진 헬로스 왕 상대로는 에르비스가 기껏 몸으로 익힌 기술도 쓸모가 없었다.

상대의 발을 걷어차긴커녕 발이 땅에 닿지도 않는 상태였다. 거기다 에르비스는 휘둘리면서 튕겨 나간 오른발마저 삐었다.

"농담일 리가. 이 뜨거운 가슴을 지금이라도 네 아버지에게 보여줘도 상관없어. 분명 볼그 사비오도 기뻐할 거야. 제우스의 화신과도 같은 내가 첫눈에 반하다니. 딸아이는 대륙에서 제일로 행복한 아이구나, 하고 말이야."

"아뇨, 그건…… 으읏."

진심으로 프러포즈를 하려 하는 헬로스 왕에게 에르비스는 당장에라도 비명을 지르고 싶었다.

'폴테스, 구해줘!'

"헬로스 국왕 폐하, 즐거운 와중에 죄송합니다만, 공주님을 이쪽으로."

에르비스의 마음속 비명이 닿았는지 둘 사이에 폴테스가 끼어들었다.

'에?'

에르비스는 어느 나라의 귀공자보다 멋진 모습의 폴테스

로 인해 놀랐다.

그 등이 막아주자 안심했다. 폴테스의 등이 넓고 믿음직스러워 너무나 든든했다.

'폴테스, 대체 어떻게 된 일이지? 옷을 갈아입을 예정이 있다고는 듣지 못했는데. 거기다 이 재킷, 아바마마의 의상과 만든 사람이 같아. 뭐랄까, 평소 이상으로 몸의 라인이……. 아니, 경박해, 에르비스!'

그런데도 조여맨 허리 라인이 너무나도 섹시하다고 느껴, 에르비스는 뺨을 붉혔다.

아무래도 그 댄스 연습 이래로 폴테스를 다시 보게 되었다. 지금까지는 의식하지 않았던 부분을 자연히 의식하게 되자 또 열이 날 것 같았다.

"뭐냐, 넌. 좋을 때 방해하다니. 무례한 것도 정도가 있지."

"죄송합니다. 그러나 공주님은 휴식을 취하고 싶다고 하십니다. 댄스라고는 부르기 어려운 것이라 그런지 발을 다치게 되실 것 같아서요."

그러나 지금 그런 걸 신경 쓸 때가 아니었다. 주위의 시선도 있기에 목소리를 높이진 않았지만 그만큼 폴테스의 말투와 시선은 차가웠다.

"뭐라고?! 그런 말을 해서 나와 공주의 사이를 방해하려는 거겠지."

"그럴 생각은 없습니다. 다만 애초에 공주님이 상처 입으신 걸 눈치채지 못하는 것도 모자라 상처를 입혀 버리고만 자와의 사이는, 폐하뿐만 아니라 저희 종자들도 용납할 수 없습니다만."

장신인 폴테스를 내려다볼 정도로 큰 키의 헬로스 왕을 상대로도 싫은 티 가득한 말투는 여전해, 도리어 직격으로 헬로스 왕의 신경을 거슬려 화나게 만들고 있었다.

"뭐라고?! 너 이 새끼, 뭐하는 놈이냐."

앗 하는 순간에 헬로스 왕은 폴테스의 멱살을 잡아 올렸다.

"저는 에르비스 공주님의 집사이며, 주치의입니다. 사람들의 눈도 있으니 손을 놔주시지요."

폴테스도 헬로스 왕의 손목을 잡고 혼신의 힘을 다해 맞섰다.

"으으읏, 집사라고?! 까불지 마, 이 녀석아!"

겉모습으로는 상상도 할 수 없는 힘에 의해 손목을 잡혀 헬로스 왕의 얼굴빛이 변했다.

주위의 소란이 더욱 커져 결국 오케스트라의 연주가 멈추었다.

"기다려라, 헬로스 왕. 공주는 아직 어린애라 위대한 왕에게는 어울리지 않아."

이대로는 언제 난투가 벌어져도 이상할 게 없었다.

이렇게 팽팽해진 공기를 완화시킨 것은 격해진 감정을 억누르고 둘의 사이를 중재한 볼그 사비오였다. 일단은 웃는 얼굴로 헬로스 왕에게 말을 걸며, 그 곁에 있는 폴테스에게는 '에르비스를 데리고 일단 대기실로 가라' 고 신호했다.

"자, 이리 와서 나랑 술이라도……."

볼그 사비오는 말은 온화하게 했지만 눈은 웃고 있지 않았다. 도리어 격노하는 것이 전해졌는지 헬로스 왕도 이 이상 불평하지 않았다.

"흥, 필요 없어!"

볼그 사비오의 체면을 살려주듯 폴테스와 에르비스를 놓아주었다.

"그럼 여행 이야기라도 들려주지 않겠나? 일전에 바다 건너에 있는 대륙에 갔다고 들었다네. 부디 자세히 들려주게나."

그 이후로도 주위의 눈이 보고 있는 체면을 생각해, 볼그 사비오는 미소를 띠우며 술자리를 계속해서 권유했다.

"아아, 그러고 보니 사막뿐인 대륙이 있었지. 이야기는 이걸로 끝이야. 이 이상 너에게 할 이야기는 없어. 흥!"

그러나 볼그 사비오가 건투한 보람이 없게도 헬로스 왕은 획 하고 얼굴을 돌리며 마치 '두고 봐라' 고 말하는 것처럼 그 자리를 떠났다.

나이를 먹어도 여전했다. 지금도 독신이라 그런지 볼그 사비오가 어렸을 적 만났을 때와 전혀 변함이 없어 보였다.

"……하아. 에르비스 주변에는 왜 이리도 곤란한 남자들만 꼬이는 건지."

볼그 사비오는 그 뒷모습을 바라보며 자기도 모르게 이마에 손을 얹었다.

에르비스에게 있어 곤란한 남자.

그 필두가 사실 볼그 사비오일지도 모른다는 것은 본인으로선 알 수 없었다. 이것만은 에르비스 자신밖에 모를 일이니까.

대기실로 돌아온 에르비스는 소파에 앉아 평소보다 굽이 높은 구두를 벗었다.

"발은 어떻습니까. 아프십니까? 턴할 때 다리를 삔 것 같았습니다만."

폴테스는 에르비스의 앞에 한쪽 무릎을 꿇고 아픈 발의 상태를 살피려 했다.

"이 정도는 괜찮아. 그보다 헬로스 왕이 화나 있었어. 돌아가지 않으면."

구해줘, 폴테스! 그렇게 생각은 했지만, 정말 구하러 오는 바람에 일이 커졌다. 에르비스는 자신의 일보다 그와 볼그 사비오, 주변의 일이 걱정이었다.

싫어도 평정을 되찾아야 했다.

"그쪽은 폐하께서 어떻게든 해주실 겁니다."

"하지만……."

"아시겠습니까, 공주님. 아무리 초대받은 손님이 상대라고 해도 무례한 짓을 용인해선 안 됩니다. 하나하나 성실하게 상대할 필요도 없습니다. 당신은 대륙 안에서도 강국인 솔 오리엔스의 공주입니다. 좀 더 위엄 있게 대하는 게 당연한 겁니다."

하지만 마음이 진정되고 나자, 에르비스는 폴테스의 말투가 아프게 다가왔다.

말하고자 하는 바는 알겠지만, 어째서 그는 좀 더 상냥하게 이야기해 주지 않는 걸까?

이럴 때만큼은 응석을 받아줘도 괜찮을 텐데. 무심코 그렇게 생각해 버렸다.

"거기다가 쇼의 연장이라곤 해도 오늘 밤의 댄스는 특별합니다. 손을 맞잡을 상대도 신중하게 정하지 않으면 안 됩니다. 이 사람 저 사람 가리지 않고 꼬임에 넘어가면 공주님의 품위에도 영향을 끼칩니다."

거기다 놀랄 만한 말까지 해 한순간 귀를 의심했다.

숨이 막혔다.

"역시 꾀병 부릴 걸 그랬어."

"뭐라고요?"

설마 폴테스가 헬로스 왕과 다투기 전에, 볼그 사비오와 한바탕 싸워 기분이 나빴었다고는 생각조차 못한 에르비스는 그 말을 곧이곧대로 받아들였다.

"나 이래 봬도 오늘 아침부터 계속 이런저런 말을 들어가며 힘냈어. 그런데 이렇게 혼날 바에야 처음부터 나가지 않았으면 좋았다고 생각하게 됐잖아!"

감정이 북받쳐 손에 든 구두 한쪽을 바닥으로 내던졌다.

"공주님."

"대체 뭐야. 오늘 밤 댄스는 중요하다느니, 상대를 고르라느니. 이건 결국 신랑감 찾는 일이라고 말하고 싶었어? 난 아직 결혼 같은 거 하기 싫은데……. 내가 '저주 받은 아이' 라고 말하는 거랑 뭐가 달라! 이젠 싫어."

마음이 진정되지 않은 채 그녀는 다른 쪽 구두도 집어던졌다.

"공주님! 그건 틀립니……."

"변명 따윈 듣기 싫어. 폴테스 따위 정말 싫어!"

"으읏!"

폴테스가 구두에 맞은 것은 아니었지만, 아마도 그는 직접 맞은 것보다 아플 터였다. 그건 에르비스도 표정을 보면 알 수 있었다.

"나는 잠시 안쪽 방에서 쉬겠어. 그러니 너는 회장으로 돌아가서 적당히 둘러대고 와. 그리고 내게 그 누구도 다가오지 못하게 해. 알겠지."

에르비스가 소파에서 일어나자 분노가 담긴 눈가에 눈물이 가득 고였다. 그리고 무릎 꿇은 폴테스를 내려다보며 분명한 어조로 명령했다.

내 곁에 있지 말라고, 쫓아오지 말라고.

"……공주님."

충격을 감추지 못하는 폴테스에게서 에르비스는 얼굴을 돌리고 맨발로 드레스를 나부끼며 달려갔다. 발의 아픔에도 아랑곳하지 않고 대기실 너머의 방으로 사라져 갔다.

'바보……. 폴테스는 바보야.'

온몸으로 폴테스를 거부한 에르비스는 이어진 방으로 향한 후 아무도 없다는 것을 확인하고는 눈을 깜박였다. 차오른 눈물이 한 번에 쏟아져 뺨을 적셨다.

'저주 같은 건 미신이라고 했잖아. 서큐버스의 저주 따위 있을 리가 없다고.'

지금까지 비슷한 이야기라면 볼그 사비오를 비롯하여 루프스나 이리스에게도 들어왔다. 하지만 이렇게 가슴이 아픈 적은, 눈물이 흘러넘친 적은 단 한 번도 없었다.

'그런데 어째서 너까지 내 결혼 이야기 같은 걸…… 신랑 이야기 같은 걸 하는 거야.'

방 안에 놓인 삼인용 소파에 앉은 에르비스는 흑흑 흐느끼며 계속 눈물을 흘리고 있었다.

분한 건지, 슬픈 건지, 괴로운 건지 알 수 없었다.

단지 북받쳐 오르는 것을 떨칠 수가 없었다.

그 정도로 '폴테스에게 들은' 사실이 쇼크였다.

'그건 혹시 저주가 진짜라는 걸 알았다는 거야? 그래서 폴테스는 내가 결혼하는 편이 좋을 거라 생각하는 거야? 몇 명이고 남편을 들이는 게 좋다고……. 하지만 그렇다면 난… 정말로 결혼을 생각하지 않으면 안 되는 거야? 이대

로라면 성인이 되는 날 죽는 거야? 어느 쪽이야, 폴테스!'

하지만 이제껏 없던 큰 쇼크는 에르비스에게 있어 폴테스가 특별한 존재라는 것을 실감하게 해주었다.

그것이 사랑인지 종자를 향한 신뢰인지는 판단할 수 없었지만, 폴테스가 에르비스에게 있어 다른 사람보다 몇 배는 가슴의 두근거림을 격렬하게 만드는 존재라는 것은 틀림이 없었다.

"아파…… 가슴이 아파."

야단칠 때는 움찔움찔, 짓궂은 말을 들을 땐 울컥울컥.

하지만 그런 모습을 봐도, 상냥하게 머리를 쓰다듬어질 때도, 안아 올려질 때에도 두근두근거려서, 폴테스는 무언가 알 수 없는 형태로 늘 에르비스의 심장을 뛰게 했다.

"괴로워, 폴테스. 어떻게 좀 해봐……."

에르비스는 괴로운 마음을 누르며 소파에 엎드려 울었다.

이렇게나 자신을 괴롭게 만든 것은 폴테스인데, 어째서 그를 원하게 될까.

지금 바로 곁에 두고 싶어. 위로 받고 싶어.

다툰 건 아니지만, 이대로는 싫었다. 화해하고 싶었다.

그렇게 바라는 건 역시 사랑일까, 아니면 그저 어리광일까?

그렇게 엎드려 울던 에르비스의 뒤로 누군가가 다가왔다.

"폴테스?"

기대를 품고 돌아보았지만 서 있는 사람은 헬로스 왕이었다.

"뭐야, 가슴이 아파? 그러면 내가 낫게 해주지. 분명 코르셋이 조여서 그렇겠지."

"에?"

어째서 이런 안쪽까지?

물어볼 새도 없이 뒤에서 끌어안겨, 에르비스는 헬로스 왕에게 가슴을 더듬어졌다.

힘으로 몸을 흩뜨려지자 공포가 밀려왔다.

"무슨, 싫엇!! 이러지 마세요! 무슨 짓이에요!"

힘으로는 당해낼 수 없는 것을 알면서도 필사적으로 도망치려고 저항했다.

그러나 헬로스 왕의 손은 사정없이 에르비스의 가슴을 쥐면서 드레스 자락을 걷어 올리려 했다.

"반항하지 마. 나는 너의 저주를 풀어주려고 하는 것뿐이야. 오늘 밤 내 아내로 삼아 매일 밤 사랑해 주면 끔찍한 서큐버스의 저주로부터 목숨을 구할 수 있어."

"싫어, 놔줘!! 살려줘, 폴테스!"

볼륨감 있는 드레스의 모양을 잡아주고, 또한 댄스 중에 에르비스의 몸과 마음을 지켜준 크리놀린이 벗겨져 발밑으로 떨어졌다.

"떠들지 마. 금방 내 것으로 만들어주마."

"살려줘, 아바마마아앗!"

에르비스는 헬로스 왕의 큰 몸에 떠밀려 소파에 쓰러지자 그나마 유일한 저항으로나마 목소리를 높였다.

그러나 이곳은 대기실의 맨 안쪽이라 오케스트라의 연주가 계속되고 있는 대합실까지 에르비스의 목소리는 닿지 않았다. 폴테스에게 명해 사람들을 물리게 한 만큼, 절체절명의 상황이었다.

"칫. 옷을 대체 몇 겹이나 입은 거야. 귀찮게스리."

그래도 몸에 딱 맞는 화려한 드레스의 겉보기로는 상상도 할 수 없을 정도로 겹쳐 입은 속옷이, 헬로스 왕의 마수에서 조금이라도 에르비스를 지켜내고 있었다.

본인의 저항까지 더해져 그리 간단히는 맨몸을 드러내게 할 수 없었다.

"어차피 본성은 음탕한 마녀인 주제에 정숙한 척하기는."

그러나, 그런 것에 짜증이 난 헬로스 왕은 결국 에르비스의 가슴에 손을 뻗어 한번 풀어진 앞섶을 힘으로 잡아 뜯었다.

코르셋으로 감싸여 있긴 하지만 새하얀 데콜테(가슴, 어깨, 등을 크게 판 깃 트임)에서 앞가슴까지 드러나, 에르비스는 치욕을 넘어선 격노에 헬로스 왕의 뺨을 때렸다.

"무례한 것!!"

"읏!"

일순간 에르비스의 분노가 담긴 욕설과 기백에 눌려 헬로스 왕의 몸이 움찔했다.

"지금 당장 내게서 떨어져요. 이 이상 무슨 짓을 했다간 혀를 깨물어 죽어버리겠어요!"

에르비스는 양손으로 가슴을 가리며, 짐승으로 변한 헬로스 왕을 필사적으로 위협했다.

"뭐라고……."

"죽을 거예요!!"

역시 금방이라도 혀를 깨물어 버릴 것 같은 에르비스로 인해 헬로스 왕은 주춤했다.

그러나 곧 비명을 듣고 폴테스가 이곳에 뛰어들었다.

"이 녀석, 공주님에게 무슨 짓이냐! 부끄러운 줄 알아라!"

"우왓!!"

역시 이대로는 안 되겠다는 생각에 사과하려고 온 것일까?

안색이 바뀐 폴테스는, 분노에 몸을 맡겨 에르비스에게서 헬로스 왕을 떼어내 바닥에 쓰러뜨렸다.

그 기세로 벽에 걸린 검집에 손을 뻗어 망설임 없이 검을 뽑아 들었다.

"읏, 네놈은……! 고작 집사 주제에 주인의 남편이 될 자에게 이런 짓을 하다니. 그냥 넘어갈 것 같으냐!"

"누가 주인님의 남편이냐? 아무래도 한순간의 실수가 아니라 아예 미쳐 버린 모양이군."

폴테스는 평소에는 상상도 할 수 없는 모습으로, 번뜩이는 검끝을 헬로스 왕에게 겨누었다.

"뭣이!!"

"목숨을 잃고 싶지 않으면 미쳤단 걸 인정하고 물러가라. 그게 내가 베푸는 최대한의 인정이다."

느닷없이 베어 넘기지는 않을 만큼, 폴테스에게도 일말의 이성은 남아 있었던 모양이다.

"누가 할까 보냐."

"그렇다면 이런 곳에서 공주님을 욕보인 죄로 내가 이 자리에서 때려눕혀 주마. 각오해라!"

그러나 두 번의 여지는 없었다. 폴테스는 망설임 없이 검을 치켜들어 헬로스 왕에게 휘둘렀다.

"히이이익!"

"기다려라, 폴테스!"

순간 그의 손을 잡아 검을 멈추게 한 것은 볼그 사비오였다. 그의 등 뒤에는 루프스를 필두로 한 가신들이 있었으나, 너 나 할 것 없이 이 상황에 경악하고 있었다.

"폐하."

왜 막았지?!

분노를 사그라뜨릴 줄 모르는 폴테스가 볼그 사비오를 바라보았다.

"그대는 공주를 방으로 보내라. 헬로스 왕은 독한 술을

마셨군.”

“무슨 말씀을 하시는 겁니까.”

“뒷일은 내가 맡겠다. 그러니 그만 물러가라!”

“하지만!”

볼그 사비오는 폴테스에게서 검을 빼앗고는, 조금은 냉정해질 것을 눈으로 호소했다.

“폴테스, 어떠한 이유가 있을지언정 이 남자는 헬로스 왕이다.”

“그래!! 나는 헬로스 왕이라고!”

헬로스 왕은 앞을 막아서고 있는 볼그 사비오를 방패 삼아 어떻게든 이 상황을 무마시키려 했지만, 역시나 그건 볼그 사비오가 용서치 않았다.

볼그 사비오는 손에 든 칼을 헬로스에게 겨누었다.

“그러나 어떤 이유가 있어도 에르비스는 이 솔 오리엔스의 왕인 나의 딸. 내 허가도 없이 제멋대로 행동하다니. 혹시 진심으로 욕보이려 한 것이라면…… 잘 알고 있겠지, 헬로스 왕이여! 그대만이 아니라 그대 일족 모두가 내일 떠오르는 태양을 보지 못할 것임을!”

새벽의 왕—그 이름에 걸맞게, 작열하는 태양 못지않게 반짝이는 눈빛이 분노를 드러내며 경고하였다.

“자아, 각오하고 대답하라. 술이 취한 나머지 술주정을 부린 거겠지?”

아무리 싸움에 뛰어난 전사들이 많은 헬로스 족이라 해

도, 동쪽의 대국 솔 오리엔스 군과 전쟁을 치렀다간 뼈도 추리지 못한다. 그중에서도 신기라 불리는 볼그 사비오의 칼놀림은 백 명의 근위병과 필적할 정도다.

"……그, 그래. 미안하군. 너무 많이 마신 것 같……."

한 나라의 왕이자 최강의 기사 볼그 사비오.

그 강함과 용맹함은 결코 여인들의 환상으로 만들어진 게 아닌 것을 알기에, 헬로스 왕도 순순히 고개를 숙였다. 그 자리에 주저앉아 거대한 몸을 움츠리고 말았다.

"그럼 됐어. 폴테스, 공주를 방으로."

볼그 사비오가 어떻게든 상황을 수습하자, 폴테스도 심호흡을 하면서 소파에서 웅크리고 있는 에르비스를 안아 들고 방으로 돌아갔다.

그 자리에 있는 볼그 사비오와 남겨진 가신들은 어떻게 해줄까, 라는 눈으로 헬로스 왕을 바라보았지만, 역시나 볼그 사비오는 '손대지 마라' 고 말렸다.

"여기서는 좀 그렇군. 자, 헬로스 왕, 우리들도 일단 별실로 갈까."

"용서해라…… 사비오. 저 아이가 너무나도 신시아를 빼닮아서 떨리는 마음을 억누를 수 없었어."

"그럴 거라 생각했지. 하지만 그렇다고 해도 신시아는 내 아내였네. 이런 파렴치한 행위, 일족의 왕인 사내가 할 짓은 아니지."

부모 자식뻘 정도로 나이차가 나는 에르비스에게, 오늘

밤 어처구니없는 짓을 해온 헬로스 왕.

그러나 아무래도 볼그 사비오는 처음부터 그 이유를 알고 있었던 모양이다.

"확실히 신시아는 너의 왕비, 아내가 된 여자다. 하지만 나는…… 난 네가 나타나기 전부터 줄곧 신시아를……. 그런데, 그런데 나중에 네가 나타나서는……. 우오오오오옷!"

남쪽 나라 출신 신시아는 같은 지역의 헬로스 왕과 소꿉친구였다. 세상 물정 모르던 때부터 왕래해 온 친한 사이였다.

때문에 볼그 사비오는 그것을 원인으로, 이전에 헬로스와 칼을 주고받은 적이 있었다.

같은 여자를 사랑했고, 그리고 겨루어 정정당당히 승패를 갈랐다.

지금 생각해 보면 폴테스 이상으로 혈기왕성했다. 하지만 이제, 그들 사이에 있던 여자는 없다.

남겨진 남자들이 언제부터 술잔을 주고받는 사이가 되었는지, 생각해 보면 기묘한 이야기였다.

"자네도 참 순진한 남자로군. 그리고 나의 아내는 죽어서도 '죄 많은 여자' 고."

볼그 사비오가 울기 시작한 헬로스 왕을 탓하지 않은 건 에르비스를 보고 흔들린 그의 마음을 알고 있었기 때문이다.

"우오오오오!"

그러나 아내를 쏙 빼닮은 딸아이에게, 억지로 몇 명의 남편을 들여야만 하는 고뇌는 누구도 이해하지 못한다.

그것만은 싸움에 익숙한 남자인 헬로스 왕에게도 상상조차 할 수 없는 일이었다.

대합실을 벗어나 방으로 돌아와도 에르비스는 폴테스를 안고서 떨어지지 않았다.

"죄송합니다, 공주님. 제가 곁을 벗어나자마자……. 부디 용서를."

폴테스는 에르비스를 무릎 위로 다시 안아 들고는 일단 소파에 앉았다.

"폴테스, 폴테스."

"공주님."

풀어 헤쳐진 가슴을 보지 않으려 해도, 폴테스의 눈에는 이미 강렬하게 새겨져 버렸다.

치밀어 오르는 분노와 함께, 그것과는 아주 상반된 욕정이 피어나 폴테스의 팔에 점점 힘이 들어갔다.

차라리 이대로 에르비스를 자신의 아내로 맞이하고 싶은 충동이 일어나도 무리가 아닌 상태였다.

그 정도로 에르비스는 상처 입고 슬퍼하는 모습마저 아름다웠다.

울어도 웃어도 화내도, 모든 것이 사랑스럽게 느껴지는

존재였다.

하지만,

“이젠 싫어. 어째서, 어째서 내가 이런 꼴을 당해야만 하는 거야? 어째서 서큐버스는 나에게 저주를 건 거지?”

폴테스가 한층 더 강하게 끌어안으려는 순간, 에르비스가 갑자기 푸념을 늘어놨다.

“내가 무슨 짓을 한 걸까? 정말 기억나는 게 없는데. 이건 혹시 전생에 원망 받을 일을 한 걸까? 그렇다곤 해도 지금의 나에겐 아무런 관계도 없어. 그런데, 그런데 어째서!”

어딘가에서 누군가와 부딪치지 않고서는 기분이 풀리지 않았던 것일까. 그도 그럴 것이다. 에르비스 정도로 불합리한 걱정을 하며 자라난 아가씨는 그녀 외에는 없다.

게다가 자칫하면 이런 상태가 평생 지속되는 것이다. 울며 소리치는 것 정도는 하고 싶은 게 당연하다. 오히려 지금까지 그런 일이 없었다는 게 이제 와서 생각해 보면 이상할 정도다.

“그러네요. 당신은 무엇 하나 잘못한 게 없습니다. 태어났을 때부터 무엇 하나도.”

그런데도, 화내는 에르비스에게 지금 폴테스가 할 수 있는 말은 이것뿐이었다.

아직까지 저주 따위 없다, 서큐버스의 저주 따위 처음부터 말도 안 되는 것이었다고 입증할 수 없는 폴테스에게는, 이 이상 말이 입에서 나오지 않았다. 그렇기에 안타까웠다.

누구도 아닌 자신에게 화가 치밀어 올랐다.

이미 시간적 유예는 없었다. 차라리 바로 결단을 내릴 것인가, 증거를 찾기 위해 북쪽으로 떠날 것인가, 헤매기 시작했다.

"폴테스."

안긴 채 떨어지려 하지 않는 에르비스가 사랑스러웠다. 아무리 냉정하고 직무에 철저한 폴테스라 해도 오랫동안 억눌러 오기만 하던 이성을 부숴 버릴 듯한 충동은 자연히 일어난다.

"에르비스 공주님은 나쁘지 않아요."

팔 안에 몸을 맡기고 부드러운 머리칼과 뺨을 가까이 대어오는 에르비스의 새하얀 이마에, 눈물로 젖은 뺨에, 분노를 뱉어낸 입술에 하나하나 키스해 달래주고 싶은 것은, 이제 와서는 당연한 감정이었다.

"무엇 하나 잘못한 거 없어, 에르비스……."

폴테스는 에르비스의 머리칼을 쓰다듬다 그녀의 얼굴을 들여다보며 입술을 가까이 했다. 볼그 사비오의 존재마저 생각나지 않았다.

우선 그 하얀 이마에 키스했다.

그러나 그때였다.

"그치! 폴테스도 이것에 관해서만큼은 나랑 같은 의견이지?! 부정하지도 않고, 틀렸다고 야단치지도 않잖아?"

"네엣?!"

쪽 하고 키스함과 동시에, 폴테스는 갑자기 이야기를 이어나가기 시작한 에르비스에게 힘껏 밀려났다.

"그렇지, 그런 거야. 그런데 왜 내가 저주를 받지 않으면 안 되는 거야? 농담도 지나쳐. 나, 이렇게 된 거 서큐버스랑 담판을 지으러 가겠어!"

"담판을 지으러 간다고요?"

그런가 하면 무릎 위에서 스스로 내려와 당당히 서더니 엉뚱한 말을 꺼냈다. 이미 폴테스는 완전히 안중에 없었다.

"그래, 맞아. 역시 애당초 저주 받은 이유도 모르는 채 계속 저주에 걸린다니 납득이 안 돼. 설령 이게 진짜 저주가 아니더라도 소문으로 피해 받은 지도 벌써 한참이야. 오늘 그 사실을 확실히 알았어. 세상은 너무나도 가혹한 소문을 계속 내왔고, 나는 성안에 있으니까 몰랐을 뿐인 거야. 불쌍하다든가, 참 안됐다든가 말하면서도 마음속으로는 깔보면서 때때로 비웃고 있던 거지."

대체 뭐가 어떻게 되어가는 건지, 에르비스는 전에 없는 기세로 떠들고 있었다.

실제 세상의 비난을 알게 된 것인가, 어지간히 참을 수 없었던 것인가. 그보다도 소문으로 피해를 받다니, 말 한번 잘했다. 정곡을 찌리는 발언에 폴테스도 쓴웃음을 지었다.

"꽃 같은 아가씨여야 했을 내가 태어났을 때부터 매춘부나 마찬가지인 낙인이 찍혀서……. 만약에 내가 과일이었다면 아바마마의 농장은 이미 예전에 파산했을 거야. 왜냐면 적정가로는 팔려 나갈 리가 없고, 독이 든 과일 따위 아무도 사지도, 먹지도 않는걸.”

“……뭐어, 네. 아니, 그럴 일은 없습니다. 공주님 정도의 과일이라면, 설령 목숨과 바꿔서라도 맛볼 사람들은 산처럼 쌓여 있습니다. 오히려 그 독을 먹으려 접시에 담죠.”

일부러 볼그 사비오까지 꺼내나 싶었더니, 농부와 과일을 예로 든 것이었나……. 무심코 폴테스도 대화에 편승했다.

“그렇다곤 해도! 이대로 원치 않는 식사법으로 밥을 먹어야 한다니 정말 싫어!! 나도 상대방을 선택할 권리를 원해. 대체 뭐야, 오늘 밤 파티는. 단 한 명도 괜찮다 싶은 상대가 없었어. 아바마마처럼 용감한 분이 있어야 하는데, 폴테스처럼 지혜로운 사람도 없었어. 황금의 왕자님처럼 아름답고 상냥한 사람도 없고, 그 장본인도 오지 않았어.”

그러나 이건 흘려들을 수 없었다.

“황금의 왕자님?”

볼그 사비오, 폴테스에 이어 등장한 남자의 존재에 폴테스의 얼굴빛이 한순간 바뀌었다. 대체 어디에서 그런 남자의 이야기가 나온 것인가, 지금까지 들어본 적 없는 이야기였기에 짐작도 가지 않았다.

“혼잣말이야. 어찌 됐든 이런 꼴을 당하면서까지 참고 싶지 않아. 이대로 결혼 같은 거 하고 싶지 않다는 걸 알았어. 그러니까 난 서큐버스가 있는 곳에 가겠어. 북쪽의 마경으로 갈 거야.”

폴테스도 ‘그건 어느 쪽 이야기야’ 라고 끼어들고 싶었지만, 그보다도 무엇보다 흘려들을 수 없는 건 이 폭탄 발언이었다.

“간다고요?! 북쪽 마경으로?”

폴테스도 무심코 소파에서 벌떡 일어났다.

“그래, 이렇게 된 거 서큐버스를 만나서 나에게 저주를 건 이유라도 듣지 않으면 화가 나서 참을 수가 없는걸. 애당초 이건 합리적이지 않다고. 저주를 풀어주든지, 아니면 저주 같은 건 처음부터 거짓말이었다고 세상에 알리지 않으면 평생 나는 소문으로 피해를 입게 돼.”

찢어진 가슴 쪽을 가리려고도 하지 않고 단호히 말했다.

이러고 있으면 볼그 사비오에게서 물려받은 강한 기운이 전면에 표출된다.

아무리 겉보기에는 귀엽고 사랑스러워도, 에르비스의 성격의 태반은 볼그 사비오를 닮았다.

한번 말을 꺼내면 좀처럼 굽히지 않는 완고한 사람이다.

“거기다 만에 하나 저주가 진짜라서 풀 수 없는 것이라 한다면, 아바마마에게 고해야지, ‘목숨을 부지하기 위한 결혼 생활’ 같은 건 못한다고. 반대로 이렇게 할 수밖에 없다고 해도, 결혼 상대는 내가 찾고 싶어.”

오늘은 하루 종일 낯선 일들뿐이라 제법 얌전하게 있는 줄 알았지만, 그게 에르비스이 본모습이라고 생각하면 큰

오산이다.

그래, 아침부터 이 인분의 식사를 해치우고 정원을 뛰어다니는 것이 진짜 그녀의 모습이다. 폴테스가 오 년도 전부터 애먹어왔던, 솔 오리엔스의 응석꾸러기이자 쾌활한 공주님이다.

"설령 누가 뭐라 한대도 이쪽으로서는 목숨을 부지하기 위한 결혼일 뿐이야. 게다가 자신이 사랑하지도 않는 사람을, 그것도 매일 밤 바꾸어야 한다니! 장난하는 것도 아니고."

폴테스도 이미 흐트러진 에르비스의 가슴 쪽에 신경을 쓰고 있을 때가 아니었다.

지금 여기서 자신의 대처에 따라서는, 에르비스는 반드시 제멋대로 행동에 나설 것이다.

섣불리 행동했다간 혼자서 성을 뛰쳐나가 북으로 향할게 틀림없다. 그렇게 두지 않기 위해서는, 우선은 그녀가 원하는 것을 흘려듣지 않고 받아들일 수밖에 없었다.

"나는 지금도 저주 같은 건 믿지 않아. 왜냐면 폴테스가 서큐버스의 저주 같은 건 없다고, 있을 수 없는 일이라고 말했으니까. 나는 단연코 폴테스 쪽을 믿어."

그래, 누구나가 믿을 수밖에 없게 된 서큐버스의 저주.

마음 어딘가에서는 언제나 '자신은 저주 받은 아이'라고 한탄하고 있었던 에르비스에게 '저주 같은 건 없다'고 말하며 웃어준 건 폴테스였다.

에르비스는 건강하니까 상처나 큰 병만 조심하면 아무 문제 없이 지낼 것이라고 희망을 준 것도 폴테스였다.

"하지만 만약 나만큼은 예외였고 서큐버스만큼은 특별해서, 그래서 역시 저주가 걸려 있는 거라고 해도, 이대로 서큐버스가 생각하는 대로는 살고 싶지 않아. 오늘 밤처럼 울며 잠들고 싶지 않단 말이야, 난!"

그렇기 때문에 에르비스는 천진난만한 미소를 잃지 않는 공주로 자랐다. 지금처럼 굳세고, 지는 것을 싫어하고, 그러나 그만큼 성실한 공주로 자랐다.

"알겠습니다. 그렇게까지 결심하고 계시다면, 서큐버스가 있는 곳으로 가도록 하죠. 저도 함께하겠습니다."

"정말?!"

그런 에르비스에게 흔들림 없는 신뢰를 주기 위해서라면 그 자리에서 결정할 수밖에 없었다. 망설임은 없었다.

"네. 사실은 저도 생각하던 중이었습니다. 저주가 미신이라는 것을 입증하기 위해서는 서큐버스를 잡아오든지, 아니면 '그녀는 저주를 내리는 것 따위는 불가능한 사람이다' 라는 것을 증명하는 수밖에 없습니다. 그러기 위해선 역시 한 번은 북쪽 마경으로 갈 수밖에 없지 않나 하고요."

애당초 폴테스가 북쪽 마경에 가는 것을 생각하면서도 실행하지 않았던 것은, 에르비스를 위해서였다.

자신이 성을 떠난 사이, 어떤 사윗감을 구해놓을지 알 수 없었다. 자칫 잘못했다간 강제로 결혼까지 하게 되겠지.

그리고 한 번이라도 관계를 가지면, 그 후 에르비스는 매일 밤 누군가와 관계를 가져야만 하게 된다. 몇 명의 남편, 측실, 애인……. 어떤 형태가 됐든 여러 명의 남자와 벌어질 일이었다.

국왕 볼그 사비오가 '에르비스를 위해서는 이럴 수밖에 없었다' 라고 믿는 한, 그에게 거역하여 에르비스를 지킬 사람은 이 성안에는 없었다.

그저 역시 폴테스도 에르비스를 데리고 북쪽으로 향한다는 것은 생각하고 있지 않았으므로, 앞으로 어찌할지 고민했다.

그러나 에르비스에게 이 정도의 각오와 결의가 있다는 걸 알았으니 폴테스의 고민은 사라진 것과 마찬가지였다.

이렇게 되면 앞으로는 행동할 뿐. 고민도 초조함도 한 번에 해소되었다.

"그렇다곤 하지만, 과거 볼그 사비오 왕께서 북쪽의 마경에 병사를 파견하여 몇 번이나 실패를 하셨습니다. 그러니 똑같은 경로, 방법으로 가는 것은 무모합니다. 그건 확실하기에 공주님에게 상담을 드린 직후, 나라에 전서구를 보냈습니다. 뭔가 다른 루트는 없는지, 아니면 서큐버스에 대해 자세히 알 수 있는 단서는 없는지 조사하기 위해서요."

폴테스는 자신이 당장에라도 행동을 취하기 위한 준비를 해왔음을 에르비스에게 밝혔다.

"그러자 며칠 전에 답신이 왔죠. 덴스 실바라와 북쪽 마경 사이에 작은 마을이 있고, 거기에 옛날부터 사는 '북쪽 선인' 이라 불리는 할멈이라면 무언가 알고 있지 않을까 하는 정보를 얻었습니다."

"선인 할머니?"

에르비스도 앞서 나누었던 댄스 이야기에는 다소 오해가 있단 걸 깨달았는지 기분이 좋아졌다.

적갈색의 눈동자를 반짝반짝 빛내며, 희망과 호기심이 일었음을 폴테스에게 확실히 전해주었다.

"네에. 어쩌면 이미 돌아가셨는지도, 이야기를 못 들으실 정도로 고령일 가능성도 있습니다. 하지만 북쪽 일대에 대해서는 그 할머니가 가장 자세히 아시기 때문에 한발 앞서 제 가문의 사람이 그쪽을 향하고 있다 합니다. 잘만 된다면 시간을 헛되이 하는 일 없이 정보를 손에 넣고, 또한 북쪽 마경에 들어가는 것도 가능하지 않을까 생각합니다만……. 설령 안 되더라도 아무것도 하지 않는 것보단 낫겠죠. 이대로 시간을 보내는 것보단 말이죠."

지금도 성안의 대합실에는 여전히 오케스트라의 왈츠가 울려 퍼지고 있었다.

"그렇지. 아무것도 하지 않는 것보단 낫지! 그럼 우선은 폴테스 집안의 사람이, 그리고 우리들이 그 할머니를 만날 수 있기를 기도하면서 가보자. 하지만 역시 폴테스, 언제나 심술궂지만 준비성 하나는 발군이야."

"전혀 칭찬받는 기분이 아닙니다만."

아마도 에르비스가 사라진 회장 안은 완전히 활기를 잃고, 볼그 사비오와 중진들이 쓴웃음을 흘리고 있을 것이다.

그러나 그들을 기쁘게 하여 방심하게 하기 위해서라도, 폴테스는 그 자리에서 에르비스가 갈아입을 드레스를 준비했다.

무도회가 끝나기 전에 손님들과 인사 정도는 주고받을 수 있게끔, 얼굴 정도는 내보이자고 제안했다.

"아, 하지만 그 전에 조금이라도 서쪽 나라 몇몇은 돌아봐야지."

"서쪽 나라 말입니까? 하지만 북쪽 마경을 목표로 삼는다면 하루라도 서두르는 편이……. 북쪽 마경은 여름에도 눈과 얼음에 가둬진 세계라 가을, 겨울이 되면 공주님이 가실 만한 곳이 못 됩니다. 덴스 실바라 사람들이 출입하는 것도 초여름에서 여름뿐이라는 극한의 땅이에요."

에르비스는 폴테스가 말하는 것을 들으며, 옷장 안에서 골라온 드레스로 갈아입고 다리를 치료한 뒤 대합실로 돌아왔다.

마지막에는 솔 오리엔스의 왕녀로서 훌륭히 역할을 수행해 무도회의 끝을 장식했다.

"그것도 알아. 하지만 이 여행은 서쪽을 들르지 않고는 의미가 없는걸."

"의미가 없다고요?"

"그래. 앞으로 무슨 일이 일어나도 모든 것을 받아들이기 위해서. 내가 납득할 수 있는 인생을 보내기 위해서. 북쪽으로 가기 전에 우선은 서쪽으로……."

다음 날 아침에는 성을 나가서 북쪽 마경으로 향하기 위해.

그 전에 조금은 원하는 곳에 들르기 위해서.

4장
황금의 왕자와 검은 기사

성대한 무도회의 다음 날, 솔 오리엔스 성의 아침은 평소에 비해 느렸다.

그렇기에 아직 어둠이 채 걷히기 전에 에르비스와 폴테스가 성을 빠져나갔다는 소식이 볼그 사비오에게 전해진 것은 10시를 넘었을 무렵. 동쪽 하늘에 빛나는 태양이 머리 위에 걸렸을 시각이었다.

이렇게 되면 성안에서도 가장 훌륭한 준마를 타고 달려나간 두 사람을 지금부터 쫓아가, 오늘 안에 잡기란 힘들었다. 하물며 함께하고 있는 것이 폴테스라면, 추격자가 올 것을 예상하고 진로를 정해두었을 것이다.

그런 것들을 깨닫자, 볼그 사비오는 무심코 '당했다' 며

중얼거렸다.

하다못해 다행인 것은 볼그 사비오의 분신이라 불리는 하늘의 패자, 에르비스를 하늘에서 호위하는 매인 살다드가 함께 성을 빠져나갔다는 것이었다.

제아무리 두 사람이더라도 하늘에서 지켜보는 매의 추격까지 떨쳐 버릴 수는 없을 것이다.

도중에 먹이 정도는 요구할지도 모르겠지만, 그럼에도 여행을 방해하는 일 없이 담담하게 임무를 수행하는 하늘의 기사다. 든든한 동료로 맞아줄 것이다.

"폴테스는 무슨 생각을 하는 건지! 공주와 둘이서 북쪽 마경으로 향하다니, 무모한 것도 정도가 있지. 도대체 에르비스 공주님을 뭐라고 생각하고 있는 거야. 이 솔 오리엔스 왕의 딸이란 말이다. 무슨 일이 있고 나서는 늦어. 저주 수준의 문제가 아니야."

"루프스님, 지금 당장 기사단의 출진을! 아무리 폴테스님이 덴스 실바라 왕 주선으로 왔다곤 해도 이번만큼은 붙잡아 와 호된 벌을 주지 않으면 본보기가 되지 않습니다."

그렇다곤 하지만 루프스나 측근들의 옆에서 볼그 사비오는 자신 앞으로 남겨진 편지를 되돌려 읽고는 깊은 한숨을 내쉬었다.

편지는 두 통으로, 에르비스와 폴테스의 것이었다.

둘 다 여행의 목적과 멋대로 나간 것의 사죄가 담긴 내용이었다. 여차했을 때의 책임은 자신에게 있으니 절대로 다른 사람 탓으로 돌리지 말아달라는 간청마저 딱 맞아떨어졌다. 거기에 에르비스의 편지에는 예사롭지 않은 각오까지 적혀 있었다.

반에 하나라도 나의 저주가 풀리지 않는다는 것을 알았을 때에는 아바마마가 말씀하시는 대로 따를게요. 저 스스로도 신랑감을 찾고 맞이하는 데 전념하겠으니 부디 용서를.

이런 데에는 볼그 사비오도 할 말을 잃었다.

루프스들처럼 감정이 격해지는 것보다 먼저, 본인 쪽이 반성하고 말았다. 왜냐하면 에르비스의 행동의 불씨가 된 것은 다름 아닌 어제의 무도회 때문이라고 느꼈기 때문이다.

헬로스 왕의 무모한 행동과 이제 와서야 알게 된 세상으로부터의 평판은, 지금까지 어딘지 남의 일처럼 생각하고 있었던 저주나 혼담을 에르비스의 안에서 현실적으로 다가오게 한 만든 것임에 틀림없었다. 거기다가 '혹시라도 이 안에서 자신의 남편이 정해지는 걸까' 라고 생각했다면, 도저히 남일이라고 넘길 수 없게 되었대도 이상할 게 없었다.

이제야 여러 명의 청년들을 만나 봤기에 깨달은 것도 있었을 것이다.

얼마나 자신의 집사가 훌륭한 청년이었는지, 아무리 세상이 넓다 해도 폴테스에 비견할 남자가 없는다는 것을, 에르비스도 실감했을 것이다.

아무래도 이것은 볼그 사비오조차 뼈저리게 느낀 것이었다.

잘생긴 사람, 박식한 사람, 검술에 능한 사람, 성실한 사람.

집안이 좋은 사람, 지성이 넘치는 사람, 춤을 잘 추는 사람, 용감한 사람.

그리고 무엇보다 건강한 사람. 어느 것이든 한둘 정도 갖춘 사람이라면 어젯밤의 무도회에도 있었다.

그런 점에서는 폴테스와도 배견할 만한, 그렇게 생각되는 자가 하나도 없진 않았다. 그러나 너덧 가지를 보게 되면 폴테스보다 나은 사람은 없었다.

시녀들의 이야기만이 아니라, 볼그 사비오의 사윗감 후보 기준도 폴테스로 되어 있을 정도로 애초부터 벽이 높았다.

하물며 성안뿐 아니라 대륙을 널리 내다보아도, 현재 누구보다 에르비스의 존재를 소중히 해줄 독신인 남자는 폴테스뿐이었다.

연애감정은 제쳐두고서라도, 에르비스가 가장 호의를 보이는 또래의 이성도 폴테스일 것이다.

그런데…… 어째서 제일 뜻대로 따르지 않는 사내가 가장 흠잡을 구석이 없는 건가.

가장 사위로 받아들이고 싶은 사내가 제일 말을 듣지 않는 것인가.

볼그 사비오에게도 딜레마가 늘어나기만 할 뿐인데 당사자는 어떻겠는가. 에르비스도 당장 행동을 하지 않았어도 언젠간 사라졌을 것이다.

"뭐, 기다려라. 대놓고 추격대를 보내면 에르비스가 아무 말도 않고 성을 빠져나간 것을 세상이 알게 될 것이다. 오히려 위험을 부르게 돼. 필요 없는 무리를 끌고 가서 문제를 크게 일으킬 게 뻔하다. 여기선 밀정을 보내서 멈춰보자."

입장을 바꾸어 생각해 보면 볼그 사비오가 에르비스였더라도 똑같았을 것이다.

결과가 어찌 되든, 무언가 하나라도 자신이 해보지 않으면 기분이 풀리지 않는다.

그런 상상이 가능했기에 볼그 사비오는 화내는 측근들에게 충고했다.

"하지만 그래서는……."

"생각해 보거라. 이게 폴테스의 제안이라면 공주는 남겨지는 쪽이다. 아이면 조국으로 데려가 친가에 공주를 맡기고는, 폴테스 혼자서 북쪽 마경으로 향하겠지. 하지만 둘이서 서큐버스가 있는 곳으로 향한다면, 말을 꺼낸 사람은 공주다. 여기서 무리해 공주를 데려와 폴테스를 처벌하게 되면, 다음에는 무슨 짓을 할지 모른다. 공주는 저래 봬도 완고한 애다. 자신이 납득하지 못한다면, 이 일에 관해서는 아무것도 받아들이지 않을 테지. 그야말로 목숨 걸고 저항할 것이 눈에 뻔해."

어째서 공주를 말리지 않았느냐고 폴테스를 책망한다고 해도 아무것도 해결되지 않는다.

이것만은, 다소 모험을 하는 한이 있더라도 에르비스 본인이 납득하지 않으면 아무것도 되지 않는다는 게 아버지로서의 의견이었다.

"그럼 잠자코 지켜보기만 하자는 겁니까?! 그런 위험한 땅, 북쪽 끝자락에 공주님을 보내라고요?!"

"그건 걱정하지 않는다. 이 여행은 위험하다, 이 이상 계속되면 공주의 건강이나 생명이 위험하다, 그렇게 판단하면 폴테스가 막을 거다. 설령 여행 도중이라 할지라도, 또 북쪽 마경의 입구라고 해도, 폴테스가 판단을 그르칠 리는 없을 테니 말이야."

그럼에도 볼그 사비오가 이렇게나 침착한 것은 동행한 사람이 폴테스였기 때문이다.

"그렇습니까……."

가능하다면 에르비스의 남편으로, 솔 오리엔스 왕가의 사위로 맞이하길 마음속에서부터 바라고 있었던 남자이기에 신뢰와 안심, 그리고 약간의 기대를 품고 있었다.

어둠도 걷히기 전에 성을 빠져나온 에르비스와 폴테스는 성내 최고의 준마를 몰아온 것도 있어, 오후 무렵에는 마을에서 100킬로미터 정도 떨어진 국경을 따라 나 있는 숲에 들어설 수 있었다.

볼그 사비오에겐 '북쪽 마경으로 간다' 고 적어두긴 했지만, 실제 두 사람이 향한 곳은 서쪽 방향. 추격대를 보낸다고 해도 얼마간은 들킬 일이 없을 것이다.

그렇다곤 하지만, 하늘에는 에르비스에게 한시도 떨어지는 일 없이 경호하는 매 살다드가 날고 있었다. 볼그 사비오의 분신이라 불릴 정도로 영리한 매이지만, 아군이라고 한다면 폴테스도 든든했다.

그러나 볼그 사비오에게 에르비스의 위치를 확실히 알려주는 존재이기도 하기에, 안심할 순 없다. 볼그 사비오가 에르비스의 의지를 존중하여 여행을 인정해 준다면 문제될 건 없지만, 그렇지 않다면 설령 서쪽을 끼고 움직이고 있다고 해도 발견되는 것은 시간문제였다.

그 정도로 살다드는 철저히 길들여진 매였다. 그리고 성 안에서는 살다드와 한 쌍을 이루는 또 한 마리의 매가 볼그 사비오를 경호하고 있다. 그쪽을 일단 성에서 풀어주면 볼그 사비오는 망설이는 일 없이 그 매를 쫓아 살다드 쪽에, 에르비스가 있는 곳으로 오는 게 가능한 것이다. 정말로 잘 훈련되었다.

다만 반대로 말하면 살다드를 목표로 날아오는 매의 존재는, 추격대가 온다는 것을 알려주는 신호이기도 했다. 그렇기에 폴테스는 머리 위의 살다드를 항상 주시했다.

에르비스에게도 제대로 길들이는 시간과 습관을 지키도록 하여, 일부러 눈에 닿는 범위 안에서 비행을 유지하도록 하고 있었다.

하지만 그렇다 치더라도 이해할 수 없는 것이, 서쪽으로 향하는 이 여행이었다.

서둘러 가는 여행이 아니라면 어딘가 들러볼까 하고 폴테스도 생각했겠지만, 그렇지 않은 것이다. 목적도 목표도 시간과의 싸움이다.

솔 오리엔스를 시작으로 몇 개의 나라가 이어진 이 대륙은 가로로 넓게 퍼져 있기에 동쪽에서 북쪽으로 향하는 데 그리 시간이 걸리진 않았다.

밤낮 없이 준마로 이동한다면 열흘 정도. 해가 뜨는 동안에만 이동해도 보름에서 이십 일 정도면 동쪽 끝의 솔 오리엔스에서 북쪽 끝자락의 앞에 있는 덴스 실바라에 닿는다.

하지만 동쪽에서 서쪽으로의 횡단이라면 이야기가 달라진다. 몇 배 이상의 시간이 든다.

설령 최단거리로 솔 오리엔스에서 서쪽 끝까지 간다고 해도 최소 한 달. 거기에서 다시금 북쪽으로 향한다면 또 보름이 든다. 단순 계산으로도 세 배의 거리였고, 그만큼의 시간이 걸린다.

그것을 알고 있으면서도 '가자' 고 말하는 걸 보니 에르비스에게도 나름의 이유가 있을 것이다.

그러나 그 이유를 제대로 설명해 주지 않으면 폴테스도

흔쾌히 동행할 수 없다.

도대체 무슨 목적이 있어서 서쪽으로 향하는 것인가?

폴테스는 조금 늦은 점심시간에, 결심하고 물어보았다. 그러자 에르비스는 '만나고 싶은 사람이 있다' 고 답했다.

"그분은 어마마마의 장례식에 참석한 분이셔. 당시 아직 어렸던 내가 너무 슬퍼서 정원에서 울고 있자 걱정이 되어 찾으러온 손님 중 한 분이고, 너무나도 상냥하게 말을 걸어와 주셨어."

폴테스는 가만히 듣고 있었다.

"아마 지금 나 정도의 나이였던 걸로 기억하는데……. 내가 저주를 받아서 어마마마가 돌아가셨어, 나도 언젠가는 저주로 죽어버릴 거라고 흐느껴 울고 있었는데, 그럴 리 없다고 말해주었어."

숲 속에서 발견한 적당한 그루터기와 나뭇조각. 그곳을 테이블과 의자 삼아 펼쳐진 점심은 폴테스가 성을 나올 때 제대로 준비해 가져온 것이다.

샌드위치에 과일. 식어버렸지만 수프까지 있었다.

게다가 에르비스의 발치에는 도저히 놓고 올 수 없었던 강아지까지 있어, 기쁜 듯이 샌드위치를 먹고 있었다.

이 광경만 보자면 소풍 나온 모습이었다. 게다가 성에서 나온 두 사람은 제법 가벼운 옷차림으로 신경 써서 나왔기 때문에, 마을에서 숲으로 놀러 나온 모습처럼 보이기도 했다.

"이 세상에 저주 따위 존재하지 않아. 마녀 따윈 있을 리가 없어. 그러니까 어마마마가 돌아가신 건 다른 병이라고, 절대로 나나 저주 때문이 아니라고 기운을 북돋아줬어. 그리고 아무리 슬퍼도 지금 작별을 해두지 않으면, 두 번 다시 어마마마의 모습을 볼 수 없을 거라고."

그러나 에르비스의 설명이 진행되면서 피크닉 같았던 점심시간의 분위기가 이상해지기 시작했다.

"자아, 일어나요, 에르비스 공주. 당신은 아무리 어려도 솔 오리엔스 왕의 딸. 새벽의 왕의 아이. 언제나 앞을 바라보고 어떤 일에도 눈을 돌리지 않는 강함을 지니지 않으면 안 됩니다. 그렇게 말하며 무릎을 꿇은 채로 내 손을 잡아 친애와 충성을 담아 키스해 주었어."

에르비스의 이야기에 힘이 실리면 실릴수록 폴테스에게서는 표정이 사라져 갔다.

"그날은 온 나라가 울고 있는 게 거짓말인 것처럼 맑고도 태양이 눈부신 하루였어. 하지만 그런 하늘의 태양보다 그분의 머리칼이 더 반짝반짝 황금처럼 반짝였지. 맑은 눈동자도 역시 멋진 황금빛이었어……. 그 후로 내 마음속에는 언제나 그분이 있었지. 생각하는 것만으로 가슴이 두근거려. 그래서……."

그렇게 대강 이야기가 끝날 무렵에는, 에르비스의 발밑에서 강아지가 사라졌다. 옆에 매어 있는 준마의 발치에 숨어 상황을 지켜보고 있었다.

“그래서 이런 시기니까 그 ‘첫사랑 군’을 만나고 싶다는 겁니까? 결혼할 거면 그 사람과…… 뭐 그런 겁니까?”

아무래도 강아지의 위기 감지 능력과 본능이 정답이었던 모양이다. 폴테스는 불쾌한 어조로 ‘뭡니까, 그건’이라고 말할 듯한 표정을 하였다.

그런 연을 위해 일부러 위험을 감수하면서까지 서쪽으로 향하는 것이 시간과 노력을 들여야 하는 일인지를, 입에 담지 않고 눈으로 묻고 있었다.

“그렇게까진 생각하지 않았어! 그게 첫사랑인지 어떤지도 미묘하고. 그저 지금의 내가 그분과 만나면 어떤 느낌일지 무척 신경 쓰여. 혹시 무도회에서 만날 수 있을지 기대했지만 오지 않은 모양이고…….”

에르비스도 당황해서 대답했다. 그러나 변명은커녕 수습도 되지 않았다. 이래서는 폴테스의 기분을 더욱 틀어지게 할 뿐이었다.

“정말 조금 신경 쓰일 뿐이야! 그런 일로 먼 길을 돌아서 가야 되냐며 화낼지도 모르지만, 후회하고 싶지 않으니 할 수 없잖아. 이제 앞으로 어떻게 될지 모르니까.”

물론 폴테스도 에르비스의 기분을 전혀 모르는 것은 아니었다.

어떻게 들릴지는 모르겠지만, 이건 이거대로 에르비스에게 있어서 보험일 것이다.

정작 저주가 풀리지 않는다는 걸 알았을 때 결혼하고 싶다고 생각하는 사람이 명확히 있어서 나쁠 건 없다.

언젠가 측실을 두게 되더라도 남편은 이 한 사람으로 정해진다. 첫날밤과 결혼 생활 정도는 좋아하는 남자와 보내는 것도 가능할 것이리라.

더구나 저주가 풀려 모든 것에서 해방되었을 때에도 외동딸인 에르비스에게 들어올 사위는 반드시 필요하다. 볼그 사비오나 루프스도 에르비스가 직접 고른 남자가 있다면 이유가 없는 이상에는 반대도 하지 않을 것이다. 상황에 따라선 에르비스가 결혼 상대의 필요성을 자각만 해주더라도 볼그 사비오에게 있어 한발 전진한 일이다. 만세를 부를 일이다.

그러나 에르비스가 바라는 '그분과의 재회'는 폴테스에게 있어선 어처구니없는 내용임과 동시에 재난이었다.

"머리칼과 눈동자 색에 서쪽 사람, 그것도 왕족이나 귀족이라고 특정하더라도, 이름도 모르고 실제 연령도 모르는데……. 하물며 지금 아내가 있는지 자식이 있는지도 모르는데도요?"

"읏!!"

"뭐, 그렇게 해서 공주님의 기분이 나아지신다면 상관없습니다만, 시간은 기다려 주지 않습니다. 여름을 지나게 되면 북쪽 마경에 닿는 것이 불가능하니까요. 그걸 알고 계시는데도 불구하고, 여행 도중에 첫사랑을 꼭 찾으셔야겠다면 전 더 이상 드릴 말씀이 없습니다만……."

그래, 십 년 전에 지금의 에르비스 또래라고 한다면 현재 폴테스와 비슷한 나이이거나 연상일 것이다. 반드시 독신이라고 단정할 수 없었다. 여왕님의 장례식에 왔다는 것을 보면 어느 정도의 위치에 있는 귀공자라고는 생각되지만, 그렇다고 해도 특징이 너무 광범위해서 뜬구름 잡는 이야기였다.

그렇지 않아도 이 대륙에서 가장 많은 것이 서쪽 민족이었다.

머리칼이 금발인 사람이 가장 일반적이고, 황금빛 눈동자야 파랑색과 초록색 다음으로 많다. 거기다가 왕족, 귀족이라고 한다면 금색 눈동자의 경우가 더욱 많으며, 그 안에서 특정 인물을 찾는 일은 너무나도 어렵다.

게다가 상대가 '서쪽 나라의 왕족, 귀족의 피가 섞인 북이나 남, 동쪽 사람이었다' 라고 한다면 그 시점에서 재회는 절망적이다. 서쪽으로 여행하는 것에는 아무런 메리트가 없다.

"뭐야…… 그렇게 심술궂게 말할 건 없잖아."

"진실을 말한 것뿐입니다. 덧붙여 이 이야기를 하다못해 성을 나가기 전에 해주셨더라면 당시의 조문객 명단을 살펴 서쪽 나라의 몇 명 정도로 좁힐 수는 있었으리라 생각됩니다. 지금 이야기에서 연령대를 좁히고 금발에 금색 눈동자로 좁히면 더욱더 범위를 좁히는 것도 가능했겠죠."

역시 그때 좀 더 자세히 물어봐야 했었다. 에르비스가 꺼낸 '황금의 왕자님' 이라는 존재에 대해 끈질기게 물었다면 조금이라도 준비를 갖추었을 것이다.

그렇게 생각하자 폴테스 자신의 미숙함에 화가 치밀었다.

"미안해."

에르비스도 이건 사과할 수밖에 없었다.

웃는 얼굴로 '그럼 찾아보죠' 라는 말을 들을 거라고는 생각하지 않았지만, 이렇게까지 화낼 거라고는 생각하지 않았다.

폴테스의 청회색 눈동자는 얼어붙었다고 할까, 칼날 같았다.

무엇보다 그렇게까지 화낼 것까진 없을 텐데, 라는 말이 목구멍까지 올라왔지만 말하진 않았다.

"일단 막연히 서쪽을 향하는 것도 좀 그러니, 프루골 듀시스로 향하도록 할까요. 그 나라의 왕이라면 장례식에 참석했을 테고, 혹시라도 집안이나 친척들 중 짐작 가는 청년을 알지도 모르니까요."

그렇게 말하며 자리에서 일어난 폴테스는 완전히 에르비스에게 눈을 돌렸다.

점심 식사의 뒷정리를 하며 출발 준비를 갖추고 있었지만, 일부러 눈을 맞추지 않았다.

에르비스도 그것을 알기에 '에에' 라고 대답은 했지만, 그 뒤로 아무 말도 할 수 없었다.

'뭐야, 폴테스는. 얼굴도 보지 않을 정도로 화났으면 차라리 안 된다고 말해주면 되잖아. 이제 와서 무슨 첫사랑입니까, 라고……. 그것도 그런 어린 시절의 꿈같은 이야기를 위해서 얼마나 폐를 끼쳐야 기분이 풀리겠냐고 말이야.'

그저 생각만 할 뿐, 그 뒷모습을 바라보면서 기껏해야 입을 비죽거리는 게 다였다.

'다른 쪽을 볼 바에는 마주 보고 화를 내줬으면 좋겠어. 아니면 여차할 땐 제가 있지 않습니까, 하고!'

그저 그렇게 침울해져 있는 중에도 에르비스는 갑자기 가슴이 죄어왔다.

아무 뜻 없이 생각만 했을 뿐인데, 그 내용에 놀라 당황해서 심장이 고동치기 시작한 것이다.

'뭐래, 바보야! 난 대체 무슨 생각을 하고 있는 거야. 대체 폴테스에게 뭘 바라는 거야? 그는 집사야, 집사! 그것도 주치의에 호위를 겸한 집사!'

이렇게 되자 어쩌면 좋을지 몰라 혼자서 몸부림쳤다. 자신 쪽이 고개를 숙이고 폴테스의 등을 쳐다보지 못하는 상황이었다.

"아직 다리가 아프십니까?"

그러자 에르비스의 변화를 눈치챘는지 폴테스가 돌아섰다.

"에?"

"댄스로 삔 다리 말입니다. 벌레라도 씹은 듯한 표정을 하고 계시기에 아직 아픔이 가시지 않으셨나 싶어서요."

그가 옆으로 와서 무릎을 꿇고는 어제 삐끗한 발에 손을 뻗었다.

"괘, 괜찮아. 이제 아프지 않아. 읏!"

타이즈 위라고는 하지만 발목을 만지자 에르비스의 전신이 움찔하며 경련을 일으켰다. 마치 그곳에서 전류가 일어나듯 에르비스의 전신을 헤집었다.

간지러운 것과는 다른 미묘한 감각이다. 그러나 이것은 처음 느낀 것이 아니었다.

몸속을 찌잉 하게 하는 저린 감각도 떨림도 아닌 이 감각은 댄스 연습을 할 때부터 알아낸, 폴테스를 처음 남자로 의식하기 시작할 때에 일어난 것이었다.

"역시, 아직 아프시군요."

"아니, 지금은 딴 거…… 아앗."

부끄러움이 커져 간다. 그런데 폴테스는 그런 에르비스를 안아 들어 말 위까지 에스코트했다.

"자, 타시죠."

"안 돼. 오늘 이 아이들은 성에서 계속 달려왔어. 짐도 많이 실었고, 아까 폴테스도 '여기서부터는 조금 걸어가죠' 라고 했잖아."

말뿐인 저항은 그에게 먹히지 않았다. 에르비스는 사뿐히 말까지 옮겨져 태워졌다.

"폐하에게는 죄송합니다만, 성에서 가장 발이 빠르고 체력이 뛰어난 말을 빌려왔습니다. 이렇게나 가벼우시니 공주님이 탄다고 해서 한계가 오진 않습니다. 그렇지, 썬더."

에르비스를 태운 쪽의 말이 그에 대답하듯 고개를 상하로 끄덕였다.

"썬더도 그렇다고 하는군요. 네."

아까의 표정과는 달라진 듯한 폴테스의 미소가 준마에게 향했다.

"정말, 언제부터 말이 말하는 것까지 알아듣게 된 거야."

내 기분은 알지도 못하면서, 무심코 그런 푸념이 나올 것 같아 에르비스는 자신을 억눌렀다.

"가을 하늘처럼 변해가는 공주님의 마음을 읽는 것보다는 더욱 이해하기 쉽지요."

"결국 말과 나를 비교하는구나. 정말, 됐어."

마지막에는 흥, 하고 얼굴을 돌려 볼을 부풀렸지만 폴테스는 웃으며 이동을 시작할 뿐이었다.

두 마리의 말과 강아지, 그리고 하늘 위의 살다드를 선두로 숲 속을 나아갔다.

'심술궂은 소리를 하나 싶었더니 상냥하고, 상냥하게 해주나 싶으면 또 심술부리고. 분명히 일부러 그러는 걸 거야, 폴테스.'

말에서 내려다보는 폴테스의 옆얼굴은 이미 최선의 주의를 기울이며 여행을 이어가는 종자의 표정이 되어 있었다.

그곳에 특별한 감정은 없었다. 오히려 에르비스에게 향

하는 갖가지 표정이 사실은 특별한 것이었음을 가르쳐 주었다.

'그런데 나는 네가 싫어지지 않아. 그러기는커녕 점점 전보다 좋아지고 있어.'

아직 여행은 막 시작됐을 뿐이었다.

서쪽 나라들은 멀다. 그것도 단 한 사람의 존재를 찾아 헤매는 것이라면, 터무니없는 거리다.

'이런 것은 어쩌면 좋지? 이 좋아함은 지금까지의 좋아함과 같은 거야? 아니면 달라?'

그럼에도 에르비스가 구태여 무모한 재회를 바라는 것은 이유가 있었다.

'저기, 폴테스. 당신은 알고 있어? 나를 이렇게 고민하게 만드는 건 당신이야. 무모한 여행길에 나선 것도, 서큐버스에게로 나아가고 있는 것도 사실은 폴테스 도라코 당신 때문이야.'

에르비스는 어느 날을 경계로 계속 개운치 않았던 자신의 기분이 무엇 때문인지 알고 싶었다. 확실히 하고 싶었다. 그와 동시에 자신을 개운치 않게 하는 폴테스의 기분도 알고 싶다고 생각했다.

볼그 사비오와 폴테스가 지금까지 어떤 말을 주고받아 왔는지 알지 못하는 에르비스에게 있어, 기억 속에서만 존재하는 황금의 왕자보다도 눈앞에 있는 검은 기사 쪽이 신경 쓰이는 존재였다.

그것만은 분명했으니까.

*　　　*　　　*

극명한 위험을 부담할 것을 각오하고, 에르비스와 폴테스는 서쪽으로 향했다.

우선은 서쪽 나라에서 제일의 세력을 가진 프루골 듀시스를 목적지로 삼고, 조금이라도 황금의 왕자에 대한 정보를 얻겠다는 목표도 세웠다.

그러나 그 전에 넘어야 할 나라가 결코 적지 않았다. 특히 대륙의 중앙 지역 국가에는 동서남북 어디에서든 사람들이 모이고 있기 때문에, 수많은 머리칼과 눈동자 색을 지닌 자들이 혼재해 있었다.

그렇다면, 이곳을 잠자코 통과하기는 아깝다. 폴테스는 금발의 왕족이나 귀족에게 면회를 청하며, 되는 대로 정보를 얻으려 했다.

그리고 그를 위해서라도 일단 한 번은 보았었던 무도회의 초대된 손님 리스트를 열심히 생각해 냈다.

"무도회에 초대되었지만 오지 않은 서쪽 지구의 왕족, 귀족, 그리고 대충 이십대의 청년으로 금발, 금빛 눈동자를 지닌 가계인가. 아니, 잠깐만, 본인은 오지 않고 부모님만 왔을 가능성도 있겠군."

그렇게 몇 가지의 조건과 기억에 도달한 폴테스는 펼쳐

진 지도를 바라보면서 이후 더욱 효율적으로 오고갈 수 있는 성으로 목표를 좁혀 갔다.

그 표정은 진지함 그 자체라 무서울 정도였다.

에르비스는 저녁 식사를 준비하며 지도를 바라보는 폴테스를 보자, 무언가 그의 집념과도 같은 것을 느끼기 시작했다.

'뭐랄까, 폴테스는 뜬구름 잡는 듯한 황금의 왕자님이라도 찾아낼 것 같아. 혹시라도 내가 너를 위해 이렇게까지 수고를 했는데, 라며 분풀이라도 하고 싶은 걸까? 그도 그럴 것이, 저건 아무리 봐도 공주님의 바람을 이루어주고 싶다는 표정이 아니잖아…….'

확실히 에르비스의 직감은 틀리지 않았다.

폴테스는 이 여행의 분노를 왕자님 찾기의 에너지로 바꾸고 있는 것이다.

그 정도로 그의 온몸은 '아아, 귀찮아', '젠장' 이라고 말하는 듯한 오라가 돌고 있었다.

이걸로 재회가 이루어졌는데 상대가 기혼자였을 경우, 에르비스는 '그것 봐라' 하는 시선을 받거나 웃음거리가 될 것이 틀림없었다. '꼴좋다' 하고 코웃음을 칠 것도 예상된다.

그러다 그것과는 별개로 에르비스는 문득 생각했다.

"저기, 폴테스. 찾아가 만나는 거야 그렇다 치더라도 지금 우리들이 알현을 부탁한다고 귀족이나 왕족이 만나줄까? 문 앞에서 쫓겨나지 않을까?"

지극히 당연한 의문이었다. 왜냐면 두 명의 여행은 비공식적이었다. 에르비스만 해도 이름도 신분도 노출되지 않는 상태에서 여행하고 있으니, 그렇게 간단히 신분 높은 자들이 문을 열어줄 것이라고는 생각지 않았다.

상냥하고 느긋한 볼그 사비오마저 태생을 모르는 자와의 알현은 신중했다. 언제 어디서 어떤 이유로 생명을 노려오는 자가 있을지 모르는 왕족에게 있어 상냥함과 신중함은 둘 다 당연히 요해지는 덕목이었다.

"그거라면 덴스 실바라 왕국의 이름을 빌리도록 하죠. 설마 공주님의 첫사랑 찾기라고는 말할 수 없으니, 여행길에 도움을 받았다고 하고 금발, 금색 눈동자의 청년 귀공자를 찾는다고 말하면 되겠죠."

그러나 에르비스의 의문에도 폴테스는 들은 체 만 체였다.

"그런 걸 멋대로 말해도 괜찮아? 거기다 신분을 설명하라고 말하면 어떡할 거야? 폴테스는 덴스 실바라 왕의 사자라고 설명할 만한 뭔가를 가지고 있어?"

"아뇨. 그저 상대가 상당히 무지하지 않다면 제 눈을 보고 납득하지 않을까 싶습니다만."

"아, 과연."

왜냐면 폴테스 자신을 뒷받침할 근거가 있었다. 그것은 그의 청회색 눈동자였다.

대륙이 넓다곤 하지만 청회색의 눈을 가진 자는 희소하며, 덴스 실바라 왕의 혈연만으로 한정되어 있었다.

그것도 친족이면 모두가 이 눈동자 색을 가진 것이 아니라, '선택받은 자들만이 가지고 태어나는' 것이라 할 정도로 일족 안에서도 희소했다.

그것이야말로 왕족의 가까운 친족이든 먼 친족이든, 이 눈동자가 초대 덴스 실바라 왕으로부터의 혈통의 증거로 여겨지고 있어, 폴테스가 국왕의 친족이라는 것만으로 뭔가를 우대받는 것은 오히려 이 눈동자 덕이라고 들었다.

폴테스는 이 눈동자만으로도 자신의 신분이 높다는 증명이 가능한 것이다.

"자, 일단 방문 코스는 정해두었습니다. 출발은 내일 하는 걸로 하고, 오늘 밤은 식사를 하고 쉬기로 하죠."

그래서 당일 여행을 떠나는 데 망설임이 없었던 것이다.

폴테스는 몇 개의 국경을 넘는 데에 있어 자신의 신분을 증명할 필요가 없다는 것을 알고 있었고, 그것을 100% 이용할 생각이었던 것이다.

"에?! 여기서? 여관에서 자는 게 아니었어?"

그러나 그런 이야기는 제쳐두고 에르비스는 목소리를 높였다. 폴테스가 지도를 정리하고 준비 중인 식사를 보면서 텐트의 설치를 시작했기 때문이다.

"죄송합니다. 국경 인근의 마을까지는 아직 제법 거리가 되는지라, 오늘 밤은 여기서 텐트를 치도록 하죠. 불편하시겠지만, 해가 떨어진 뒤 숲에서의 이동은 위험을 초래하기에 용서해 주십시오."

이유는 간단했다.

"그래, 그것도 그렇지. 그럼 텐트 설치를 도울게."

에르비스는 곧 이해하고는 힘을 냈다.

제대로 성 밖으로 나온 적이 없는 에르비스에게 있어 이것은 놀이였다. 불편함을 느끼기 전에 그저 즐거웠다.

"그럴 순 없습니다. 곧 준비하겠으니, 공주님은 썬더와 강아지, 살다드에게 저녁밥을……."

"알았어."

곧장 먹이를 준비하여 우선은 말과 강아지에게 주었다.

"자, 많이 먹으렴. 너희들도 지쳤지?"

그리고 머리 위를 향해 높이 말린 고기를 들어 올려 세차게 날아오는 살다드에게 겁내는 일 없이 먹이를 주었다.

역시 이것은 폴테스도 불가능한 곡예였다.

살다드는 자신이 사냥을 하는 것 이외에, 먹이는 에르비스와 볼그 사비오에게밖에 받지 않는다. 이름 있는 매사냥꾼도 이렇게까지 길들이는 것은 힘들 테지만, 이것도 새벽의 왕 일족이 이어받은 특기 중 하나였다.

그리고 살다드 역시 오랜 세월 새벽의 왕 일족이 사용한 매의 일족. 어떤 의미에서 무엇보다 에르비스의 몸을 보호하는 존재일지도 모른다.

"아, 하지만 텐트는 하나밖에 가지고 오지 않았지? 그렇다는 건 오늘 밤은 폴테스와 같은 텐트에서 잔다는 거야?"

동물들에게 기분 좋게 먹이를 주고 나자 에르비스는 문득 생각났다.

"자, 공주님. 좀 더 이쪽으로. 초여름이라곤 해도 아직 밤은 차갑습니다. 감기가 걸리고 맙니다."

"폴테스, 하지만 나……."

"부끄러워하지 마십시오. 저까지 부끄러워집니다."

"읏, 폴테스!"

"에르비스……."

헬로스 왕의 무모한 행동에 부아가 치민 에르비스를 달래면서 폴테스가 끌어안아 이마에 키스를 해준 것이 어젯밤의 일이었다.

그때는 초조함과 부끄러움에 당황해 벗어났지만, 실제론 그대로 응석을 부리고 싶었다. 용서만 해준다면 눈을 감고 그대로 좀 더 있고 싶었던 것을, 다른 사람은 몰라도 에르비스 자신은 알고 있었다.

역시 이것은 사랑인 걸까?

폴테스가 육친이 아닌 이성, 볼그 사비오와는 다른 한 사람의 남자라는 것을 깨달았을 때부터 그를 향한 에르비스의 호의는 사랑으로 변했던 걸까?

무언가 개운치 않은 이 마음은 역시나?

"싫어. 뭘 생각하는 거야 나는. 경박하게!"

에르비스는 점점 달아오르는 게 느껴지는 볼을 양손으로 감쌌다.

"어떻게 된 거야, 난. 아까도 그렇고, 지금도 그렇고 정말로……."

당장에라도 열이 날 것만 같다.

이래서는 여행이 되질 않는다.

애초에 서쪽으로 향하는 의미마저 없어진 게 아닐까, 또 당황하기 시작했다.

"공주님, 텐트 준비가 다 되었습니다. 식사도 다 되었으니 어서 드시고 주무시는……."

"꺄앗!"

그때 갑자기 어깨를 두드리자 비명이 터져 나왔다.

"에?!"

"앗, 미안해. 깜짝 놀란 것뿐이야. 그것보다 폴테스, 역시 그…… 젊은 남녀가 같이 한 텐트를 쓴다는 거, 어떠려나? 이러면 안 되는 거 아닐까?"

오히려 놀라는 폴테스를 향해 밑도 끝도 없는 말을 입에 담았다.

"하아?"

"그게 있잖아…… 자알 생각해 보니까……."

이런 걸 말해도 폴테스를 곤란하게 할 뿐이다.

이상하게 의식하기 시작하면 이것이야말로 여행에 지장

이라도 주게 될지 모른다.

에르비스는 곧장 이야기를 얼버무리려 했다. 평상시대로 '아무것도 아냐' 라고 말하고는 그다음 '미안해' 하고 끝내려 했다.

"풋! 안심하십시오. 미성숙한 분에게 부적절한 마음을 품을 정도로 전 돼먹지 못한 놈이 아닌 데다, 애당초 텐트에는 같이 들어가지 않으니까요."

하지만 그런 에르비스를 폴테스는 진심으로 웃어넘겼다. 평소의 무뚝뚝하고 쿨한 모습은 대체 뭐냐고 생각할 정도로 품위도 내던지고 크게 웃었다.

"미, 미성숙해서 미안하게 됐네! 뭐야, 그게!! 내가 완전 대상 밖이라는 말이라도 하고 싶어?"

가는 말이 고와야 오는 말이 곱다고 했던가. 이번엔 에르비스도 울컥했다.

"그렇게 말씀드리지는 않았습니다만, 애당초 그런 걱정을 끼쳐 드릴 일은 하지 않을 거고, 생각한 적도 없으니 괜찮습니다."

"요는 대상 밖이고 어쩌고 간에 논할 가치도 없다는 거네. 실례도 너무 실례잖아, 폴테스."

어쨌든 아니꼬워 언성도 올라갔다.

"실례라고 하셔도……."

"이제 됐어. 어차피 나 같은 건 언제까지고 만났을 때와 다를 게 없다는 거지. 코르셋이 없으면 나온지도 모르겠고 그렇다는 거지.”

이렇게나 폴테스가 밉다고 느낀 것은 처음인지도 몰랐다. 지금까지 얄밉고 짓궂다고 생각한 적은 셀 수도 없이 많았지만, 오늘은 뭔가가 다르다. 에르비스의 느낀 바가 달라져서 그런 건지도 모르겠지만, 열 받을 뿐만 아니라 엄청나게 슬펐다.

“그렇지는 않습니다. 처음 만났을 때의 공주님은 아직 어인아이. 지금만큼 손이 가지도 않았으며, 몇 시간이고 안고 걸어도 팔이 아플 일은 없었습니다. 성장하셨군요, 정말로.”

“성장…… 이라니. 뭐야, 그게! 정말 난 몰라!!”

하나하나 당연한 걸 말하게 하고 있는 건지도 모르겠지만, 그걸론 납득이 되지 않았다.

에르비스는 분한 감정을 드러내면서 그곳을 떠나려 했다.

“읏, 공주님!”

“놔.”

동시에 팔을 잡혀 다시 끌려갔으나, 그것조차 뿌리치며 저항했다.

“이곳은 성안이 아니니 멋대로 행동하시면 곤란합니다. 제 곁에서 떨어지지 마십시오.”

“싫어. 폴테스가 너무 짓궂잖아.”

“그럼 제가 공주님을 한 명의 여자로 의식하는 편이 좋다는 겁니까? 그건 공주님에게 있어서 언제 튀어나올지 모를 숲의 짐승보다 위험하지 않을까요?"

그러자 이번엔 폴테스가 소리를 높이며 팔을 잡은 손에 힘을 주었다.

"으읏!"

"괜찮으시겠습니까, 공주님? 혹시 제가 이대로 공주님을……. 그럴 맘이 생긴다면 서큐버스에게 불만을 말하러 갈 의미도 없어집니다. 그걸 알면서도 그런 도발을 하고 계시는 겁니까?"

적당히 쥐었다 해도 헬로스 왕의 얼굴마저 일그러뜨릴 폴테스의 완력이며 악력이었다.

그 말대로, 폴테스가 움직인다면 에르비스는 저항 한번 하지 못한 채 그 육체를 빼앗길 것이었다. 에르비스는 그것을 도리 없이 실감해, 자신과 폴테스의 차이는 나이뿐이 아니라는 것을 통감했다.

"도발이라니…… 난 그저 폴테스를……."

에르비스는 또래 여자아이처럼 어린애 취급당하는 것이 싫었다.

특별히 칭찬해 주기를 바란 건 아니지만, 여자로서 봐주지 않는 것에는 분노를 느꼈다.

자신은 폴테스를 한 명의 남자로 의식하고 있는데, 폴테스에게선 아무것도 느껴지지 않았다. 그렇기는커녕 대상 밖이라고 알아듣게 말하는 것에 공연히 화가 나 쇼크를 받은 것뿐이다.

"저는, 이래봬도 열심히 노력하고 있습니다. 언제나 신뢰받는 집사, 공주님만의 종자로 있기 위해서요. 부디 그 점을 잊지 말아주십시오."

그러나 그런 에르비스의 감정이나 말투는 폴테스에게 있어서 달갑지 않은 것이었다.

이것이야말로 서큐버스가 보여준다는 감미로운 악몽과 큰 차이가 없었기에, 잡았던 팔에서 힘을 빼고 그 자리에서 무릎을 꿇은 폴테스에게 있어서는 일에 방해될 정도의 응석. 서쪽을 들렀다가 북쪽 마경으로 가기를 원한 것 이상으로 폐가 되는 것이었다.

"미안해……. 내가 잘못했어. 갑자기 화가 나서."

에르비스는 다른 말이 나오지 않았다.

"아니요. 저도 조금 농담이 지나쳤던 모양이군요. 면목없습니다."

폴테스는 바로 웃어 보였지만, 그에 응할 만큼의 미소를 지어 보일 순 없었다.

에르비스는 필사적으로 폴테스에게서 눈을 돌렸다.

"자, 그럼 식사를 하도록 하죠."

그 후 준비된 식사를 어떻게든 입으로 옮기긴 했지만, 에르비스는 당장에라도 터져 나올 것 같은 눈물을 참는 데에 필사적이었다.

''언제까지고 신뢰받는 집사로 있기 위해, 공주님만의

종자로 있기 위해서'……. 기쁜 말과 마음일 텐데 어째서 이렇게나 가슴이 아프지?'

식후에 홀로 텐트에 들어왔을 때는 도리어 가슴을 쓸어내렸다. 안심이 되어 무심코 눈물이 넘쳐흘렀다.

'바보야, 에르비스. 이제 너도 알고 있을 거야. 이것은 분명 사랑이란 걸.'

예감은 하고 있었지만 인정하는 것이 무서웠다.

에둘러 멀리 돌아왔지만, 자신의 마음을 얼버무려 온 것은 혹시라도 '이런 결말' 역시 마음 어딘가에서 생각해 두고 있었기 때문인지도 모른다.

'황금의 왕자님을 만나서 확인해 볼 것도 없어. 내 마음은 이미 오래전부터 황금의 왕자보다 검은 기사로 가득 차 있었어.'

아무리 좋아하고 소중해도 폴테스의 그것은 에르비스의 그것과 달랐다.

둘 사이에 있는 것은 강한 인연이었으나, 어쩔 수 없는 주종관계다.

'역시 내 마음은 폴테스로 가득 차 있어.'

그럼에도 에르비스는 내일까지는 어찌 됐든 눈물 자국을 지우려 했다.

밝은 태양이 떠오를 때까지는, 이제부터 어떻게 하는 게 가장 좋을지 답을 내려 하고 있었다.

*　　*　　*

다음 날 아침, 에르비스는 언제나처럼 웃음을 되찾았다.

"서둘러서 물을 길어올 테니 절대로 이곳에서 움직이지 말아주십시오. 그리고 만에 하나 무슨 일이 있으시면 소리를 질러주시길."

"알겠어. 괜찮아, 살다드도 있으니까."

밤새 혼자서 생각한 결과는, 서쪽에는 가지 않고 북쪽으로 향하자는 것. 직접 서큐버스가 살고 있는 북쪽 마경을 향해 가자. 그렇게 자신에게 걸린 저주를 풀고, 이후 좋은 왕녀가 되기 위하여 면학에 힘쓰자, 라고 말이다.

반대로 저주가 풀리지 않는다고 해도 그것은 그것대로 운명이라 받아들이고, 이후의 일은 볼그 사비오에게 맡기자고 결심했다. 하다못해 왕위를 이을 자식을 남길 때까지는 새벽의 기사의 핏줄로서 의무를 다하고 그 이후의 일은 그때 생각하면 된다, 라는 것이다.

'결국 어제는 폴테스를 밖에서 재우고 말았어. 내가 그런 말을 하지 않았으면 신경 쓰지 않고 안에서 잤을지도 모르는데…….'

서쪽으로 나아갈 방법을 확실히 조정하고 있던 폴테스는 또 무슨 변덕이냐고 질러 버릴지도 모르겠지만 반대는 하지 않을 것이다. 역시 폴테스의 조언을 따르기로 했다는 말을 붙이면 오히려 기분이 좋아질지도 몰랐다.

사실은 이제 그만 성으로 돌아가 볼그 사비오에게 결혼하기로 마음먹었다고 고하려고도 생각했다.

하지만 그래서는 결국 짝사랑에 실패해서 자포자기가 되어버렸을 뿐인 행동이었다.

저주 따위는 없다, 그렇게 말한 폴테스를 믿기로 한 자신까지 배신하는 것이 되는 데다, 저주에 저항할 기회를 평생 잃어버리게 된다. 그것만은 절대로 싫었기에 에르비스는 목적을 하나 줄이기로 했다.

'안 돼, 안 돼, 이제 쓸데없는 일은 생각하지 않아!! 폴테스는 최고의 집사야. 그리고 스승이기도 하고 나만의 측근이야. 내가 그에게 할 수 있는 일은 이제 훌륭한 왕녀가 되어 그에게 감사하는 일뿐이야. 그가 얼마나 멋진 기사인지나 자신이 증명하는 일 정도밖에 할 수가 없으니까.'

왕녀로서 태어난 것의 의무와 책임, 그리고 자긍심. 에르비스는 폴테스가 가르쳐 주어 알아차린 이 감정들이 실연의 상처를 덜어주는 것에 지금껏 감사한 적이 없었다.

"쿠에에엥!"

그러나 그런 것을 생각하며 강아지와 놀고 있을 때였다.

"뭐야? 왜 그래? 사람의 발소리? 누구야?! 폴테스는 아니야. 설마 성에서 온 추격자?!"

폴테스가 물을 길으러 간 곳과 반대 방향에서 여러 명의 발소리가 들려왔다.

'이런 곳에서 잡힐 순 없어. 하지만 이곳에서 도망칠 수

도 없어. 그렇다면 쫓아낼 수밖에 없겠지!'

에르비스는 발소리가 가까워져 오자 손을 높이 들었다. 머리 위에서 선회하던 살다드가 그것을 눈치채고는 큰 날개를 더욱 펼쳐 주인이 내릴 다음 명령을 기다렸다.

"미안해요. 누군가가 있는……."

"가, 살다드!"

누군가가 초목을 걷고 나타남과 동시에 에르비스는 소리를 내며 손을 상대 쪽으로 내질렀다. 그러자 살다드는 망설임 없이 급강하해 추격자를 덮쳤다.

"우와아아아아!"

"아라 왕자님!!"

그러나 상대가 비명을 지름과 동시에 에르비스는 그 모습을 보고 깨달았다. 머리에 두른 터번과 사막 지방에 많은 민족의상. 상대는 솔 오리엔스에서 온 추격자가 아니라 지나가는 여행객이었다.

"히익, 물러서, 살다드!"

거기다 칼을 차고 따라온 자가 '왕자님' 이라고 불렀다는 것은 이웃나라의 왕자를 기습한 게 된다. 에르비스도 당황했다.

"하늘로 돌아가, 살다드!"

자신이 직접 불러 덮치도록 하고서는 양손을 흔들어 살다드를 내쫓았다. 살다드도 이런 적은 처음인지 곤란해하면서 하늘로 돌아갔다.

"……매, 매사냥꾼?"
"이런 여자아이가?"
완전히 살다드가 멀어지자, 상대 남자 두 사람은 서로의 얼굴을 바라보며 확인했다. 갑자기 매에게 습격당한 것도 놀랄 일이지만, 그보다 더 놀라운 건 습격한 사람이 에르비스 같은 소녀라는 것이었으리라. 완전히 에르비스를 매사냥꾼으로 믿어버리고 말았다.
"미안해요. 괜찮으신가요? 갑자기 나타나서 그만……. 다친 데는 없으신가요?"
상대방이 어디 왕족인지를 몰랐기에 에르비스는 일단 사과했다.
대국 솔 오리엔스의 공주의 실수를 비난하는 타국의 왕족은 그다지 없다. 그러나 그렇다고 해도 자신의 매가 상처를 입혔다고 생각하니 심장이 무너질 것 같았다.
상대의 상태를 살피면서, 마음속으로는 역시 '폴테스, 어떡해!' 하고 비명을 질렀다.
"아니, 이쪽이야말로 놀라게 해버려서…… 실례했습니다. 익숙지 않은 여행에 길을 헤맨지라."
"읏!"
그러나 그런 에르비스의 심장 고동이 더 격렬해진 것은 아라 왕자라 불린 사람이 헝클어진 터번을 벗고 인사를 해왔기 때문이다.
"그렇다고는 해도 이렇게 귀여우신 분이 매사냥꾼이라

니 놀랍군. 너는 이름이 뭐니? 내가 그 손에 키스할 명예를 얻을 수 있을까?"

반짝반짝 빛나는 두 개의 황금빛의 눈이 에르비스에게로 향했고, 단정한 미모가 상냥한 미소를 띠었다.

"엣? 저기……."

언제 어디선가 본 듯한 느낌의 눈동자에 에르비스는 더욱 동요했다. 아라는 망설임 없이 그런 에르비스의 손을 잡아 입을 맞추어 왔다.

"자아, 일어나요, 에르비스 공주. 당신은 아무리 어려도 솔 오리엔스 왕의 딸. 새벽의 왕의 아이. 항상 앞을 바라보고 어떤 일에도 눈을 돌리지 않는 강함을 지니지 않으면 안 됩니다."

에르비스의 안에서 넘쳐흐른 어린 날의 기억과 지금이 서로 겹쳐졌다.

혹시 설마?

에르비스는 큼지막한 두 눈을 빙글빙글 돌리면서 금발의 왕자를 넋을 잃고 바라보았다.

"에르비스 공주님! 지금 살다드가……?!"

그러자 그곳에 물을 뜨러 갔던 폴테스가 달려왔다.

"아름다운 머리칼과 눈동자군. 적갈색으로 반짝이는 게 맛있어 보여. 무심코 먹고 싶어지는군. 어때? 나와 사귀지 않을래?"

키스를 끝낸 손을 꼬옥 붙잡혀, 에르비스는 몸이 굳어버리고 말았다. 폴테스가 놀라 바라보고 있는 것도 눈치채지 못했다.

"앗…… 에?"

"이것은 신께서 인도하신 게 틀림없어. 부모님의 명령을 거스르고 반려를 얻다니 터무니없는 일이지만, 역시 사랑이란 만남과 두근거림이 있어야 해. 나는 한눈에 그대를 사랑하게 된 모양이야."

헬로스 왕처럼 무모하진 않았지만, 그럼에도 이런 식으로 얼굴을 맞대고 구애를 받은 적이 없는 에르비스는 엄청 곤혹스러워했다. 이건 이것대로 느낀 적 없는 충격이었다.

그러나 동요는 하고 있었지만 싫지는 않았다. 그건 금빛 눈동자에 비치는 에르비스 자신이 증명하고 있었다. 언제나 눈처럼 하얗던 뺨에 홍조가 일었다.

"아라님! 무슨 말씀을 하십니까. 아라님에게는 동쪽 나라의 공주님이 계십니다. 솔 오리엔스 국의 에르비스 공주님이요!"

그러는 동안 종자라 생각되는 청년이 에르비스의 손을 놓으려 하지 않는 왕자의 어깨를 잡았다.

등을 덮을 정도로 늘어져 하나로 묶인 그의 붉은 머리는 정말로 멋졌다.

붉은 머리의 그는 왕자나 폴테스와는 또 다른 용모의 소유자로, 말하자면 중세적인 미모를 지니고 있었다.

온 대륙의 청년들이 모였을 터인 무도회에서도 그와 같은 풍모를 지닌 자는 없었다. 에르비스는 그에게도 놀라 말을 잃었다.

"몰라, 그런 거. 나는 이 아이와 사랑에 빠졌다고 말하고 있잖아. 한눈에 반했어. 어떤 저주에 걸린 건진 모르겠지만, 결혼할 거면 이 아이가 좋아. 설령 매사냥꾼인 여자아이라도, 서큐버스의 저주를 짊어졌다 하더라도 이 아이라면 운명을 함께할 수 있어. 사랑을 위해서라면 어떤 시련도 마다않겠어."

"또 그런 변덕스런 말씀을. 인정할 수 없습니다, 아라님. 안 그래도 중요한 무도회를 멋대로 빠져서 폐하께서 분노하셨는데, 당장에라도 솔 오리엔스에 당도하여 볼그 사비오님에게 사죄하고 무도회 건을 원만히 해결하지 않으면 프루골 듀시스의 면목도 서지 않습니다. 에르비스 공주님과의 혼약도 파기되고 맙니다."

그렇다고는 해도 에르비스는 놀랄 수도 없었다.

"프루골 듀시스?"

"혼약…… 파기?"

흘려듣지 못할 말이 귀에 들려와 폴테스와 에르비스는 의아하다는 표정이었다.

"바보 같은 소리. 그건 부모들끼리 정한 사항이다. 거기다 나는 아직 혼약자 후보이지 혼약자가 아니야. 덧붙여 말하자면, 이 대륙에 있는 왕가와 귀족의 장남을 제외한 신분 있는 왕자, 귀공자라면 전원이 혼약 후보자지. 애당초 비슷한 나이의 제2왕자라고 해서 후보가 되다니, 바보 같은 소리도 정도라는 게 있어. 아니, 나를 바보 취급하고 있다고밖에는 생각되지 않는군."

"아라님!"

아무래도 돌연히 나타난, 금발에 황금 눈동자를 지닌 아라는 서쪽의 대국 프루골 듀시스의 제2왕자, 그것도 무도회에 초대되었지만 결석을 한 복잡한 사정이 있는 왕자인 모양이었다.

"저기, 그렇게 생각하지 않아, 레이디? 분명 서큐버스의 저주를 받은 공주의 이야기는 딱하지만, 그것과 일생을 건 사랑은 별개의 것. 에르비스 공주도 역시 반려는 스스로 정하고 싶을 테니 말이지."

하지만 그런 이야기 전부가, 에르비스에게 있어선 '그일지도 몰라' 라고 생각되는 요인이었다. 십 년도 전의 기억과 인상. 이것만으로는 불안했지만, 아라의 신분의 확실함은 에르비스에게 한번 '없었던 일로 하자' 고 생각했던 첫사랑의 두근거림을 일깨워 주기에 충분한 것이었다.

하지만, 그만큼 에르비스에게는 기대와 같은 정도의 불안도 일어났다.

"으읏…… 저기, 당신들은 에르비스를 싫어하시나요?"

겨우 재회했을지도 모르는 상대에게 이미 자신은 미움받고 있었다.

볼그 사비오가 좋은 뜻으로 생각해서 진행하던 사윗감 찾기가, 에르비스나 솔 오리엔스 자체의 인상을 나쁘게 만들었다. 그렇게 생각하자 자연히 말끝이 떨렸다.

"아니, 이전에 아직 그녀가 어렸을 적에 만난 적이 있어. 정말로 사랑스러운 공주님이었고, 호감도 있지. 지금에 와서는 현명하고 아름답게 자란 빠질 것 없는 공주님이라 들었고, 그녀를 싫어할 이유는 하나도 없어."

역시 그였다. 그라고 틀림없이 확신하면서 에르비스의 얼굴에는 한층 더 불안함이 커져 갔다.

"그럼 왜……? 그런……."

미움 받는 것은 아닌 것 같지만, 그렇다면 역시 거절당하고 있는 이유는 서큐버스의 저주. 그들은 지나치게 실례가 아니냐고 분개한대도 어쩔 수 없는 남편 찾기에 휘말려 솔 오리엔스를 향하고 있는 것이다.

"어리석은 질문이군. 그건 그대를 만났기 때문이다. 한눈에 사랑에 빠졌다고 했지? 물론 이것은 나의 짝사랑. 아직은 서로 좋아하는 것 이전의 단계다만. 그렇지?"

"……."

다시 손을 뻗어 구애해 온 아라에게 에르비스는 대답할 말을 찾지 못했다.

"자, 이름을 알려줘, 레이디. 부디 나에게 마음을 담아, 그대의 이름을 부르며 지금 다시 한 번 고백하게 해줘."

여기서 자신이 에르비스라고 대답한다면 아라는 어떤 표

정을 짓게 될까?

이곳에서 아무것도 모른 채 안아준 호의까지 없어지게 될까?

그렇다면 그건 너무나도 슬프다. 어제부터 에르비스는 불행의 연속이었다. 정말로 저주 받았다고밖에 생각할 수 없게 되었다.

"속으시면 안 됩니다. 프루골 듀시스의 제2왕자라고 하면 여자를 농락하기로 유명한 왕자입니다. 이렇게 구애를 해선 차례차례 미녀들을 자신의 하렘에 넣으려고 하죠. 여자의 적이랄까, 남자가 봐도 적으로 불리는 왕자니까요."

그러자 고개를 숙인 에르비스의 곁에 폴테스가 걸어왔다.

"실례로군. 네놈, 뭐하는 놈이냐. 감히 내가 아라 아우룸 프루골 듀시르라는 것을 알고서 하는 폭언인가?"

그렇지 않아도 나쁜 인상을 주고 말았는데 폴테스가 내뱉은 폭언이 더욱더 아라를 분노케 했다.

"아아, 잘 알고서 한 이야기입니다만, 아라 왕자님."

"뭣이?! 그 청회색 눈동자……. 혹시 너는 덴스 실바라 국왕의 피를 이어받은 자인가?"

"네. 먼 혈연이긴 합니다만."

아무래도 폴테스는 아라에 대한 것을 알고 있는 모양이었다. 혹시라도 내빈의 기록을 생각해 냈다, 라기보다는 아라의 악평을 기억하고 있는지도 모른다.

그러고 보니 에르비스도 무도회 때 언뜻 들은 적이 있었던 것 같다.

어느 나라의 왕자는 하렘을 보유하고 있다. 그래서 이곳에는 오지 못하고 에르비스의 반려자가 될 수도 없다. 그래, 부인들이 말한 소문의 내용은 그러했다.

"먼 친척? '선택받은 자의 증표'를 가지고 태어났다니 제법 운 좋은 사내로군. 뭐, 좋아. 어찌 됐든 사랑은 당사자들끼리 하는 것이다. 관계없는 자는 빠져 줘. 알겠나, 자네."

하지만 이렇게 되면 에르비스는 운이 좋은 건지 나쁜 건지 자신도 알 수 없게 되어버렸다. 그저 한 가지 말할 수 있는 것은 남자 운은 없는 것 같다는 사실뿐이었다.

첫사랑이든 현재의 사랑이든 어느 쪽도 결실은 맺을 수 없다. 받아줄 수 없는 상대에게만 끌려서 잠자코 체념해야만 하는 것이 숙명인 것처럼.

이것도 서큐버스의 저주인 걸까?

에르비스는 무심코 입술을 질끈 깨물었으나 그를 버티며 고개를 들었다.

"……에르비스예요."

아라를 바라보며 이름을 말했다.

"응?"

"제가 그 에르비스 그라시오조 솔 오리엔스. 동쪽 나라의 저주 받은 공주예요."

미움 받을 것을 알면서도 이름을 말하자 가슴이 아파왔다. 그러나 그렇기에 에르비스의 결의는 더욱 강해졌다.

"거, 거짓말?! 아니, 잠깐만. 그러고 보니 그 적갈색 머리칼과 눈동자는 확실히 본 기억이 있는……"

"아, 아라 왕자님, 그것도 그렇지만, 좀 전의 매! 혹시 그것이 소문으로만 듣던 볼그 사비오 국왕의 화신, 새벽의 왕의 일족을 하늘에서부터 수호하는 매였던 것은 아닐까요?"

"과연……. 그럼 네가 정말 에르비스 공주인가?"

이렇게 되면 무슨 일이 있어도 북쪽 마경으로 가서 서큐버스를 만날 거야!

이 말도 안 되는 저주를 풀어달라고 불만 한두 마디 정도는 말해주겠어!!

"네. 하지만 분명 거짓인 쪽이 아라님의 마음에 드시겠죠. 저주 받은 왕녀와 지나가는 길에 만난 매사냥꾼 중 누가 더 나은지는 말할 필요도 없고요."

한두 번의 실연에 빠지면 그저 초췌해질 뿐이지만, 연속으로 일어나면 분노가 슬픔마저 이기는 모양이었다.

거기다가 오랫동안 이상적인 왕자님으로 가슴에 그려온 청년이 미녀로 둘러싸인 하렘의 왕자였으니 그 충격은 컸다. 제멋대로인 말이겠지만 배신감마저 느꼈다.

이럴 바에야 폴테스가 말한 대로 이미 결혼하여 축복받은 행복한 가정을 꾸리고 살고 있는 편이 좋았을지도 모르겠다. 아직 구원받을 여지는 있었을 것이다.

"그, 그렇진 않아! 내가 말했을 텐데. 지금 여기서 만난 당신에게 한눈에 반했다고."

"하지만……."

"당신과 함께라면 어떤 시련이라도 헤쳐 나갈 수 있어. 운명도 함께할 수 있어. 서큐버스의 저주 따위 무서울 거 없어. 그렇게 느꼈기에 이렇게 무릎을 꿇고 이름을 물은 거야. 운명의 그대, 에르비스."

"아라님……."

에르비스는 이런 상황이 되자 사람은 이렇게나 감정적인 생물이구나 하고 실감했다.

방금 전에 듣고 두근거렸던 구애의 말들이 지금은 한쪽 귀에서 한쪽 귀로 흘러나가 버렸다.

귀에서도 멎어 있지 않으면, 두근거리지도 않는다. 마음 속 방어 본능이 충실히 발동하고 있었다.

"그쯤에서 연기는 끝내시죠, 아라님. 공주님도 떠나실 시간입니다. 언제까지고 쓸데없는 이야기를 할 여유는 없으니 여기서 작별 인사를 하시죠."

무례한 짓을 계속하는 폴테스를 충고할 생각도 하지 못하고, 에르비스는 '그렇네……' 하고 말하며 이 자리를 벗어나고 싶다고 생각할 정도였다.

"쓰, 쓸데없는 이야기라니. 대체 네놈은 뭐하는 놈이냐. 아까부터 잘난 듯이."

"저는 공주님의 집사 겸 주치의, 그리고 제1측근이며 호위인이기도 합니다. 이 이상의 희롱은 설령 다른 나라의 왕자라 할지라도 용서할 수 없습니다. 자, 여기서 작별을."

"잠깐! 그런다고 아, 그렇습니까 하고 납득이 될 성싶은가! 애당초 어째서 깊은 방에 갇혀 지내는 영애로 유명한 공주가 여기에 있지? 설마 너, 멋대로 성 밖으로 빼낸 건가?! 공주를 잡아다 어디로 데려갈 셈이냐!"

그런데 아라는 에르비스의 얼굴색을 보지도 않고 검을 뽑았다.

"흉한 물건은 치워주시죠. 공주님은 자신의 손으로 서큐버스의 저주를 풀려고 북쪽 나라로 향하는 도중입니다. 저는 함께하고 있을 뿐이구요. 이 이상 방해한다면 설령 프루골 듀시스의 왕자라고 해도 봐주지 않습니다."

폴테스도 허리춤에 손을 뻗었고, 그에 반응하듯 붉은 머리 종자까지 칼에 손을 대자 갑자기 공기가 급변했다.

아슬아슬한 긴장감이 감도는 가운데, 토라진 에르비스만이 그를 비켜가고 있었다. 여기서도 어른과 아이로 선이 나뉜 것 같은 느낌에 에르비스는 기분이 상했다.

"저주를 풀러 북쪽 나라로 간다고? 정말이냐?"

"네. 사실이에요. 이대로 잠자코 성인이 되는 날이자 운명을 좌우하게 될 날을 맞이하는 것은 본의가 아닌지라, 하다못해 제 손으로 가능한 것을 하자고 생각해 폴테스에게도 동행해 달라고 했어요."

불필요한 싸움을 피하기 위해서 설명은 하였지만 에르비

스의 어조는 확실히 퉁명스러웠다.

적어도 타국의 왕자에게 취할 태도는 아니었다. 원래라면 폴테스에게 때에 따라 본심과 표정을 따로 하라고 잔소리 한마디는 들을 정도였지만, 오늘만큼은 그의 태도도 나빴으니 그렇게 말할 입장이 되지 못했다.

"그건 비공식적인가? 라고 해야 하나, 들을 것도 없지. 보기에는 잠자코 성을 빠져나온 상황인가 본데. 하지만 그렇다면 어째서 곧바로 북쪽을 향하지 않는 거지? 아무리 생각해도 여기는 솔 오리엔스에서는 서쪽 방향. 설마 집사가 착각이라도 한 건가? 그렇다면 별자리도 지도도 읽지 못한다는 이야기인데, 정말 쓸모없는 녀석이지 않은가."

거기다 무슨 말을 해도 아라의 말투가 가볍기에 폴테스도 끌려가듯 말수가 늘어났다.

"실례로군. 지도도 별도 읽을 수 있다. 프루골 듀시스로 향하는 것은 공주님의 희망이었다."

"하? 무슨 말을 하는 거냐. 이런 큰 사태에 굳이 멀리 돌아갈 건 없을 텐데. 그렇지, 공주?"

"아뇨, 제가 북쪽 마경에 가기 전에 서쪽 나라를 돌아보고 싶다고 했습니다. 프루골 듀시스뿐만 아니라 서쪽 나라를 가능한 한…… 많이."

차라리 가만히 두었으면 좋았을 텐데 아라가 폴테스와 에르비스 양쪽을 이런저런 이야기로 흔들어놓았기에 에르비스도 하는 수 없이 대화에 강제로 참가했다.

"왜 그런 일을?"

"그것은…… 그."

"아, 그런가. 서쪽 나라에 저주를 풀 열쇠가 있는 거로군."

"아니, 그게 아니라 이전부터 마음에 담아두던 분을 한 번 만나보고 싶다고 생각해서요."

그래서 에르비스는 굳이 말하고 싶지 않은 것까지 말하고 말았다. 이런 때에 얼버무린다거나 거짓말을 할 재주도 없다니 곤란한 일이었다.

"하아? 마음에 두던 분?! 그건 이미 마음을 정한 남자가 있다는 거야? 이 집사와 사랑의 도피를 한다든가 그런 게 아니고 다른 이유가 있었군!"

"그렇지 않아. 공주님은 어렸을 적 본 환상에 현혹됐을 뿐이다."

무엇보다 에르비스에게 실연의 상처를 입힌 두 사람이 모여서 이렇지 않다, 저렇지 않다며 주고받고 있으니 결국 에르비스도 분노를 표출했다.

"환상 같은 게 아니야! 황금의 왕자님은 분명히 있어. 아니, 여기 있는걸!"

아라 왕자를 가리키며, 폴테스를 향해 소리를 질렀다.

"황금의 왕자님?"

"에? 내가?!"

당연히 아라는 어떻게 된 일인지 알 수 없었다.

"다만 하렘의 주인이 되어버린 것 같지만……."

그러나 그 뒤에도 에르비스는 볼을 부풀린 채 한동안 기분이 나빴다.

폴테스로는 '그럴 줄 알았다' 는 말도 못할 정도로, 실망하는 에르비스를 동정하고 싶은 기분이 되었다.

5장
운명의 사람

이것을 '옷깃만 스쳐도 인연'이라고 말해도 되는 건지 모르겠지만, 두 일행은 어찌 됐든 이곳에서 이동하기로 합의를 보고, 북으로 향했다.

서쪽으로 가는 것은 그만두기로 한 직후에 본래의 목적이었던 자와 재회에 성공했으니 지극히 당연한 일이었다. 에르비스는 폴테스에게 잡다한 설명을 할 필요도 없이 북쪽으로 향할 수 있었다.

그렇다고는 하지만 멋대로 동행하기로 결정한 아라에게, 폴테스는 매서운 눈빛만 보냈다.

아라의 종자 라루우마저, 그런 폴테스를 신경 쓰며 시종일관 억지웃음을 지었다. 누가 불쌍하냐고 묻는다면, 바로 이 사람이었다.

하루 동안 움직이며 느낀 피로는 틀림없이 육체보다는 정신적 피로 때문이었다. 완벽히 타고난 아름다움으로 칠해진 그녀의 두 눈동자에도 패기가 사라져 가고 있었다.

"과연. 그러면 십 년 전부터 공주는 나를 사랑하고 있었던 거군. 그리고 십 년이 지난 지금, 나는 그것도 모르는 채 하루 사이 공주를 사랑하게 되었지. 요컨대 서로 사랑하는 것이고. 우리들은 서로 붉은 실로 엮인 '운명의 연인 사이'가 되었다는 것이다. 그렇다면 이야기는 빠르지. 이대로 북으로 향할 것 없이 솔 오리엔스로 가서, 내가 공주의 아바마마에게 청원하면 되는 것 아닌가. 부디 에르비스 공주를 나의 아내로, 그리고 이 아라 아우룸 프루골 듀시스를 솔 오리엔스 왕녀의 남편으로 받아달라고."

그럼에도 저녁 시간이 될 때까지, 숲을 넘어 북쪽 국경지대 최초의 나라에 들어서자, 아라는 기회를 놓칠세라 그 자리를 파고들었다.

오늘 밤 묵기로 한, 그리고 음악과 춤도 함께 즐길 수 있는 레스토랑 펍에서 저녁 예약까지 끝내고, 직접 샴페인의 코르크를 따서 에르비스를 접대했다.

솜씨 좋게 가벼운 말투로 '황금의 왕자님' 이야기도 캐물어왔다.

"아, 오해의 건에 대해선 미리 말해두겠는데, 나는 하렘 같은 건 안 가지고 있어. 아버지나 형님이 아주 혈기가 왕성해서 나도 똑같이 보였겠지만, 애당초 대를 이을 의무도 없으니까 그런 건 필요 없어. 역시 여자를 사귄 적이 없다고는 말할 수 없겠지만, 현재는 프리야. 누군가에게 의리를 지킬 일도 없으니까. 이거라면 그대의 부푼 얼굴도 조금은 풀리려나?"

그렇게 네 명이 디너 테이블에 둘러앉아 마시는 샴페인 한 잔에 에르비스의 기분도 풀어지려 했다.

에르비스가 반신반의하여 라루우를 보자, 그는 '이건 사실입니다' 라며 고개를 크게 끄덕였다.

아무리 지금까지 사귀었던 여자가 있다고 해도 지금은 프리. 그리고 하렘도 가지고 있지 않다. 성으로 돌아가면 하렘은 분명 존재하지만, 그것은 아라의 것이 아닌 왕과 형의 것이라고 필사적인 눈으로 호소했다.

그러자 폴테스의 말이라면 무엇이든지 믿는 에르비스니만큼, 종자인 라루우의 말도 금세 믿었다.

조금쯤은 한순간 무너져 내렸던 꿈과 동경이 되살아났는지, 계속 부풀어 있던 볼도 가라앉았다.

그러나 그건 그거고, 지금은 다른 고민이 에르비스에게 내려앉았다.

"하지만 아라님은 내가 싫었으니까 무도회에 오지 않았던 거죠?"

자기도 이렇게 불합리한 결혼 이야기는 싫었다. 맞선을 전제로 한 무도회도 싫다고 생각하고 있는 주제에, 정작 거절당하자 쇼크를 감출 수가 없다.

제멋대로인 건 알고 있지만, 상대가 첫사랑이라면 더욱 그렇다. 헬로스 왕에게 '이런 꼬맹이, 연애 상대가 되겠냐?' 라고 들어도 기분 좋지 않을 텐데 하물며 자신이 호의를 가지고 있었던 상대라면 받는 충격은 역시나 크다.

"아니. 아까도 말했지만 셀 수 없을 정도의 혼약자 후보 중 한 명이 되는 것에 화가 나서 빠진 거야. 볼그 사비오 왕으로서는 딸아이를 사랑해서 한 행동이라 생각하고, 공주가 마음에 드는 남자를 들여 혼담을 나누고 싶었던 거겠지만, 역시 그건 좀 그렇지."

그러나 아라의 대답은 조금 전과 하나도 변하지 않았다.

"제2왕자라고는 하지만 나도 프루골 듀시스 왕족의 남자로서의 자존심이 있어. 처음부터 매일 밤 관계할 수 없다는 전제에다가, 여러 명의 남편이나 애인을 준비해 둔다는 생각에는 따를 수가 없어. 하다못해 어쩔 수 없는 이유가 생겼을 때 급히 밤 시중을 들 남자를 준비해 두는 정도로 해줬으면 하지만."

한 발 앞을 내다본 이유까지 제대로 가르쳐 주었다.

그의 분노가 에르비스에게 있는 것이 아니라, 같은 남자인 볼그 사비오에게 향해 있는 것도 명확했다.

그래서 에르비스도 '그렇죠' 라고 대꾸할 수밖에 없었다.

무슨 저주가 어떻다고 해도, 역시 볼그 사비오의 '처음부터 일처다부 계획' 은 상대방에게 있어 실례였다. 화내는 게 당연하다고 생각했다.

"납득했어? 그럼 웃어봐. 그런 부푼 볼도 귀엽지만 마음 속으로부터 나오는 미소가 보고 싶은걸."

오히려 에르비스는 들은 대로 무도회장에 오는 청년들보다 아라 쪽이 옳으며, 그와 의견도 잘 맞을 것 같다고 생각했다. 그러니 지금은 그를 향한 사과의 의미도 담아 방긋 하고 웃어 보였다.

"그래그래. 그럼 이제 정해진 거지. 솔 오리엔스로 돌아가자."

"에?!"

그러나 그 웃음이 마치 프러포즈에 대한 대답이었다는 것처럼 아라는 정면에 있는 에르비스의 손을 잡았다.

"응?"

프루골 듀시스—'서쪽의 반짝임' 이라는 뜻에 걸맞게, 아라의 미소는 항상 반짝반짝거리고 있었다. 그것은 머리칼이나 눈동자 때문만은 아닐 것이다. 그의 솔직하고 긍정적인 성격이, 에르비스의 눈에 아라라는 존재를 빛나 보이게 하는 것이다.

그러나 아라의 말이나 아무렇지 않은 스킨십에 볼을 붉히며 완전히 마음을 허락하고 있는 에르비스를 보며, 폴테스가 코웃음을 쳤다.

"무슨 바보 같은 소리를 하고 계시는 겁니까. 공주님이 황금의 왕자님을 기억한 것은 어릴 때의 일입니다. 평소 별로 본 적이 없는 금발 소년의 신기한 점에 끌렸던 것에 지나지 않습니다. 그 인상이 남아 있었다, 그 이야깁니다. 그게 서로 사랑하는 거라니, 무슨 주장입니까?"

말투고 뭐고, 평소 이상으로 그의 불쾌 수치가 엄청나게 상승해 있었다.

에르비스는 자신의 옆자리에서 느껴지는 섬뜩함에 등골이 서늘했다. 마치 눈 폭풍에 휩싸인 듯한 기분이었다.

"응? 하지만 내가 십 년 전에 솔 오리엔스로 향한 건 에르비스의 어머니이신 왕비님의 조문을 위해서야. 북쪽에서도 남쪽에서도 왕족과 귀족들이 위문하러 동쪽 땅을 찾았지."

그러고 보니 아라와 폴테스는 일부러 말할 것도 없이 대조적이었다. 머리칼도 눈동자 색깔도 나라도 성격도 가치관이고 뭐든지.

공통적인 것은 누가 봐도 한숨을 연발할 정도로 잘생긴 남성이라는 것 정도였다.

황금의 왕자에 검은 기사—거기에 붉은 기사까지 모여 있으니, 에르비스의 눈도 자연스레 이리저리 두리번거리게 되었다.

이곳에 이리스가 있었다면 분명 환희의 비명을 질렀을 게 틀림없었다.

"그곳엔 검은 머리칼과 붉은 머리칼, 거기에 은발의 남자까지. 물론 금발의 남자도 나 이외에 몇 명이고 있었을 테지. 하지만 그런 사람 중에 공주의 마음을 사로잡은 것은 바로 나다. 비록 어렸다곤 해도 보는 눈은 있었다는 거 아닐까?"

"그렇다고는 해도 그때 당신은 에르비스에게 아무런 느낌이 없었을 겁니다. 실제 그곳에서 말을 걸었다는 걸 기억조차 못하고 있었죠?"

"그걸 이제 와서 트집잡하고 싶어? 다만 당시 열여섯이던 내가 어린 그녀와 사랑에 빠지는 편이 이상하다고는 생각하지 않아? 아무리 수비 범위가 넓은 나라고 해도 그렇게까지 특별한 취미는 없는데. 성인 남자로서도 지극히 당연한 일이라고 생각하는 데다, 반대로 내가 '그때부터 공주를 좋아했어' 라고 말하면 네가 '이런 변태를 공주님에게 다가오게 할 순 없어' 라고 주장하지 않을까?"

"……."

다만 그때 에르비스는 처음으로 폴테스가 누군가에게 말로 지는 것을 보고, 두근거리지는 않게 되었다. 볼그 사비오를 상대로도 겁내지 않는 폴테스가 아라에게 맥없이 입을 다문 것이다.

'폴테스…….'

더욱이 이에 대해서는 아라가 정답이었다.

에르비스가 연상의 청년에게 아련한 연심을 품은 것과 그 반대와는 의미가 틀렸다.

만나자마자 '한눈에 반한' 것을 연호하며 구애를 한 아라도 무모하다고는 생각하지만, 그렇다고어린 여자아이를 상대로 이러쿵저러쿵하는 것보다는 정상이었다.

“뭐, 그렇다곤 해도 네가 말하려는 바는 알겠어. 꼬마 소녀가 모친을 잃은 상심에서 위안을 바란 결과가 이렴풋한 연심……. 아니, 이국의 청년을 동경한 것에 지나지 않는다는 가능성도 없지는 않다는 거겠지. 그런 애매한 감정을 틈타 결혼을 재촉할 정도로 한심한 남자는 아니다. 과거의 기억이나 마음은 이 경우엔 에르비스 본인의 판단에 맡길 수밖에 없겠군.”

어지간히 쉽게 반해 버리는 건지 감정적인 건지, 아니면 지역적 특성인지도 모른다.

뭐라고 해도 그의 강점은 주눅 들지 않는 상큼한 미소다. 게다가 불쾌해 보이지 않을 만큼 용모도 좋다.

“그렇게 됐으니 지금의 나와 다시 한 번 사랑을 하지 않으렵니까?”

“앗…… 아라님.”

‘가볍다’ 고 말한다면 그뿐이겠지만, 왕족이면서도 오만하지 않다면 호감도도 오른다. 물론 그건 에르비스의 시선으로 봤을 때고, 폴테스 쪽에서 봤을 때 그는 혀를 찰 수밖에 없는 타입이었다. 하렘은 가지고 있지 않을지도 모르지만, 그렇게 의심받아도 어쩔 수 없을 정도로 타고난 바람둥이라고 직감했다.

“당신이 예스, 라고 말해준다면 나는 오늘 밤부터라도

그대 일생의 반려자야. 서큐버스의 저주 따윈 무섭지 않아. 오히려 당신에게 있어 행운을 가져다준 저주였을 뿐이라고 생각될 정도로 사랑해 주겠어."

그럼에도 동서고금을 막론하고 여인이란 '잘생긴 왕자님'에게는 약한 법이다. 에르비스같이 애지중지 자란 아가씨가 실연의 상처까지 안고 있는 상황이라면 마음이 흔들리는 것도 당연하다.

"물론 매일 밤 다른 남자에게 기댈 필요도 없을 정도로 나 혼자서. 뭐라 해도 그 정도의 자신 없이는, 이 프루골 듀시스 왕가의 남자를 논할 순 없으니까."

"으으읏."

상당히 직설적이고 강하게 밀어붙이는 고백에, 에르비스는 대답할 말이 없었다.

그러나 그럼에도 아라의 번지르르한 말에 불쾌함과 혐오감을 느끼지 않는 것은 헬로스 왕에게서 받은 충격이 너무나도 컸기 때문일 것이다.

그게 보면 알 수 있을 정도라, 폴테스는 결국 마실 생각이 없었던 샴페인에 손을 뻗었다. 당장에라도 혀를 차버릴 것 같은 입가를 글라스로 틀어막았다.

그러지 않으면 '뭐가 프루골 듀시스의 왕가냐. 선친 대대로 호색한이라고 말하고 싶은 거냐'라고 욕을 퍼부을 것 같다.

이것도 일종의 시숙 근성 같은 거랄까. '그런 남자, 누가 에르비스의 신랑이라고 인정할까 보냐!' 같은 심정이다.

"혹시 십 년이나 지나 버린 내가 싫어?"

그렇다고 해도 아라 정도의 강한 추진력과 넉살이 없다면, 볼그 사비오에게 일부일처를 용납하게 만들기는 불가능할 것이다.

반대로 '그건 안 돼. 일처다부가 아니라면 절대로 결혼을 인정할 수 없다' 라고 딱 잘라 말한다고 해도, 아라에게 걸리면 '그럼 어쩔 수 없군요. 알겠습니다' 하고 넘어갈 것 같다.

그만큼 습관의 차이가 생겨날 부부 간의 가치관 차이는, 에르비스에게 죄악감을 주는 일 없이 측실이든 애인이든 허락하도록 할 것 같았다.

아라라면 아무렇지도 않게 '필요 없을 것이라 생각하지만, 만에 하나를 대비해 대타를 준비해 두는 것 정도는 용서해 줄 테니까' 하고 진심으로 웃으며 말할 것 같았다.

"싫지는 않지만, 갑자기는 무리?"

이상하다고 한다면 이상한 매력이었다.

에르비스도 차근차근 아라의 페이스에 말려들었다.

그만큼 그가 던진 '여차하면 저주 따윈 어떻게든 된다'는 말은 강렬했다.

내용은 차치하고서라도 에르비스에게 있어서는 든든한 말로, '저주 따윈 없다. 있을 리가 없어' 라고 말해 에르비스의 기운을 북돋아 온 폴테스의 그것과는 너무나도 달랐지만, 이건 이것대로 '그런 걸까?' 하고 생각하게 된다. 혹시나 저주가 풀리지 않더라도 그와 함께라면―그런 기대를 들게 하는 힘이 있었다.

"정직하게 말해봐. 화내지 않을 테니까. 아직 진짜 사랑이 무엇인지 모르는 너에게 내가 너무나도 급한 요구를 하 것은 알고 있어. 다만 그 정도로 나는 너에게 빠져 있어. 이것만큼은 알아주었으면 해."

"아라님……."

이것이야말로, 아무리 좋아해도 자신을 또래의 이성으로 봐주지 않는 종자―폴테스에게 체념해 목표를 서큐버스로 돌리는 것으로밖에 미소를 되찾을 수 없었던 에르비스에게 있어서, 아라는 '처음으로 신이 나를 돕는 걸까?' 하고 생각할 정도로 더할 나위 없는 상대였다.

"마침 딱 좋을 때 노래가 흘러나오기 시작했군. 잠시 춤추지 않을래?"

"네?"

지금의 자신을 제대로 연애와 결혼의 대상인 이성으로 인정해 주어서, 그에게 더욱 호의를 품게 되었다.

"이전 무도회의 리벤지. 내가 춤을 못 춰서 무도회에 가지 않았다고 생각하면 안 되니까 말이야."

어제 오늘 알게 된 사이라고 해도 아라라면 끌려 버릴지도 모르는데, 하물며 에르비스의 첫사랑이다. 설령 그것이 폴테스를 좋아한다고 자각했을 때처럼 일희일비를 동반한 것은 아닐지언정, 최초의 '두근거림'을 준 사람이라는 것은 변하지 않았다.

"네."

에르비스는 마치 무언가를 확인하려는 것처럼 아라의 권유를 받아들였다.

자리에서 일어날 때 옆에 있는 폴테스를 슬쩍 보았지만 아무런 말이 없었기에 그대로 가게의 한쪽에 있는 댄스 플로어까지 아라의 에스코트를 받았다.

"괜찮으십니까? 말리지 않아도."

에르비스의 뒷모습을 눈으로 좇지도 않는 폴테스에게 라루우가 물어왔다.

"왜 나에게 말하지?"

"딱히 말을 걸 사람이 없는지라……."

더욱 기분이 나빠질 뿐인 폴테스가 라루우도 제법 난감한 모양이었다.

"그럼 가게에 들어설 때부터 뜨거운 시선을 보내는 여성들에게 말을 걸어보는 것은 어떤가?"

"그건 저뿐 아니라 폴테스님, 당신에게도 보내는 겁니다. 아, 맞다. 가끔은 우리도 일에서 잠시 벗어나 볼까요? 서로 주인님을 돌보는 것도 힘든 처지인 것 같고, 이럴 때만큼은 숨통을 틔워도 벌을 받진 않을 것 같으니까."

라루우는 이렇게 된 거 우리도 즐기자는 생각으로 폴테스에게 말했다.

이 가게는 댄스 플로어를 사이로 두고 고객층이 둘로 나뉘지게끔 테이블이 세팅되어 있었다. 그들이 앉아 있는 곳은 여유롭게 식사를 하기 위한 테이블. 그와 다르게 반대편의 테이블은 알코올이 메인이다. 여성들끼리로 이루어진 그룹이 많아, 폴테스나 라루우는 좀 전부터 뜨거운 시선을 받고 있었다.

"하지만."

"눈에 보이는 곳에 있으면 괜찮다니까요. 거기다 경솔해 보이지만 저래 봬도 왕자는 프루골 듀시스에서 가장 검을 잘 씁니다. 이런 곳에서 습격 받을 일은 없다고 생각하지만, 반대로 그렇게 된다 하더라도 걱정할 필요는 없습니다."

라루우가 망설이는 폴테스를 일으켜 세웠다.

"그럼 조금만."

폴테스는 계속 거절하지 않고, 라루우와 동행했다.

플로어에서 춤추기 시작한 에르비스와 아라를 곁눈질하며 스쳐 지나갔다.

"그런데 공주는 데이트해 본 적이 있어?"

"그게 뭐예요?"

여행 도중이라 에르비스와 아라도 '평상복치고는 질이 좋다' 고 보일 옷차림밖에 걸치고 있지 않았다.

게다가 플로어에 한 발짝 올라서 스텝을 밟자, 한눈에 봐도 축제용으로 익힌 댄스와는 다르다는 것을 알 수 있었다.

자연히 주위 사람들의 시선을 끌었다.

대체 어느 나라의 귀공자와 아가씨인가, 하고 이야기꽃이 피었다.

"에?! 데이트도 몰라?! 예를 들자면, 남자와 둘이서 식사를 즐긴다든가, 사냥이나 승마를 한다든가……."

"그런 거라면 있어요. 이 여행이 그런 느낌인걸요. 아, 하지만 그러면 이건 폴테스랑 데이트를 한 게 되나요?"

"아니, 그런 게 아니야."

아라는 에르비스를 리드하면서도 대화가 끊어지게 하는 일이 없었다. 그 능숙함은 마치 오래전부터 알고 지내 이미 몇 번이나 만나 이야기를 해온 듯한 착각마저 생기게 했다.

"하지만…… 사냥은 하지 않았지만 식사를 하고 승마도 해왔는데요."

"종자와 한 일은 데이트라고 부르지 않아. 그는 집사로서의 임무를 해온 것뿐이잖아?"

"……으으."

무심코 가슴 아파지는 이야기가 나오고 말았지만, 아라에게 악의는 없었다. 에르비스는 어쩔 수 없는 현실에 이를 악물 뿐이었다.

"진짜 데이트란 건 신분과 직무와는 관계없이 서로 호의를 가진 남녀가 함께 있으면서 즐기는 것이야."

"신분도 직무도 관계없이…… 말인가요."

"그래. 내일이라도 나랑 데이트해 보지 않을래?"

"아라님과 말인가요?"

"그래. 다만 '님' 자는 빼고. 나도 이제부턴 너를 에르비스라고 부를 테니까."

"아…… 네."

그러는 사이 데이트를 권유 받은 에르비스는 자신도 모르게 승낙했다.

"그럼 예행연습. 나를 아라라고 불러."

"앗, 아라……?"

"그래그래, 그렇게. 처음에는 형식뿐인 데이트겠지만 나는 이미 너를 좋아하니까 네가 나와 있는 것을 즐겁다고 느끼고, 또 좋아한다고 느낀다면 거기서부터는 진짜 데이트가 될 거야."

"읏, 네."

말로는 밀어붙여서 접근하는 아라지만, 춤은 부드럽고도 스마트했다.

이전에 폴테스가 충고한 것처럼 댄스를 핑계 삼아 과도한 구애도 해오지 않았다. 신사적이고 고상하며 리드도 안정되어 있었다.

"어쩜 이리도 아름다운 연인들일까? 아니면 이미 부부인 걸까요?"

"음. 좀처럼 볼 수 없는 미남 미녀로군. 그것도 어린 신부인가? 정말로 부럽군."

에르비스가 보기에 스물여섯의 아라는 확실히 어른이었다.

그러나 만났을 때와 비교하면, 그 정도의 나이 차이는 느껴지지 않았다. 반대로 말하자면 아라가 폴테스보다 연상인 탓일까, 볼그 사비오에 가까운 안정감까지 느껴졌다.

이것이 사랑과는 먼 감정이란 것을, 아직 에르비스는 몰랐다.

"아무래도 주위에선 우리들을 연인이라고 생각하고 있는 것 같아."

"네?"

"나로서는 너무나도 영광인데, 에르비스는?"

"읏, 네. 저도……."

두 곡 세 곡 이어서 춤을 추는 동안, 에르비스는 많은 것을 긍정적으로 생각하기 시작했다.

"정말?"

"물론이에요."

"그래. 겉치레라도 기뻐. 그렇게 말해주니."

"아라……."

아라는 밝고 상냥하며 요령 좋지만, 논리 정연한 어른이었다.

에르비스도 언젠가 자신이 누군가와 결혼을 해야만 한다는 것은 이미 알고 있었다. 그것도 시집을 가는 것이 아니라 데릴사위를 들이는 입장으로 말이다.

그렇게 되면 아라가 솔 오리엔스 왕녀의 남편, 사위로 들이기 걸맞은 상대라는 것은 지금까지의 이야기만으로도 충분히 이해가 되었다.

볼그 사비오도 그를 후보자로 무도회에 불렀으니 반대하지는 않을 것이다.

'상냥하신 분. 그리고 너무나도 긍정적이고 밝아. 이렇게 함께 있으니, 혹시 그라면 나에게 걸린 저주마저 행복한 결혼 생활로 바꾸어줄지도 모른다는 생각이 들어.'

아무리 저주 같은 건 없다고 믿어도 가능성이 없는 것은 아닌 이상, 자연히 마음이 의지할 곳을 원하는 것은 어쩔 수가 없다.

'남편도 혼자서 충분하다고 딱 잘라 말해주었고. —잠깐! 그러니까 에르비스, 경박하다고! 정말, 어째서 최근 이런 일만 생각하게 돼버리는 걸까. 역시 난 저주 받았어!'

이전에는 신경도 쓰지 않던 일을 무심결에 의식해 버리면 어떻게 할 수도 없다.

"얼굴이 빨개. 샴페인 때문에 취기가 돈 건가."

그럼에도 에르비스는 '아라와 함께라면 웃음이 끊이지 않는 생활이 가능할 것 같아' 라는 기분이 들었다.

언제나 웃는 얼굴로, 온화하고, 그리고 안정감 있는 생활이.

"……읏. 네, 아마도."

"그러면 오늘은 이 정도로 할까. 이런, 라루우는 어디 갔지? 네 집사도 어디로……?"

그러나 그런 것을 생각하는 동안 폴테스와 라루우가 함

께 자리에서 사라져 있었다.

주위를 둘러보니 금방 발견할 수 있었지만, 그 모습은 에르비스의 가슴에 느껴본 적 있는 아픔이 다시금 불러왔다.

"뭐야. 라루우랑 함께 붙잡혔나. 따로 있어도 눈에 띄는데 둘이 함께 있으니 무리도 아니지. 여차했다간 모여 있는 여성들에게 둘러싸여 오늘 밤은 돌아오지 못할지도 모르겠는데. 그치, 에르비스?"

폴테스는 라루우와 함께, 같은 나이 또래의 여성들에게 둘러싸여 잔을 기울이고 있었다. 성에서는 절대로 볼 수 없는 가슴이 파인 옷을 당당히 입은 여성들이 많이 있었다.

아무리 자신은 이미 결혼할 수 있다고, 성년의 날을 맞이할 시기라고 해도 한참 어른인 여성들의 앞에서는 아직 소녀였다.

아무리 '예쁘다', '사랑스럽다' 고 들었어도, 결코 '색기 있다', '요염하다' 라고는 듣지 못했다. 폴테스의 말대로 여성으로서는 미성숙했다.

이것만큼은 어쩔 수가 없다.

'폴테스는 역시 같은 또래의 여자를 좋아하는구나.'

에르비스는 여성들에게 둘러싸여 있는 폴테스가, 평소 이상으로 어른처럼 보여 아픈 가슴에 손을 대었다.

또 혼자 있으면 울 것만 같았다.

결국 하룻밤 사이로는 잊을 수 없었다. 그것을 통감한 것만으로도, 에르비스는 이곳에서 도망치고 싶어졌다.

"전 먼저 방으로 돌아갈게요."

그렇게 아라에게 인사한 에르비스는 재빨리 가게의 출구로 향했다.

"그래. 그럼 방까지 데려다줄게. 아니면 그가 해방될 때까지 내 방에 있을래? 혼자 있게 하기에도 걱정되고."

아라도 에르비스를 따라가며 함께 레스토랑 펍을 뒤로했다.

"괜찮으시겠어요?"

차라리 아라에게 모든 것을 이야기하는 편이 편할까?

그런 다음, 이런 자신이라도 좋다고 말해주는 것을 듣는 편이 속이 시원할까?

폴테스를 향한 마음이 잊혀질 때까지, 지금은 잠깐 기다려 달라고?

그런 나약한 마음이 에르비스의 가슴속에서 소용돌이쳤다.

"괜찮아. 다만 참지 못하고 늑대가 되어버릴지도 모르지만."

"읏."

"농담이야, 장난!"

그러나 그런 희미한 소망마저, '농담'이라는 한마디로 분쇄되었다.

아라에게 악의는 없다는 걸 충분히 인지하고 있었다. 아마도 한순간 놀라움을 감추지 못한 에르비스에게 신경을 써 굳이 농담으로 흘린 것이리라.

"읏, 그렇죠. 저는 그런 매력이 없는걸요. 그러니까 폴테스도……."

"에?"

그러나 그것만으로도 지금의 에르비스에게는 과한 농담이었다.

그런 한마디 말로 얼버무릴 수 있을 정도라면, 처음부터 말하지 않았으면 했다.

흔한 한 명의 여성처럼 다루지 않았으면 했다.

아라라면 자신을 단 한 명의 여성으로 봐줄 것이다, 그런 생각에 진심으로 결혼도 고려해 주리라 생각했던 순간이었는데, 에르비스는 자신으로서는 어떻게 할 수도 없는 나이 차이에의 딜레마에 눈물이 흘러넘칠 것 같아졌다.

"미안해요. 농담도 못 알아듣는 어린애라서……. 무슨 말을 하고 있는 걸까, 난."

차라리 영원히 어른 같은 거 되지 않는 어린애인 채로 있을 수 있다면, 편해질 수 있을 텐데.

그랬다면 서큐버스의 저주에 휘둘리는 일 없이, 이상한 걱정도 하지 않고 끝났을 텐데 어째서, 하고 슬픔과 노여움이 치밀어 올랐다.

"에르비스, 미안해. 그런 얼굴 하지 마."

아라는 곧바로 에르비스의 마음을 헤아린 것 같았다.

"나는 너보다 아주 약간 어른이야. 하지만 그렇다고 해서 너를 아이라고는 생각하지 않아. 너는 아름다운 레이디야. 빼앗을 수 있다면 지금이라도 빼앗고 싶어. 이대로 붙잡고 싶어."

근처에 사람들이 지나다녔지만, 이미 가게 밖. 주저하기보다 자신의 본심을 전하는 것이 먼저라고 판단했을 것이었다.

그 자리에서 가볍게 끌어 안겨, 부드러운 적갈색 머리칼을 쓰다듬어졌다.

"단지 이것만은 알아줘. 이러니저러니 해도 나는 너보다는 아주 조금 어른이니까, 네가 마음으로부터 나를 좋아하게 되기를 기다리는 것도 가능해. 이렇게 곁에서…… 너를 안아주면서 계속 기다릴게."

에르비스의 관자놀이에 입을 맞추며 다시금 자신의 방으로 오길 권유했다.

"아라."

에르비스는 충동적으로 그의 등에 팔을 둘렀다.

그의 상냥함에 응석 부려선 안 돼. 하지만 조금은 응석 부리게 되는 건 역시 아직 어린애라서일까?

아니면 이것이 사랑의 시작인 것일까?

하지만…….

"에르비스님! ……어디로 데려가려는 겁니까."

당황하여 뒤를 쫓아온 폴테스의 목소리가 들려와, 에르비스는 아라의 팔 안에서 전신을 떨었다.

"먼저 방으로 돌아가려 했을 뿐이야. 그렇지, 에르비스?"

"네. 가끔은 폴테스나 라루우도 숨통을 틔우고 싶겠지. 나는 아라랑 여관으로 돌아가 있을 테니 걱정하지 않아도 돼. 부디 편히 즐기렴."

마치 '괜찮아' 하고 말하듯 등을 다독여 준 아라에게 기운을 받아, 에르비스는 폴테스의 얼굴을 보았다.

"그건 기분만 감사히 받겠습니다. 여관으로 돌아가실 거면 함께 돌아가겠습니다."

"아니, 괜찮아. 나는 아라의 방에서 잘 테니까."

그러나 에르비스는 바로 얼굴을 돌리고는 곁에 있는 아라의 팔짱을 꼈다.

"하아?"

"그럼 가죠, 아라."

마치 매달리듯 꼬옥 잡았다.

"기다려 주십시오. 어떻게 된 일입니까. 설명을 해주시죠."

그러자 그 손을 힘으로 떼어내려는 듯 폴테스가 어깨를 잡아당겼다.

"윽, 그러니까 이건……."

그가 납득할 만한 설명 따위 에르비스에게 가능할 리 없었다.

그렇지 않더라도 따라왔을 때의 목소리에서, 폴테스가

화난 것은 알고 있었다. 말로 하지는 않았지만, 폴테스의 청회색 눈동자가 에르비스를 몰아붙였다. 자신에게 아무 말도 없이 대체 무엇을 하고 있는 거냐! 라고 말이다.

"알면서 묻지 마. 너도 어른이잖아."

보다 못했는지 아라가 끼어들었다.

"예, 그렇죠. 하지만 공주님은 실제로 아직 성인이 되기 전의 어린애이기 때문에 알지 못하는 것도 상당히 많습니다. 지금까지 아라님이 사귀어오셨던 여성과 똑같이 생각하시면 곤란합니다."

"어린애 아냐!"

가장 듣고 싶지 않은, 말하지 않았으면 한 것을 들어버려, 결국 에르비스가 슬픔과 분노에 휩싸여 소리를 질렀다.

"읏, 에르비스님."

"나는 언제까지고 어린애가 아냐. 이젠 결혼도 할 수 있어. 가요, 아라."

놀라는 폴테스에게 쏘아붙이고는 아라의 팔을 잡았다.

이제 이것을 마지막으로 말도 걸어주지 않을지도 모른다. 미움을 받을지도 모른다.

집사로 있는 것조차 하고 싶지 않게 되어, 어쩌면 혼자서 고향으로 돌아가 두 번 다시 만나주지 않을지도 모른다는 상상까지 했지만, 에르비스는 이렇게라도 하지 않으면 더욱 괴로웠을 것 같은 기분이 들었다.

지금부터 얼마나 시간을 들인들 아라를 가장 좋아할 순

없을 것 같았다. 폴테스를 향한 마음이 사라지지 않을 것 같은 기분이 들어, 강경한 수단을 사용하고 말았다.

"흥……! 까불지 마!"

그러나 폴테스는 그 자리에서 격분하며, 한 번도 들어본 적 없는 난폭한 어조로 욕설을 퍼부었다.

"아무래도 제가 교육을 잘못 시킨 모양이군요. 오늘 밤은 설교만으로 부족할 것 같습니다. 벌을 줘야겠습니다."

"웃, 폴테스!"

전신을 굳힌 에르비스의 팔을 잡고, 밤하늘의 달보다 서늘해 보이는 표정으로 그 장소에서 끌고 나가려 했다.

"잠깐, 기다려."

"지금부터는 참견하지 말아주십시오. 이것은 저와 공주님의 문제입니다."

"멋대로 둘의 문제로 만들지 마. 대체 네놈은 뭐하는 것이냐. 고작 집사 주제에……."

아라가 앞에 서서 떠들어도, 동요하지 않으면 기가 죽을 일도 없다.

"성에서 빠져나온 지금, 공주님의 보호자는 저입니다. 볼그 사비오 솔 오리엔스의 말이라 생각해 주시길."

"그런 헛소리가 통할 성싶으냐!"

"그럼, 내 이름은 폴테스 도라코 카이자라입니다. 이거라면 불만 없겠지?"

"웃?!"

그는 청회색의 눈동자를 희미하게 빛내며 작은 소리로 고했다. 아라도 입을 다물게 만들 정도의 위협이었다.

"다른 사람에겐 비밀입니다."

극극, 하고 비꼬는 듯한 웃음을 지으며 폴테스는 아라에게서 멀어졌다.

에르비스의 팔을 잡아끌며 여관에 돌아갔다.

"아라님, 무슨 일이십니까?"

엇갈리듯 말을 걸어온 사람은 레스토랑 펍에서 여자들과 이야기를 끝내고 오느라 늦은 라루우였다. 그는 늦어서 곤혹스럽다는 표정을 짓고 있었다.

"좋을 것도 나쁠 것도 없어. 아무래도 나는 남편은 고사하고 애인이 될 수도 없을 것 같군."

"하?"

아라의 쓴웃음 짓는 얼굴로서는, 과연 그가 분한 건지 우스운 건지 알아볼 수 없었다. 기운이 없어진 듯한 아라에게 이런 떨떠름한 표정을 짓게 한 것은, 어렸을 적부터 그를 섬겨온 라루우가 아는 한 폴테스가 처음이었다.

"누가 집사야. 누가 연극을 하는 건지."

"무슨 말씀이신지 도저히 모르겠습니다만."

고개를 갸웃거릴 뿐인 라루우에게 아라가 내뱉듯 말했다.

"몰라도 돼. 다른 사람에겐 비밀이니까."

금빛 머리칼, 황금색의 눈동자가 살기를 닮은 분위기를

내었다.

"하아…… 그렇습니까."

라루우는 그 이상 아무것도 묻지 않았다.

아라는 폴테스에게 들은 '남에게 말하지 말라' 는 말을 지키기 위해 입을 닫았다.

그것만으로 라루우는 납득했을 것이다.

에르비스의 집사 폴테스는 아라에게 있어 오늘 밤부터 명령이니 부탁이니 할 수 없는 존재가 되었다. 본의는 아니지만, 무언가 특별한 관계가 되어버린 것이다.

살기를 담은 폴테스에게 불안감을 느껴 에르비스는 평소와 달리 저항했다.

지금까지 몇 번이고 폴테스를 화나게 한 적은 있었지만, 오늘 밤은 달랐다. 어제보다 더욱 감정적이고 화나 있었다.

이렇게나 폴테스에게 '이성' 을 넘어선 '남자' 를 느낀 것은 처음이었다.

지금의 폴테스는 집사도 아니고 스승도 아니었다. 에르비스를 지켜주는 사람일 수는 있을지 도 모르지만 역으로 상처 입히는 사람일지도 몰랐다.

그런 말할 수 없는 불안을 안고서 에르비스는 둘러진 팔을 뿌리치려고 했다. 몇 번이고 발을 멈추어 버텼다.

"싫어, 놔!"

그것을 귀찮게 생각했는지 폴테스는 떠드는 에르비스를

어깨에 둘러메고 여관방까지 빠른 걸음으로 돌아왔다.

잡아둔 방은 여관에서 가장 좋은 트윈룸이었다.

언제고 몇 시고, 무슨 일이 일어나고 나서는 늦다고 판단한 폴테스가 특별히 아무것도 신경 쓰지 않고 아라에게 에르비스와 같은 방을 요구해 잡은 방이다.

폴테스에게 있어 에르비스는 자신의 몸과 바꾸어서라도 지켜야 할 상대. 방에 세미 더블 사이즈의 침대가 두 개 놓여 있어도 경호 이상의 편의는 바라지 않았다. 이걸 에르비스가 어떻게 생각하든 상관없었다. 하나하나 신경 써서는 아무것도 할 수 없게 되기 때문이었다.

"너무해, 폴테스. 어째서 설교하는 건데?! 벌주는 거 싫어! 꺄앗!!"

하지만 이렇게 되면 이야기는 달라진다.

에르비스는 짐짝처럼 침대 중앙으로 던져졌다.

분명 자신이 칭찬받을 일을 했다고는 생각지 않았어도, 폴테스에게 꾸지람 들을 이유도 없다고 생각하고 있었던 에르비스는, 정면으로 항의를 이어갔다.

"뭐가 결혼입니까. 대체 자신이 무엇을 하려 했는지, 알고 계십니까?"

그러자 자세를 바꾸어 몸을 일으키려 한 에르비스의 앞에 폴테스가 재킷을 벗어 던졌다.

"아, 알고 있어. 나도 어른인걸. 아라가 원해오면 어떻게 되는지, 그 정도는 알고 있다고. 그것도 폴테스가 가르쳐

줬잖아, 댄스 수업 때 폼 잡고서!"

그뿐만이 아니었다. 스스로 셔츠 단추를 잡고서는 망설임 없이 앞섶을 풀었다. 보기보다 근육질의 아름다운 가슴에 에르비스는 순간 시선을 돌리고 말았다.

"그럼 당신은 아라와 맺어질 생각이었던 겁니까? 자기가 저주를 풀겠다고 한 말은 그냥 허세였나요? 적당할 때 결혼해서 남편을 받아들여 성인의 날을 맞을 준비를 갖추면 끝. 그럴 거면 처음부터 볼그 사비오의 말대로 따랐으면 되는 거 아닙니까."

"이거랑 그거는 달라. 까앗!!"

부끄러워할 때는 아니라고 생각하고 다시 앞을 바라보자 셔츠를 책상에 내려놓은 폴테스가 덮쳐왔다.

"뭐하는 거야!"

"당신이 아라 왕자와 하려던 짓입니다."

"아니, 무슨 농담이야?! 그만둬!"

지극히 당연하다는 듯이 하는 말에, 에르비스는 그를 떼어내기 위해 양손으로 밀었다.

그러나 위기감 가운데 이런 상황에 처해 있음에도 불구하고, 에르비스는 폴테스의 맨가슴에 손이 닿자 온몸이 화악 뜨거워졌다.

손을 잡고 끌려간 적은 과거에도 있었지만 이런 맨몸을 만져 본 적은 없었다. 그것만으로도 에르비스는 열이 올라 쓰러져 버렸다.

"어른이잖습니까? 모든 것을 알고서 그의 방으로 가려 했던 것이죠?"

"그래도 싫어, 폴테스. 어째서 네가 이런 짓을……."

그러나 제아무리 저항한다 한들, 이렇게 던져진 상황에서 에르비스가 도망치는 것은 불가능했다.

"어째서라니. 전부터 날 원했던 것은 너야, 에르비스. 자신을 한 명의 여자로 의식해 줘, 나와 이러고 싶어, 어젯밤 당신은 온몸으로 그렇게 호소했지. 이렇게 될 거, 어젯밤에 내 것으로 만들면 되었을 텐데."

폴테스는 담담한 말투로 에르비스를 나무라면서 드레스의 앞 단추를 풀어갔다.

이럴 때의 가벼운 옷차림은 아무런 도움도 되지 않지만, 그럼에도 폴테스가 남쪽 나라에서 가져온 얇고도 단단한 코르셋은 에르비스에게 조금이라도 불만을 말할 여유를 주었다. 장시간 말에 올라탈 것을 전제로 껴입은 속바지도 분명 폴테스에게 있어서는 방해되는 존재일 것이다.

"그렇다고는 해도! 폴테스는 나 같은 거 좋아하지 않잖아. 언제까지고 어린아이라고 생각해서 한 명의 레이디로는 봐주지 않잖아. 그런데 이건 새로운 심술이야?! 아니면 벌?! 평생 나의 종자라고 말한 건 너야, 폴테스!! 그래서 나는 아라를, 아라를 좋아하려고 생각했는데, 그게 뭐가 나빠!"

에르비스는 작은 저항이라기보다 자포자기의 심정으로

마음속 모든 것을 털어놨다.

그것은 폴테스에게 있어 '이렇게도 네가 좋은데' 라고 고백하고 있는 것이나 다름없었지만, 그럼에도 이대로 분노에 몸을 맡긴 폴테스에게 벌로써 정조를 빼앗기는 것은 참을 수 없었다.

"물론 아주 잘못이 없다고는 생각 안 해. 분명 나는 엄청나게 나쁜 아이야. 아라보다 자신의 일만 생각하니까. 하지만 아라는 그래도 괜찮다고 말해줬는걸. 내가 마음속으로부터 좋아할 때까지 기다리겠다고!"

하필이면 폴테스가 아라에게 맞서듯이 이런 짓을 하다니!

이런 건 벌이 아니라 배신이다. 지금까지 누구보다 믿어왔던 상대인데. 그렇게 생각하니 에르비스는 잠자코 당하고만 있고 싶지는 않았다.

"그런 말을 들으면 누구라도 그 사람을 좋아하게 될 거야. 아무리 노력해도 평생 종자로 밖에 있어주지 않을 폴테스보다도!"

에르비스는 적갈색의 눈동자를 눈물로 가득 채우며, 마음속으로부터 폴테스를 책망했다.

울어도 웃어도 화내도, 그 모습은 변하는 일 없이 사랑스러워 폴테스의 망설이는 마음을 끌어당겼다.

"그렇게라도 말하지 않으면 참을 수가 없어. 나도 남자야. 그럴 마음만 있으면 이런 것도 가능하다고 말했을 텐데!"

한계를 넘은 폴테스의 말투가 변했다. 얼굴이 붉어졌다고, 착각이었는지 그렇게 본 순간, 에르비스는 입술을 겹쳐져 숨이 막혔다.

"응, 으응."

에르비스에게 있어 누군가의 입술이 자기 입술에 닿은 건 처음이었다.

이미지로는 더욱 상냥한 것이라고 생각했는데, 폴테스의 그것은 거칠고도 깊으며 난폭했다. 이전에 이마에 키스해 주었을 때는 그렇게나 상냥했는데. 그렇게 생각하니 괜히 혼란스러워졌다.

호흡도 힘들어져 자연히 양손으로 폴테스의 어깨를 잡고 손톱을 세웠다.

"정말, 저주의 유무가 확실해질 때까진 참으려고 했는데, 결국 이렇게 되는군."

폴테스가 푸념을 늘어놓는 순간 에르비스는 크게 숨을 쉬었지만 그 후 다시 틀어막혔다.

"으응, 응응."

입술을, 입안을 마치 먹어치우는 듯한 격렬한 키스에 에르비스는 농락당하며 익숙해져 갔다.

입술을 헤치고 들어오는 혀와 혀가 얽혀 숨이 끊어질 것 같았다.

이것만으로도 몸과 몸을 나누는 듯한 음란함이 차오르는 욕정을 느끼며 의식이 멍해졌다.

"좋아해, 에르비스. 사랑해. 오늘 밤은 너를 부서뜨릴지도 몰라. 하지만 어쩔 수가 없어. 이젠 막을 수 없어. 이것이 내 본심이다."

그러자 날뛸 여력도 없어진 에르비스를 내려다보며 폴테스가 속삭였다.

"흐읏……."

이전의 제멋대로인 모습과는 확연히 다른 애달픈 목소리로 고백받아, 에르비스는 머릿속이 새하얘졌다.

폴테스가 좋아한다고 말했어. 사랑한다고 말했어. 그런데도 지금까지의 경위가, 그의 고백을 순순히 믿을 수 없게 했다.

그건 종자로서? 집사로서? 아니면 저주 받은 자신을 동정해서?

에르비스의 마음속은 끝없는 의심으로 가득했다. 그것을 나타내듯 볼에 흐르는 눈물이 멈추지 않았다.

"처음에는 분명 이런 기분이 아니었어. 나는 그저 있지도 않는 저주에 휘둘리는 네가 불쌍했던 것에 지나지 않았지."

그런 에르비스를 보며 폴테스는 눈물로 젖은 그녀의 뺨을 상냥하게 닦아주며 쓴웃음을 지었다.

"네겐 아무런 죄도 없는데 주위의 어른들에게 놀아나기만 하고, 저주 받은 왕녀로 만들어져 갔어. 이렇게나 사랑스러운데 거짓 웃음밖에 보일 수 없지. 정말로 마음을 보인

적은 울고 있을 때뿐. 그렇게 보여서 이런 것도 알아채지 못하는 주위의 어른들에게 분노를 느꼈어. 그렇다면 내가 너를 구해주겠다, 그렇게 생각했지."

지금 자신의 마음이 에르비스에게 동정도 느끼기 전의 정의감, 그리고 신념에서 시작되었다는 것을 있는 그대로 이야기해 주었다.

"애당초 이 세상에 저주 따윈 존재하지 않는다, 하물며 서큐버스의 저주 따위 있을 리 없다는 걸 이 손으로 증명해서 주위의 어른들이 꾸며낸 저주에서 너를 해방시켜 주리라 생각하고 그 수단 중 하나로 의학을 공부했어. 그게 십 년 전, 왕비의 장례식에서 귀국한 직후의 일이다."

"읏!!"

그러나 그렇다고 해도 폴테스가 실제로 보인 행동력의 대단함에는, 에르비스도 놀랄 수밖에 없었다. 설령 그것이 폴테스의 성격으로 인한 것이라고 해도 그는 그 전부터 에르비스의 저주를 풀어주려 했다. 그런 것은 이 세상에는 없다는 걸 스스로 증명하려고 진지하게 임하여 힘써 왔던 것이다.

"꽤 시간이 걸렸지만, 내가 필요한 지식을 몸에 익혀 솔오리엔스로 찾아온 것은 그걸 위해서였어. 매일 밤 너의 상태를 보며 건강을 확인하고 절대로 저주의 영향 따위 받지 않았다는 것을 나 자신이 더욱더 확신하기 위해서, 집사가 되어 곁에 있었지."

에르비스는 설령 이것이 동정에서 우러나온 행동이라고 해도, 폴테스에겐 감사하다는 마음이 솟아오를 뿐이었다.

"처음에는 역시 오지 말걸, 하고 생각했어. 너는 너무나도 건강하고 활발하며 멋지고 귀여운 공주였으니까."

달리 말하면 폴테스의 자기만족이었다고 하더라도, 결과적으로 그가 십 년 동안이나 에르비스를 생각해 왔다는 것에는 변함이 없다.

에르비스가 남몰래 황금의 왕자님을 동경하여 연모하고 있을 때마저, 폴테스는 동쪽 나라의 작은 소녀를 구하기 위해 면학에 힘쓰고 있었다.

볼그 사비오가 저주를 받아들여, 에르비스 본인조차 저주에 맞서 싸우겠다고 생각지 못하고 있었던 세월 동안, 폴테스 단 한 명만은 서큐버스에 대항하고 있었던 것이다.

"일 년이 지나도 병의 기척은 아예 없었지. 이 년이 지나도 마찬가지였어. 하지만 삼 년이 지날 때에는 내가 병에 걸리기 시작했지."

"에?!"

그러나 그런 폴테스 쪽이 사실 병에 걸렸다는 것을 듣게 되어, 에르비스는 온몸이 떨렸다. 얼어붙었다.

"그저 사랑스럽기만 했던 네가 시간의 흐름과 함께 점점 아름다워져서 차츰 내 가슴을 두근거리게 만들었기 때문이야."

금세 그것은 '사랑의 병'이라는 것을 알고 안심했지만,

에르비스는 지금의 떨림을 평생 잊지 못할 것이다. 그 정도로 에르비스에게 있어 폴테스는 무엇과도 바꿀 수 없는 사람이라는 증거였다.

"나이도 한참 차이 나는 소녀에게 무슨 바보 같은, 하고 처음에는 이 병을 부정했지. 그렇지 않아도 나는 집사, 그것도 전속 의사지. 애당초 솔 오리엔스에 온 것은 무엇을 위한 것이었는가 자신에게 타일렀지. 하지만 사 년이 지나도 병은 나아지지 않았어. 오 년이 지났을 무렵에는 참는 데도 한계가 느껴지기 시작했지."

폴테스는 격해지는 마음을 떨쳐내기 위해 에르비스의 사랑스러운 적갈색 머리칼을, 하얀 볼을 쓰다듬었다.

에르비스는 더 이상 도망치려고 하지 않았고, 시도하지도 않았다. 오히려 그 손을 살짝 쥐어주고 싶을 정도였다.

"그리고 그것을 꿰뚫어본 볼그 사비오로부터 에르비스의 남편이 될 생각이 없느냐는 말을 들었고, 나는 이를 악물고 부정했지."

그러나 에르비스가 모르고 있었던 사실은, 아직 더 있었다.

볼그 사비오가 폴테스에게 이런 이야기를 한 것을 알게 되고, 또 그것을 폴테스가 거절했다고 들어 에르비스는 다시 한번 나락으로 밀려 떨어진 듯한 기분이 되었다.

"왜냐면 사랑하는 네가 저주에 걸리지 않았다고 증명하는 게 먼저였기 때문이야. 그렇지 않으면 볼그 사비오가 나

이외의 남편을, 혹은 측실로서의 남자를 둔다는 생각을 바꾸지 않을 것이기 때문에."

하지만 그곳에는 폴테스의 완고한 사랑이 있었다.

"나는, 내 아내가 다른 사람들에게 당을 바에야 이 손으로 죽여 버리는 게 낫다고 생각하는 남자다. 오늘 역시 아라와의 재회에 눈을 빛내는 너를 어떻게 해주면 좋을까, 그것만 생각하고 말았어. 네가 나를 뜻대로 하지 못해 자포자기할 줄은 생각지 못했으니까. 설마 그 정도의 이유로 아라를 받아들일 거라고는 생각도 못했으니까! 오 년이나 보내온 나보다 첫사랑이라고, 겨우 두 번 만나본 남자냐고 부글부글 화가 났지."

아라와는 또 다른 이유의, 깊고도 강한 속박에서 나오는 격렬한 사랑에 더해 애증마저 피어났다.

"그러나 아라에게 끌리는 너를 보고 딱 하나 깨달은 것이 있어. 그것은 지금의 네가 가장 원하는 것은 저주 따위 없다고 증명해 주는 남자가 아니었던 거야. 만약 저주 받았다고 할지라도 마음속으로부터 사랑하고 있다고 말해주는 남자, 저주를 상대로 함께 싸우며 극복해 줄 사람이라는 걸. 적어도 부끄러움도 체면도 신경 쓰지 않고, 그것만은 확실히 의사를 표시할 수 있는 남자를 원한다는 걸 말이야."

들으면 들을수록 에르비스는 이제부터 어쩌면 좋을지 알 수 없었다.

폴테스가 마음 깊이 자신을 사랑해 준다는 것을 이해할 수 있었지만, 그런 그에게 자신이 얼마나 사랑을 갚아주어야 할지 몰랐다.

그가 뒤에서 해온 노력도 모르고 에르비스는 언제나 폴테스에게 상냥함과 부드러움을 바라왔다. 그가 어떤 기분으로 엄격하게 대해왔는지도 모른 채, 그 사랑을 심술궂다고 말하고는 늘 볼을 부풀렸던 것이다.

거기다 이젠 됐다고 말하며, 아라에게 도망치려 하였다.

오늘 밤 폴테스가 진심으로 화내주지 않았다면, 에르비스는 분명 돌이킬 수 없는 후회를 하며 폴테스와 아라 모두에게 상처를 입혔을 것이리라.

“하지만 너의 입장이 되어 생각해 보면 그것도 그렇지. 처음부터 저주 따윈 없다고 믿고 싶어, 그렇게 말한 나를 믿고 싶었을 뿐이었던 너로서는, 설령 저주가 진짜였다고 해도 그런 건 내가 어떻게든 해주겠다, 누군가에게 의지할 필요도 없이 나 한 명이 너만을 사랑하고 서큐버스의 저주 따위 행복의 주문으로 바꾸어주겠다고 듣는 편이…… 분명 더 좋았겠지. 그것도 믿었던 나에게서. 안 그래?”

에르비스는 역시 자신이 제멋대로였던 것이라 반성하면서도, 폴테스의 질문에 살짝 수긍했다.

이미 마음속은 밝아졌다. 어떻게 얼버무릴 수도 없다.

확실히 에르비스는 아라에게 듣고서 자신도 깨달았다. 사실은 폴테스에게 이 말을 듣고 싶었다. 그렇게 말하며,

속박해 주었으면 좋겠다고.

"그것을 안 지금, 나는 너에게 맹세해. 앞으로 무슨 일이 있어도 나는 에르비스 한 명만을 영원히 사랑해. 나의 아내는 니뿐이며, 너의 님편은 나뿐이다."

폴테스는 다시금 에르비스에게 맹세하며 상냥하게 볼에 키스를 해왔다.

"그리고 서큐버스의 저주 따위는 없다는 것을 증명해 보이겠어. 너를 저주에서 해방시켜, 볼그 사비오에게 너의 남편은 평생 나뿐이라는 것을 인정받겠어."

그리고 상냥하게, 달콤하게, 마치 깨지기 쉬운 물건을 만지듯 에르비스의 가슴에 팔을 둘러 가볍게 안았다.

"정말? 정말이야, 폴테스?"

안겨진 가슴의 깊은 곳에서 에르비스의 심장이 쿵쾅거렸다.

"아아, 정말이다."

살며시 부푼 부분이 비벼져, 엘비스는 갑자기 모든 게 부끄러워졌다.

"그럼 더 이상 제멋대로 굴지 않을게. 나, 토라지지 않을게. 그러니까 이 이후는 식을 올린 후에 해도 괜찮지? 북쪽 마경에 가서 돌아온 후, 아바마마에게 제대로 보고해서…… 아얏!"

이것도 제멋대로라면 제멋대로라고 할 수 있겠지만, 부끄러움 뒤에는 무서움이 일었다. 여기까지 와서 폴테스가

'그럼 그럴까' 같은 말을 할 리가 없다는 걸 알고 있으면서도, 도망치려고 하던 부푼 곳을 강하게 붙잡히고 말았다.

"그렇게는 못해. 이제 참는 것도 한계를 넘었다고 했잖아."

현기증이 날 정도로 단정하고 아름다운 폴테스의 미소.

그러나 그 눈에 비친 에르비스의 얼굴은 완전히 공포에 질려 있었다.

"하지만 아…… 앗."

그래서 폴테스는 어제도 충고했었다. 지금까지는 타고났을 본능을 필사적으로 억누르며 에르비스의 옆에 계속 있었던 것이다.

"폴테스, 무서워. 폴테스……. 뭐가 어떻다고, 설명 못할 정도로 무서워, 폴테스!"

수컷의 본능을 표출하려는 폴테스는 마치 구애하는 짐승 같았다.

평소보다 더욱 품위 있고 성숙한 남성의 모습이 감돌아 에르비스마저 하나의 짐승이 되어버릴 것만 같았다. 그는 웃으며 에르비스의 저항을 흘려내고는, 키스하면서도 솜씨 좋게 옷을 비껴 코르셋도 풀어갔다.

"그런 쓸데없는 건, 아무것도 생각하지 않아도 되니까. 전부 나에게 맡겨……."

속옷이라는 장비에 지켜지고 있었던 새하얗게 솟은 가슴이 드러나자, 폴테스는 에르비스가 감출 틈도 주지 않고 그곳에 입을 맞추어 작은 과실을 쭈욱 빨아들였다.

"안 돼. 그런…… 으으읏."

"귀여운걸, 에르비스. 이렇게 가슴이 두근거려서는."

마비될 것 같은 감각이 과실에서 온몸으로 날렸나. 혀끝으로 핥고 굴리는 그 행위가 상당히 음란하다고 생각되어 에르비스는 몸을 작게 떨며 요동쳤다.

"싫어, 폴테스……."

자신도 의식하며 만진 적 없는 부분에서 처음으로 느끼는 쾌감에 에르비스는 어쩔 줄 몰라 그저 몸부림을 쳤다. 폴테스의 팔에 안겨 입을 맞춰 싫다는 느낌보다 무언가 새로운 감각을 받아들이는 자신이 더럽다고 여겨져 에르비스는 '이 이상은 하지 마' 라고 간절히 원했다.

"부드러워서 전부 먹어버리고 싶어. 여기도, 여기도, 여기도."

그러나 그런 간절한 마음은 완전히 무시당했다.

폴테스는 희고 부드럽게 솟은 과실을 듬뿍 사랑하며, 그리고 그 뒤엔 능숙하게 자세를 바꿔 하복부에 키스했다.

"으으읏!!"

오늘만은, 어째서 위에서 아래까지 앞에 단추가 달린 드레스를 입고 만 걸까 하고 생각해도 이미 늦었다. 완전히 앞이 드러나 코르셋도 벗겨지고, 겹쳐 입은 속바지까지 함께 내려져 알몸이나 마찬가지였다.

그뿐만 아니라, 폴테스는 모든 것을 능숙하게 걷어내 침대에서 떨어뜨리고는, 양손으로 가슴을 가린 채 양다리를 바싹 오므리고 몸을 둥글게 만 에르비스를 데굴데굴 옆으로 굴렸다.

"안 돼, 에르비스. 힘을 빼. 여기서 나랑 하나가 될 거니까 제대로 적셔야 해. 알겠지?"

굳이 오므린 다리를 여는 일 없이, 에르비스의 비밀스런 곳을 들여다보며 작게 갈라진 틈에 입을 대어 젖은 혀를 뻗었다.

"앗, 으응."

작은 저항 따위 없는 거나 다름없었다. 에르비스는 몸을 둥글게 만 바람에 오히려 측면에서 그 부분이 폴테스에게 보여져 애무를 허락하고 만 것이다.

"느껴져? 제대로 젖어들고 있어. 에르비스의 꽃잎은 이렇게나 아름답고 귀여워. 나를 받아들이기 위해 꿀을 듬뿍 흘리기 시작했어."

일부러라고밖에 생각되지 않을 정도로 철벅철벅 소리를 내며 혀끝이 비집고 들어와 에르비스는 새빨갛게 물든 뺨을 두 손으로 가렸다.

"그만해, 말하지 마. 그건 내가 저주 받은 아이니까…… 저주 때문이야."

그사이 가로로 뉘어진 몸을 위로 향하게 하고 딱 붙은 두 무릎을 열어젖히자, 에르비스가 어찌할 도리도 없이 폴테스는 비밀스러운 곳에 얼굴을 묻었다.

아까보다 정확하고 격렬하게 갈라진 틈을 애무당해 에르비스는 당장에라도 새어 나올 것 같은 소리를 참듯이 입술을 다물었다.

“저주가 없어도 여기를 이렇게 사랑해 주면…… 이렇게 되는 거야. 아담과 이브의 시대부터 말이지.”

폴테스가 얼굴을 묻고서 계속 핥는 것은 분명 에르비스를 깎아내는 스위치 같은 것이었다.

폴테스가 이런 곳을, 하고 생각하는 것만으로 전신이 떨리며 이상하게 되어버릴 것 같다. 그런데도 에르비스의 비부에는 분명 그렇게 당하는 것을 기뻐하며 더욱더 조르는 음습한 부분이 있었다.

“으으응…….”

폴테스가 조그만 돌기 같은 곳에 혀를 뻗어 쪽, 하고 빨아들일 때마다 에르비스는 다리에서부터 온몸이 녹아버리는 것 같았다.

“앗, 안 돼. 그 이상은 이상하게 되어버려.”

단 한 점이 공격당할 뿐인데 전신이 당해서 어딘가로 몰아붙여진 듯한 느낌이 들었다.

“폴테스, 폴테스으…… 읏. 안 돼. 으으—읏.”

그러자 갑자기 에르비스의 전신에 경련이 일었다. 분명히 그 돌기에서 무언가가 터져, 마비될 것 같은 감각이 구석구석으로 퍼졌다.

“그 감각, 기억해 둬. 그건 너의 몸이 너무나도 기뻐하고 있다는 증거니까. 여기서부터 전신에 쾌감이 일었지?"

그런데도 계속해서 같은 곳을 치고 들어와, 에르비스는 결국 비명이라기엔 너무나도 달콤한 소리를 질렀다.

"싫어어엇."

계속 사랑받은 부분이 달아올라 더한 자극을 원하였다.

"에르비스."

그것을 알아챘는지, 폴테스는 몸을 일으켜 남겨둔 바지의 앞섶을 풀었다.

이미 한계까지 솟아오른 심벌을 꺼내어 에르비스의 젖어든 은밀한 부위를 향해 들이댔다.

"싫…… 부탁이야. 그만둬, 폴테스!"

그것은 이전 에르비스가 댄스 도중에 느낀 부푼 감각보다 몇 배 더 크고 딱딱해져 있었다. 그것을 몸으로 느낀 것만으로도 에르비스는 공포를 느껴 허리를 뺐다.

"그래도 역시 무서워…… 아으으읏!"

그러나 폴테스는 도망치는 에르비스를 끌어안아 서로 겹쳐진 하반신에 힘을 주었다. 꾸욱, 하고 눌려져 심벌 끝이 에르비스의 안에 들어왔다.

"히야앗— 으읏!"

순간 칼에 찔린 듯한 격통을 느끼며 에르비스는 폴테스의 등에 손톱을 세웠다.

"안쪽까지 들어갈 거니까, 조금만 참아."

그러나 그것은 아픔의 시작에 불과했고, 폴테스는 에르

비스의 내부, 안쪽으로 찔러 들어갔다. 그때마다 에르비스는 확실히 몸이 갈라지는 듯하여 비명마저 지르지 못했다.

'폴테스…… 폴테스!'

생생하게 느껴지는 다른 물건의 느낌에 에르비스는 무서울 뿐이라 즐거움을 맛보지 못했다. 폴테스가 안을 오갈 때마다 격통 이외의 무언가가 에르비스에게 생겨나고 있었지만 거기에 빠져드는 기분까지는 될 수 없었다.

어떤 감정이 마음속 어딘가에 숨어 있었다. 결혼식을 올리기도 전에 이런 짓을 해 볼그 사비오를 배신하는 게 아닐까 하는, 자신이 더럽혀진 딸이 되어 아버지의 치욕이 된 것은 아닐가 하는 기분이 들어, 사랑받는 기쁨보다 죄악감이 치밀어 올라 눈물이 멈추지 않았다.

이런 때에 울다니, 폴테스에게 오해를 받을 것 같았다. 미움 받을지도 모른다는 생각이 들었지만 어떻게 할 수도 없었다. 에르비스는 붉게 물든 뺨으로 대량의 눈물이 넘쳐흘러 폴테스의 등에 매달렸다.

"하나가 된 걸 알겠어?"

그러자 한계까지 몸을 묻은 폴테스가 속삭이듯 물어왔다. 에르비스는 꼬옥 그를 안으며 끄덕이고 수긍했다.

분명 지금 이 순간, 에르비스는 폴테스와 하나가 되어 있었다. 어떤 격통도 죄악감도 그 기쁨에 사라져 버렸다.

"에르비스, 오늘 밤부터 너는 내 아내다. 나만의 여자다."

그가 제대로 힘 있게 단언하자, 에르비스는 전신이 달아올라 떨려왔다.

폴테스가 하나의 달성을 원하며 움직임을 늘리자, 그의 움직임에 쓸려가듯 허리가 흔들렸다.

"아앗, 응…… 으읏."

그렇게 몇 번이고 들어오는 동안 에르비스는 몸 안에서 폴테스가 한계에 달한 것을 실감했다.

"에르비스…… 아름다워. 사랑해."

뜨거운 물보라가 몸 안에 흘러 들어가 에르비스를 몇 번이고 절정으로 몰아넣었다.

"계속 이대로 안겨 있고 싶어. 허락해 준다면 이대로 계속."

에르비스는 이날 처음으로 아침까지 폴테스에게 안겨 보냈다.

"폴테스…… 너무 좋아해."

몇 번이고 키스하며 몇 번이고 서로의 육체를 탐하여, 마지막에는 뭐가 뭔지도 모르게 될 때까지 끌어안고 잠에 들었다.

6장
저주받은 신부

폴테스와의 농밀한 하룻밤이 지나고 맞은 아침 식사 시간, 에르비스는 홀로 침대에 있었다.

'어떡하면 좋지. 누구의 얼굴도 볼 수 없어. 식도 올리지 않았는데, 나란 애는 어쩜 이렇게 경박하지. 아바마마가 아시면 어쩌지? 부끄럽다기보다 무서워서 성으로 돌아가고 싶지 않아.'

오늘 아침은 방으로 식사를 가져다줄 테니 무리해서 일어나지 않아도 된다고 폴테스가 말해서, 에르비스는 그 말을 받아들였다.

'거기에 아라에게도…… 얼굴을 볼 수 없어.'

폴테스가 없는 방에서 침대에 파고들어 지금도 식지 않

은 몸에 곤란해하며 머리를 싸맸다.

오늘 아침의 자신이 어젯밤의 자신과 얼마나 달라져 있을까 불안해서 참을 수가 없었다. 욕실에 가서 거울을 보는 것조차 무서웠다. 그 정도로 에르비스에게 있어 폴테스에게 처녀를 바친 것은 큰일이었다. 몸에 남아 있는 나른한 여운이, 분명 지금까지와는 다른 아침을 맞이하고 있다는 것을 전해줘 에르비스를 더욱 침대 안으로 숨어들게 했다.

'으응, 안 돼. 그것만은 제대로 사과하지 않으면 안 돼.'

그럼에도 사죄를 해두지 않으면 마음이 진정되지 않을 것 같았다.

아라에게 있어서 얼마나 실례되는 짓을 했는지 자각이 있는 만큼 용서해 달라고, 미안하다고 말해두지 않으면 안 된다고 생각했다.

오늘 아침은 먼저 침대를 벗어난 폴테스의 얼굴마저 제대로 볼 수 없었지만, 에르비스는 아라에게만큼은 속죄하지 않으면 안 된다고 생각해 침대 안에서 얼굴을 내밀었다.

마음을 다잡고 '에잇' 하며 몸을 일으켜 실오라기 하나 걸치지 않은 채 우선 욕실로 이동했다.

한편, 폴테스는 여관에 있는 레스토랑에서 아침 식사 준비를 하고 있었다.

"제법 상쾌한 얼굴을 하고 있군."

방으로 가져갈 식사를 기다리다 아라가 다가와 말을 걸

어왔다.

"덕분에요. 모든 것은 아라님 덕분입니다."

폴테스는 초여름의 태양보다 눈부시게, 그리고 불쾌한 미소를 아낌없이 아라에게 보냈다.

"무슨 말일까. 전혀 의미를 모르겠다만."

"시치미 떼는 것도 잘하시는군요. 아라님은 공주님의 기분도, 나의 입장이나 기분도 전부 아시고 그렇게 부추겨 오신 거죠? 덕분에 저와 공주님은 겨우 서로 사랑하는 것을 인정하고 고백했습니다. 부부간의 인연도 제대로 나누었고요. 정말로 감사하고 있습니다. 고맙습니다."

한껏 고의적인 티를 내며, 아라에게 에르비스의 몫까지 감사를 표했다.

"하?"

"하지만 우리들을 도와주기 위해 이대로 북쪽 끝까지 동행해 주시다니, 과연 프루골 듀시스의 왕자. 인정 많고 정의감도 넘치시다니, 다시금 존경합니다."

어이없어하는 아라에게 더욱 제멋대로인 사정을 이야기했다.

"앗, 이봐, 폴테스."

역시 이것까진 아라도 '적당히 해라' 고 소리를 지를 법하지만, 갑자기 눈살을 찌푸린 폴테스가 진지하게 변한 말투로 '거짓말이야. 미안했어' 라고 중얼대 다음 말을 이을 수 없게 되었다.

"미안하다고는 생각해. 애당초 내가 애매한 입장과 태도로 그녀를 대한 것이 너에게까지 희미한 기대를 갖게 만들었지. 그것은 반성하고 있어. 그와 동시에 당신 덕분에 나도 서큐비스뿐 아니라 볼그 사비오와 정면으로 맞설 때 어떻게 해야 할지 깨달을 수 있었어. 그녀를 얻기 위해선 부끄러움이나 체면 같은 것에 신경 쓸 때가 아니라고."

처음부터 마지막까지 미안하다고 생각하는 것으로는 느껴지지 않는 말투, 그리고 미소가 함께 딸려 있지만, 이런 게 폴테스의 성격이리라. 아라가 어디까지나 쾌활한 언동으로 넘어가는 타입이라면, 폴테스는 뭘 말하고 행동해도 마지막에는 고자세로 비아냥거리는 것이다.

특히 에르비스를 사이에 두고 대치한 동성에게는 더욱 더!

"그래, 그건 잘됐네."

아라도 그것을 알고 있었는지 화를 낼 기력도 없었다.

오히려 '다른 사람에게 이야기 말라' 는 비밀을 알게 되면서 폴테스에게 관심이 생겼는지도 모른다.

"그래. 신경 써준 답례로, 이대로 철저히 '좋은 사람' 으로 일관해 주면 언젠가 내가 프루골 듀시스 국왕에게 전달하지. 에르비스를 향한 마음을 정리하기 위해서라도 부디 아라에게 하렘을 주실 순 없겠냐고."

어젯밤 주고받은 말 자체는 위협이었지만, 뒤집어 생각하면 폴테스가 보인 아라에 대한 신뢰의 증표였다. 그대로 다음 날 아침이 되어 둘이 사라져 있다거나 하는 상황이 되었다면, 아라도 그런 식으로는 생각지 않았을 것이다.

그러나 폴테스는 한번 사과를 했고, 그 뒤로도 여행을 함께해 주길 바라고 있었다. 아마도 절반 이상은 에르비스를 위해서겠지만, 폴테스가 이후의 일까지 포함하여 아라와는 원한을 남기고 싶지 않으며, 가능하다면 친한 사이로 있고 싶다는 의중을 보인 것은 확실했다.

"그 말, 잊지 마라."

여기서 '싫다' 고 대답할 만큼 아라도 이해력이 나쁜 남자는 아니었다.

폴테스의 농담에 오히려 맞장구를 치는 점에서 여유마저 느껴졌다.

"말이 통하는 남자는 좋아하지. 이제부터 좋은 친구가 될 것 같군, 아라 아우룸."

"어차피 한배를 타게 됐으니까. 이렇게 된 거 북쪽 마경이든 마굴이든 함께하겠어. 거기다가 만에 하나라도 '에르비스의 남편' 에게 무슨 일이 생겨선 곤란하지. 보험으로 대리 남편은 있는 쪽이 좋지 않겠어?"

다만 아라도 쉽게 반해 버린 자신이 잘못했다고는 해도, 그대로 여인을 양보해야 하는 것에 대한 불쾌감 정도는 있었다.

"무슨 바보 같은 말을. 저주 따위 있을 리가 없어. 애당초 지금 시대에 서큐버스 같은 마녀가 있을 리가 없지."

그러나 그것은 뜻밖에도 폴테스의 쓴웃음을 짓게끔 만들었다.

회심의 일격이라도 먹일 셈이었지만, 뒷맛이 안 좋다. 아라 쪽이 죄악감에 사로잡혀 이 건에 대해선 이 이상 아무 말도 하지 않게 되었다.

"뭐, 그것도 그렇지만 말이지. 그렇다 해도, 폴테스."

"응?"

"너 말이야……."

아라가 화제를 바꾸려 하자 라루우가 '아라님' 하고 말을 걸어왔다.

"여기에 계셨습니까? 공주님이 찾았습니다."

한 발 뒤에는 온순한 얼굴을 하고 있는 에르비스가 있었다.

"에르비스."

폴테스가 아닌 아라를 찾았다. 이것만으로도 무엇이 목적인지 알 수 있었다.

"그런 얼굴 하지 마, 에르비스. 사정은 지금 폴테스에게 들었어."

아라는 변함없는 미소로 에르비스를 맞이했다.

"흔들리는 마음으로 그릇된 선택을 하지 않아 다행이야. 나는 네가 웃는 표정으로 있는 게 행복해. 내가 슬퍼하는 것보다 네가 슬픈 게 몇 배는 더 괴로우니까."

아마 그라면 폴테스에게 무슨 말을 듣지 않았어도 에르

비스에게 똑같은 말을 했을 것이다. 그것을 알기에 곁에 있는 폴테스에게서는 좀처럼 쓴웃음이 사라지지 않았다.

"이제 남은 건 북쪽 마경으로 가서 서큐버스를 퇴치하고 저주에서 해방되는 거야. 나도 라루우와 마지막까지 협력할 테니까. 그러지 않으면 이번엔 도리어 폴테스에게 저주를 받을 거거든. 역시 그건 몸이 못 버티지 못할 테니까."

"읏…… 아, 아라."

"뭐라 해도 솔 오리엔스의 왕녀 에르비스와 덴스 실바라의 귀공자 폴테스는 오늘부터 정식 부부다. 이 프루골 듀시스의 제2왕자 아라가 그 증인이야. 여차하면 볼그 사비오를 상대로도 변명해 줄 테니까 걱정하지 마. 뭐, 나는 에르비스에게 있어 영원히 믿음직스런 황금의 왕자님이니까."

에르비스의 입장에선 사죄해야 할 것이 격려로 돌아와 말문이 막혔다.

아라는 어린 마음도, 자신에게 끌렸던 에르비스의 기분도 마지막의 마지막까지 지켜주는 데에서 물러나고 있었다.

"대단한 배우로군."

이것이 연기나 거짓말이라고는 생각지 않았지만, 폴테스는 그만 라루우에게 푸념했다.

질투라고 하면 질투겠지만, 폴테스라면 그처럼 행동할 순 없다고 생각했다. 자신을 대할 때도 에르비스를 대할 때도 그의 허용 범위는 깊고도 넓다. 거짓 없는 상냥함과 생각하는 걸 순수하게 실현하는 아라의 매력은 폴테스에게는 없는 것이며 흉내 낼 수도 없는 것이었다.

"당신 정도는 아니라고 생각합니다만."

그러나 아라는 어찌 됐든 라루우는 달랐다. 어느 쪽이냐고 한다면 웃으며 비꼬는 말을 할 수 있는, 보기와는 다른 신경의 소유자다. 폴테스는 감정을 실은 표정으로 라루우를 노려봤다.

"……한번 말해본 것뿐입니다. 아라님은 저에게 아무 말도 하지 않으셨습니다. 그는 가벼워 보여도 입은 무거운 남자입니다. 국민을 위해서라도 장남으로 태어나셨어야 할 분이니까요."

라루우는 그럼에도 아름다운 미소를 잃지 않았다. 그리고 조금은 괴로운 눈으로 아라를 보았다.

"아, 지금의 말은 다른 사람에겐 비밀입니다. 제 목이 달아나니까요."

금방 얼버무리는 라루우에게 폴테스는 '알겠다' 라고만 말했다.

'장남으로 태어나길 바랐던 남자인가.'

지금은 어느 나라에도 왕이 있는 시대였다. 그리고 선친 대대로 이어지는 군주제를 굳건히 지키는 게 국가를 위해, 나아가 국민을 위해서라고 믿는 시대였다.

그러나 그런 시대에도 덴스 실바라만은 왕의 장남이 반드시 뒤를 잇는다고 정해지지 않은 국가였다.

덴스 실바라는 왕가의 아들과 혈족 중 '선택받은 자' 중에서 가장 우수한 자를 엄선하여 다음 왕이 되는 것이 예부터의 관습이었다. 언젠가는 그런 틀마저 없어지고 어쩌면 국민 중에서 가장 왕에 어울리는 자가 선택 받게 될 것이다.

그런 의미에서 덴스 실바라는 다른 나라보다 진보한 나라라고 할 수 있었다.

국민의 사상도 제법 자유롭고, 누구나가 스스로 생각하여 행동하는 게 자연히 몸에 배어 있다. 그리고 이런 나라에서 태어나고 자란 폴테스이기에 자신의 나라 깊숙한 곳에 마경이 있다는 것을 믿을 수가 없었다.

거기에 서큐버스라고 불리는 마녀가 살고, 아무 죄도 없는 소녀에게 저주를 걸다니. 옛날이야기 속의 세계로밖에 생각되지 않았다.

* * *

여관을 뒤로한 에르비스 일행은 새로운 기분으로 북쪽을 향해 나아가기 시작했다.

첫날 옆길로 돌아온 만큼, 그 뒤는 곧바로 북으로 향했기에 그렇게까지 시간이 오래 걸리진 않았다.

아무 일도 없다면 이후로는 마을에서 마을로, 나라에서 나라로 이동하여 덴스 실바라를 향하는 것뿐. 승마에 능숙한 네 명은 자신들의 여행이 그리 오래 걸리지 않을 것이라고 생각했다.

그러나 그런 여행의 도중에 에르비스는 새로운 고민이 생겼다.

"에르비스, 아픈 건 다 나았어? 보여줘 봐."

그것은 남편이 된 폴테스로부터의 구애였다.

날이 어두워져 여관에 들어가면 폴테스는 당연히 에르비스를 원했다. 그것도 하루도 거르는 일 없이 매일 밤.

"기다려. 폴테스는 저주 따위 믿지 않는 거지? 의학적으로 봐도 내가 건강하고, 애당초 서큐버스라는 마녀 따위 존재하지 않는다고 언제나 그렇게 말해왔잖아?"

에르비스는 그게 싫은 것이 아니었다.

폴테스를 이성으로 의식하기 시작했을 때부터 '어쩜 이리 음란할까' 하고 자신을 책망하면서도 안겨 잠드는 모습을 상상했다. 조금쯤은 사랑받는 모습도 상상하며 잠들지 못하는 밤을 맞이한 적도 있었다.

"물론이야."

"그럼 오늘 밤은…… 저주 따위 없으니까 나는 내일도 건강하게 눈을 뜰 거잖아. 편안히 자자."

그저, 그게 현실이 되자 에르비스는 심한 불안감이 몰려왔다.

"이것과 그건 이야기가 다르다고 말했잖아."

"폴테스!"

"겨우 손에 넣은 사랑스런 사람을 앞에 두고, 곁잠을 자거나 별실에서 밤을 보낼 남자는 없어."

"하지만……."

혹시라도 자기가 저주 받은 몸이라서 폴테스는 거르는 일 없이 안으려 하는 것일까. 그런 식으로 생각하니 사랑받는 기쁨보다 공포를 느꼈다.

아무리 폴테스가 '그건 절대 아냐' 라고 웃어도, 정말로 그런지 어떤지 의심만 될 뿐이라 신부로서의 행복감마저 생기지 않았다.

"자, 나에게 모든 것을 보여줘. 처음 상처 입은 곳도 잘 보지 않으면……."

그런데 에르비스는 폴테스에게 안겨지면 도망칠 방법도 없었다.

"읏, 폴테스…… 읏."

때로는 속옷을 입은 채로, 혹은 소파에 앉은 채로 속옷만 벗겨져 사랑을 받았다.

"싫, 안 돼앳……."

"역시 또 빨개졌군. 치료하지 않으면……."

폴테스는 에르비스의 가랑이 사이에 망설임 없이 얼굴을 묻고, 우선 거기서부터 정성 들여 사랑해 줘, 에르비스를 아무것도 생각하지 못하게 만들었다.

"으응……."

몇 번이고 같은 일을 반복해도 그곳에는 어떻게 할 수도 없는 욕정의 스위치가 있었다.

"안 돼…… 거기는……."

처음은 말라 있지만 손가락으로 괴롭혀지면 금방 축축해지면서 부풀어 올랐다.

새끼손가락 정도도 안 되는 자그마한 돌기가 조금 커진 정도지만 그것만으로도 에르비스는 허리를 꺾으며 숨이 멎는 소리를 흘렸다.

"여기가 마음에 들어? 이렇게 하면 좋아?"

"아아아—앗."

직접 혀로 괴롭히자 에르비스의 입술처럼 가련한 비밀의 장소에서 꿀물이 흘러넘쳐 폴테스를 유혹했다.

"에르비스……."

때로는 그의 길고 부드러운 손가락으로 안을 더듬어지는 것만으로 기쁨에 도달할 수 있었다.

'폴테스…… 읏.'

그러나 그것만으로는 부족하다, 에르비스는 스스로 의도하여 폴테스의 유도에 따라 양다리를 열어 그를 불러들였다.

"읏, 좋아. 네 안에 있으면 마음이 진정돼. 너무나도 아늑해."

처음에는 천천히 움직이던 폴테스였지만, 그것이 격렬해지는 것은 시간문제였다. 익숙해진다는 것은 이런 것을 말하는 건지도 모르겠지만, 에르비스도 점점 폴테스의 움직임에 맞추어 격렬하게 몸부림을 치게 되었다.

"정말?"

"물론. 거짓말이 아니야."

에르비스는 확실히 사랑받고 있었다. 몸도 마음도 깊고 격렬하게, 단 한 명의 남편 폴테스에게 사랑받고, 채워져 있었다.

"에르비스, 나만의 귀여운 아내."

그러나 그것만으로는 아무래도 개운치가 않은 것이 저주에 의한 불안이었다.

지난 인생 동안 에르비스를 속박한 서큐버스의 저주였다.

"아앗…… 으응."

몸이 쾌감을 느낄 때마다 에르비스는 지금까지의 자신과는 다른 생물이 되어가는 느낌이 들어 이것이야말로 저주의 봉인이 풀리는 증거가 아닐까 생각했다.

"역시 여기가 가장 기분이 좋은가 보군? 너무나도 반응이 좋아. 또 꿀물이 넘쳐흘러. 이렇게나 흠뻑 젖어선."

"그 이상 수치스럽게 하지 마……."

이대로는 점점 음란하고 한심한 애가 되어가리라. 스스로 폴테스를 원하게 되어, 열락 없이는 살아갈 수 없게 되어가리라.

"치욕스럽지 않아. 에르비스의 이곳이 너무나도 사랑스럽고 맛있어. 계속 이렇게 하고 싶을 정도로 말이야."

"아아아—앗."

지금은 아직 이성이 남아 있지만 이것도 언젠가는 사라질지도 모른다. 상황에 따라서는 밤낮 가리지 않고 기쁨을 원하여 폴테스를 질리게 만들지도 모른다.

"읏…… 폴테스."

"얼굴을 돌리지 마. 더 정직하게 나를 원해. 원한다면 더 대담하게 유혹해도 벌 받지 않으니까."

쾌감이 늘어날수록 보이지 않는 미래에 대한 불안이 쌓인다.

느껴지는 쾌감에 당황한 에르비스에게 있어, 자기 몸에서 일어나는 변화는 아무리 사소한 것이라도 저주로 연관되어 죽음에의 의식으로 이어져 갔다.

"거짓말……."

"응?"

"이런 천박한 여자, 신께서 용서하지 않으셔. 설령 서큐버스의 저주로 죽지 않더라도 천벌이 내려질 게 분명해."

에르비스는 폴테스의 팔 안에서 하늘로 날아갈 것 같은 기분이 될 때마다 신이 '지옥으로 떨어져라' 라고 고하는 것 같은 기분이 들었다.

그게 괴롭고 무서워서 이런 나날이 계속이어지는 것인가, 상황에 따라서는 죽을 때까지 이어지는 건가 하고 생각하니 그것만으로도 기분이 꺾여 버렸다.

"에르비스, 그렇다면 온 세상의 부부나 연인들은 모두

천벌은 받는 걸까? 그저 사랑하는 사람과 서로 사랑하는 것만으로 벌을 받지 않으면 안 된다니, 그건 좀 아니잖아?"

"아니, 내가 이렇게 된 것은 저주야. 서큐버스에게 걸린 저주 때문이야. 폴테스도 분명 그래. 왜냐면 어떤 서큐버스도 믿지 않는다고 말했지만 매일 밤 이런 짓을……. 결국 저주로 내가 죽는 게 무서워서 그러는 거지?"

에르비스는 아무리 설명해도 폴테스는 이 기분을 모를 거라는 생각이 들었다.

사랑하면 사랑할수록, 사랑받으면 사랑받을수록 침울해지는 것은 에르비스를 성심성의껏 전력으로 사랑해 주는 폴테스이기 때문이야말로 이해할 수 없을 것이란 느낌이 들었다.

"누가 무섭대? 나는 마음으로부터 원하고 있을 뿐이야. 지금까지 줄곧 곁에 있으면서 키스마저 참았어. 그게 지금에 와서 폭발한 것에 지나지 않아. 내가 이렇게 에르비스를 원하는 것은 사랑하는 것 말고 다른 이유는 없어."

"그럼 내일은…… 아무것도 하지 마."

그러나 그렇다고 해도 이대로는 에르비스 자신이 병들 것 같았다.

자신의 아이를 생각하며 마음의 병을 얻은 어마마마처럼 되어버릴 것 같았다.

하지만 에르비스는 알고 있었다. 어렸지만 깨달았다. 아픈 어마마마보다 그것을 지켜보는 볼그 사비오 쪽이 사실은 몇 배나 괴로웠음을.

사랑하는 아내를, 딸아이를 생각해, 눈에 보이지 않는 저주와 병에 농락당해서는 아무것도 할 수 없는 자신을 나무라며 괴롭혀 온 것은 다름 아닌 볼그 사비오였다.

"에르비스?"

"나도 저주 따윈 믿지 않아. 폴테스를 믿어. 그러니까 부탁이야. 내일 밤은 편안히 재워줘. 정말로 나를 사랑한다면 이 부탁을 들어줘도 괜찮지?"

에르비스는 폴테스에게는 그 기분을 느끼게 하고 싶지 않았다.

"그건 내가 매일 지독하게 해왔다는 건가? 이젠 싫어졌어?"

"아니, 그렇지 않아. 그렇진 않지만, 이상하게 되어버릴 것 같아서 무서워."

그렇다고 해서 이대로 폴테스와의 애욕에 빠져 영문마저 알 수 없게 되어버리는 것도 무서웠다.

"그러니까 부탁이야, 폴테스."

폴테스의 아내가 되고 일주일. 에르비스가 굳이 폴테스에게 간청한 것은 전부 공포에 맞서기 위해서였다.

"알았어. 그렇다면 내일 밤은 가만히 둘게. 분명 너를 얻은 기쁨에 조절을 하지 못했어. 사실은 여행 따위 계속하지 말고 밤낮 없이 이렇게 있고 싶다고 빌고 싶을 정도였어."

북쪽의 마경에 갈 것도 없이 스스로 저주의 유무를 확인한다. 이성이 있는 동안 마음에 병이 스며들기 전에, 자신의 운명에 홀로 도전하여 결과를 확인하기 위해서였다.

"그러나 잘 생각해 보면 그건 내가 제멋대로 군 거지. 남자의 일방적인 애욕에 지나지 않아. 배려가 없는 행위였어."

폴테스는 크게 반성하며 상냥하게 에르비스를 안아주었다.

"폴테스…… 내가 싫어졌어?"

"그럴 리 없잖아. 사랑스러워서 미칠 것 같아. 나만의 에르비스. 나만의 아내, 신부."

마치 내일 몫까지라는 듯한 키스를 하고, 몇 번이고 사랑하고 있노라고 말해주었다.

"고마워…… 폴테스."

에르비스는 각오를 다지자, 겨우 마음으로 폴테스에게 몸을 맡길 수 있게 되었다.

고맙다는 말 뒤에는, '누구보다도 사랑해' 라고 전할 수 있었다.

* * *

다음 날 아침부터 에르비스 일행은 준마를 달려 북으로 향했다.

지금은 오월도 반 정도 지나 달력상으로는 이미 초여름

이지만, 역시 북쪽 영역에 다다랐기 때문인지 계절을 역행하고 있는 것처럼 느껴졌다. 볼에 닿는 바람이 조금은 차가웠다.

이 상태로 앞으로 열흘 정도 계속 이동하면 네 명은 폴테스의 고향인 덴스 실바라 왕국에 도착한다.

길고도 짧은 여행의 끝은 의외로 눈앞에 다가와 있는지도 몰랐다.

이렇게 하루 종일 달려온 에르비스 일행은 솔 오리엔스와 덴스 실바라의 정가운데에 위치한 나라의 큰 마을에 도착했다.

지금까지의 여관과는 다르게 이 마을에는 고성을 개축하여 만들어진 호텔도 있어, 네 명은 이곳을 오늘 밤의 숙박지로 정하고는 어딘가 그리운 기분이 되었다.

성을 빠져나온 지 불과 한 달도 되지 않았다. 그런데도 벌써 몇 년은 돌아가지 않은 것 같은 기분이 드는 것은 이렇게나 성에서 멀어져 생활해 본 적이 없기 때문이다.

"오늘 밤은 아라 쪽과 방을 함께 쓰겠어. 이후의 여행 경로에 대해 자세히 정할까 싶은데."

네 명이서 저녁 식사를 끝낸 후, 폴테스는 굳이 에르비스를 혼자 두었다.

"응. 부탁해."

"그럼 잘 자, 에르비스."

"잘 자, 폴테스."

그 나름대로 신경을 써준 것이리라. 에르비스는 넓은 방에 혼자 남아 성안의 방이 생각나는 호화스런 사주식 침대에 누웠다.

“하아…… 일주일 만에 혼자가 되었네. 아무리 부부가 되었다고 해도 폴테스도 멋대로야, 정말. 그런 걸 매일 밤……. 사람이 달라진 것 같아.”

싱글 침대에서 서로 안고 잠든 나날 때문인지 퀸 사이즈의 침대가 몇 배는 넓게 느껴졌다. 에르비스가 뒹굴뒹굴 몸을 굴려도 제법 여유가 있었다.

“아니, 달라진 건 폴테스만이 아냐. 분명 나도…… 나의 몸도 조금씩 바뀌어가는 느낌이 들어. 이전이라면 이런 식으로 몸이 달아오르는 일은 없었어. 그것도 폴테스를 생각할 뿐인데 어째서.”

그러나 평소와 달리 몸이 자유로워 편안할 터인데 에르비스는 옆에 폴테스가 없다는 사실에 쓸쓸함을 느꼈다.

뭔가 갑자기 그리워져 자신을 끌어안았다.

“하지만 이건 정말 폴테스 탓이야? 아니면 서큐버스의 저주? 혹시 서큐버스의 저주 탓이라면 나는…… 이대로 숨이 끊어지게 되는 걸까?”

각오를 다졌을 텐데, 시계 초침이 신경 쓰였다.

“아니, 그런 일은 없어. 왜냐면 폴테스는 저주 따윈 없다고 말했는걸. 미신이라고, 서큐버스도 마녀도 있을 리 없다고.”

어젯밤까지라면 지금 시간에는 폴테스의 팔 안에 있을 터. 능숙한 애무에 몸을 맡겨 부끄러운 와중에도 나락으로 떨어져 가는, 그런 시간이었다.

"그러니까 괜찮아. 분명 나는 아무 일 없이 저주 따윈 없었어, 하고 웃으면서 말할 거야."

에르비스는 나쁜 생각이 불안을 부추기는 것 같아 있는 힘을 다해 좋은 쪽으로 생각하려고 했다.

"그리고 폴테스랑 제대로 식을 올리고, 어머니에게도 보고를……."

문득 생각난 볼그 사비오의 방에 걸려 있는 결혼식 초상화의 새하얀 웨딩드레스를 빗대어 미래의 자신을 상상했다.

하지만 신시아에 대한 걸 생각해 내자 에르비스의 뇌리에는 이별의 장면이 스쳐 지나갔다.

"에르비스, 나의 에르비스."

"어마마마!"

에르비스가 철이 들 무렵, 신시아는 이미 마음의 병을 안고 딸을 잘 알아볼 수 없게 되었다. 하지만 생명이 다할 순간에는 확실히 에르비스의 이름을 부르며 덧없이 미소 지었다.

"미안해요…… 여보……."

"신시아!"

그 뒤에는 손을 잡은 볼그 사비오를 바라보고 눈물을 지으며 사죄했다.

신시아는 죽음을 눈앞에 두고서야 겨우 가장 사랑하는 딸아이가 저주 받고 말았다는 슬픔에서 벗어난다는 것을 깨닫고, 한순간이긴 하지만 지금까지 놓치고 있었던 마음을 되찾은 건지도 몰랐다.

"용서해 줘…… 세레……."

"어마마마! 어마마마!!"

그러나 그럼에도 영원히 저세상으로 떠 나버린 신시아의 표정은 절대로 행복해 보이지는 않았다.

가책과 후회의 눈물로 젖어든 모습이 너무나도 괴로워 보였다.

지금 생각해 보면, 그런 신시아의 최후가 어린 에르비스에게 커다란 상처를 안겨주었다.

"어마마마, 에르비스를 위해서 돌아가신 거예요? 에르비스가 저주받은 아이라서……? 어마마마앗, 와아아아아아아앙!!"

누가 자세히 이야기해 준 것도 아닌데, 에르비스는 그때 이미 자신이 아기 때 저주를 받았으며, 어떤 원인으로 신시아가 마음의 병을 얻었다는 것도 이해하였다.

그 이후, 완전히 미소가 사라지고 상처 입은 에르비스를 구해준 것이 아라와 폴테스였다. 아라의 말은 한순간이었지만 에르비스를 긍정적으로 만들어주었으며, 그 후에 나타난 폴테스는 완전히 미소를 되찾아주었다.

그러나 그렇게 생각하니 에르비스가 둘을 만난 것은 신시아 덕분이었다. 폴테스에 있어서는 버스라는 존재가 있었기에 이렇게나 가까운 존재가 되었다.

얄궂다면 얄궂은 이야기이지만, 이것도 에르비스의 운명. 혹시 서큐버스의 저주 같은 것에 걸리지 않았다면, 같은 말은 이제 와 생각하는 것조차 쓸모없었다.

"그러고 보니 세레…… 인가 뭔가 하는 그게 누굴까? 용서해 달라니…… 싸우기라도 한 걸까……. 화해하지 못한 가족이나 친구라도 있었던 걸까?"

그런 일을 생각하는 동안, 에르비스는 신시아가 마지막 순간 입에 담은 이름을 지금에야 떠올렸다.

혹시나 그것이 신시아의 걱정거리였다면 자신이 대신 전해주고 싶었다.

과거에 무슨 일이 있었는지는 모르겠지만, 부디 용서해줬으면 했다. 어마마마를 조금이나마 편안히 쉬게 해달라고, 그 상대를 찾아가 말하고 싶다는 생각이 들었다.

그러나 잠시 딴생각을 한 사이에 방에 걸린 멋진 괘종시계가 현재 시각을 알렸다.

데—엥, 데—엥 하고 울린 것이 열한 번. 싫어도 앞으로 한 시간이면 오늘이 끝난다.

상황에 따라선 에르비스 자신도 함께 끝난다는 것을 의식하게 되었다.

"안 돼, 에르비스. 너무 깊게 생각하면 안 돼. 폴테스를 믿어. 자신이 사랑하는 사람의 말을 믿고 내일을 맞이하는 거야."

아무리 자신에게 말을 해도 자연스레 손발이 떨려왔다. 시간은 속속 다가왔다.

"저주 따위는 없어. 전부 미신이야. 그렇지 않고선 폴테스가 정말로 나를 혼자 둘 리가 없잖아."

열한 시를 돈 분침이 눈 깜빡할 사이에 십오 분을 넘어 삼십 분을 가리키자, 다시 데—엥 하는 소리가 울려 퍼졌다.

"읏."

앞으로 삼십 분밖에 없다. 그렇게 생각한 순간 에르비스는 침대에서 벗어나 입구로 다가갔다. 혹시라도 저주가 사실이라면…… 그런 공포를 맞이하자 앉지도 서지도 못했다.

'폴테스' 하고 부르며 그가 있는 곳으로 향했다.

"폴테스!!"

그러자 에르비스가 방에서 뛰쳐나옴과 동시에 건너편 방에서 폴테스가 뛰쳐나왔다.

"폴테스!"

한계를 느낀 것은 에르비스뿐만이 아니었다. 그것이 기쁨인지 괴로움인지도 알 수 없었다.

"부탁이야. 역시 사랑해 줘. 믿어…… 저주 같은 건 없다고 믿어도 무서워. 너무나도 무서워!"

에르비스는 그저 폴테스를 끌어안고 있는 그대로 마음을 털어놨다.

"나도야, 에르비스."

"폴테스?"

그러자 꼭 마주 끌어안은 폴테스 역시 자신의 안에 얼버무릴 수 없는 공포가 있음을 에르비스에게 밝혔다.

"미안해, 에르비스. 예전에 볼그 사비오가 한 말의 의미, 지금에서야 알았어. 자신의 신념 따위 사랑하는 사람의 생명 앞에선 덧없을 뿐이라는 걸. 그렇게나 과학과 의학을 발전시켜도 사람은 여차할 때엔 '신'을 의지하고 진심으로 매달려서 기도도 한다고, 그런 약한 동물이라고 말한 그의 마음과 고뇌를 말이야."

폴테스는 자신이 얼마나 어리석고 오만했는지 진심으로 반성했다. 그리고 동시에 어느 정도의 고뇌를 숨기고 볼그 사비오는 폴테스에게 의지했던 것일까.

같은 남자로서, 입장은 다르더라도 에르비스를 사랑하

는 자로서 부디 그녀를 지켜주었으면 했을까.

대가 없는 사랑으로 지탱해 주기를 바랐을까. 그렇게 생각하니 면목이 없었다.

"폴테스……."

"에르비스, 나의 에르비스."

그럼에도 둘은 서로의 온기를 느끼며 아주 잠시간 안심했다.

"시간이 없어. 조금 난폭하게 갈지도 몰라."

폴테스는 그곳에서 에르비스를 안아 올려, 에르비스의 방으로 뛰어들어 침대로 이동했다.

"괜찮아, 폴테스. 나는 너의 아내야. 좋을 대로 해. 오늘 밤도 부디 나를 사랑해 줘."

이렇게 시간에 쫓기며 사랑하는 것은 처음이었다. 둘은 서로 옷을 벗어 던져 실오라기 하나 걸치지 않은 모습이 되자, 다시금 강하게 끌어안았다.

"서두를 테니 조금만 협력해 줘."

"에?"

그러나 평소와 다른 일이 또 일어났다. 폴테스는 에르비스의 손을 잡아 갑자기 자신의 분신으로 이끌었다.

"조금이라도 좋아. 그 손으로 만져 줘. 나를 원해줘."

"앗…… 폴테스?"

부끄러움보다 놀라움이 앞섰다. 지금까지 이런 일은 한 번도 하지 않았다.

"이런 것을 네게 부탁하는 것은 잔인하다고 생각해. 하지만…… 미안."

"사과하지 마. 좋아해, 폴테스. 나, 폴테스가 너무 좋아."

그러나 에르비스가 정신적으로 내몰렸나면 폴테스 역시 마찬가지일 것이다. 오히려 에르비스는 자신이 직접 이야기했고, 모든 것을 각오하고 있었지만, 폴테스에게는 그런 과정마저 없는 채 이 시간까지 생각하고 고민하고 있었을 것이다.

욕정보다 고민이 웃돌면, 준비가 따르지 못하는 것도 당연했다.

그러나 그건 그것대로 폴테스가 에르비스를 사랑하고 있는 이유의 결과다.

"이런 말, 너무나도 부끄럽고 파렴치하지만, 폴테스의 몸을 만지는 것도, 폴테스가 만져 주는 것도 싫지 않아."

에르비스는 자존심 센 폴테스가 부끄러움을 감내하고 협력을 요구한 것이 기뻤다. 이상할 정도로 지금까지와는 완전히 다른 사랑스러움이 폴테스에게 샘솟았다.

"으응, 좋아해."

그리고 그 마음은 에르비스를 놀라울 정도로 대담하게 만들었다.

폴테스를 눕힌 채 몸을 일으켜 그의 심벌을 양손으로 감싸 쥐고 움직이기 시작했다. 그러다 무언가가 생각난 듯, 에르비스는 갑자기 손 안의 그것에 얼굴을 가져갔다.

"읏!"

자그마한 입 가득히 폴테스를 감싸고, 에르비스는 열심히 사랑하기 시작했다.

"질려도…… 파렴치하다고 욕해도…… 좋아. 한 나라의 공주가 이래서는 서큐버스 그 자체와 다름없다고 말이야."

분명 자신에게 있는 듯한 쾌감의 스위치가 폴테스에게도 있을 것이다. 그런 단순한 생각에서 시작된 행동이었지만 폴테스에게 있어서는 깜짝 놀랄 일이었다.

적갈색의 머리칼을 흩뜨리며 에르비스가……. 그런 생각만으로도 폴테스를 감싸던 긴장과 공포는 한순간에 날아가 버렸다.

"그럴 리 없잖아. 이렇게 사랑스러운 아내, 온 세상을 찾아봐도 아무 데도 없을걸."

앗 하는 사이에 입에서 넘쳐흐를 정도로 가득 찬 폴테스의 그것으로 인해 에르비스는 '꺄앗' 하고 소리를 지르면서도 어딘가 기쁜 듯한 표정을 지었다.

"좋아해, 에르비스. 사랑해."

"아앗!"

폴테스가 에르비스를 그대로 침대에 쓰러뜨려 솜씨 좋게 돌려놓고는, 이번엔 에르비스의 스위치를 만지기 위해 가볍게 안을 헤쳤다.

"아파?"

"괜찮아…… 앗."

그렇게 폴테스를 사랑한 시점부터 에르비스도 자연히 젖어들었을 것이다. 솟아오른 분신을 밀어붙여도 허리를 빼는 일은 없었다.

그대로 한 번에 삽입하자, '아앗' 하는 작은 소리를 낼 뿐, 한 번에 안쪽 깊숙이까지 폴테스를 받아들였다.

"괜찮으니까 듬뿍…… 사랑해 줘. 나를 혼자 저 세상으로 가게 하지 말아줘."

지금까지라면 비명을 지를 법한 성급한 삽입이었지만, 서로 격렬히 원한 탓인지 에르비스는 달리 괴로운 표정을 보이지 않았다.

"에르비스……."

"폴테스, 좋아해. 네가 너무나도 좋아."

시침은 정확히 열두 시를 가리키려 했지만, 둘은 그것은 신경 쓰지 않고 서로를 갈구했다.

"폴테스…… 폴테스!!"

마치 살아 있다는 것을 확인하려는 듯한, 깊고 격렬한 갈망.

그러나 오늘 밤에 일어난 일이 오히려 '서큐버스의 저주'의 존재를 인정해 버린 것은 분명했으며—

"안녕, 폴테스."

"안녕, 에르비스."

격렬히 서로를 원하며 하룻밤을 넘기자, 둘은 이미 속박으로 얽혀 버렸다는 것을 암묵적으로 인정했다.

"왜 그래? 안 자? 무슨 생각해?"

"아아. 농담이 아니라, 아라에게 보험을 부탁하는 편이 낫지 않을까 생각돼서."

폴테스는 백팔십도 생각을 바꾸어 버린 것에 '어찌 이리 한심한가' 하고 자학하면서도, 이 뒤에 일어날지도 모를 상처나 병의 가능성을 생각해 둔다는, 제법 약한 소리까지 입 밖에 내었다.

"보험?"

"내게 무슨 일이 있을 때를 대비해서……. 그도 한 번은 남편이 되길 바란 남자이기도 하고."

"싫어! 그런 거 용서하지 않겠다고 말한 건 폴테스잖아!! 나는 너만의 아내, 그렇게 말했잖아!"

그러나 그것만큼은 싫다고 에르비스가 거부했다.

"거기다 난 너의 팔 안에서라면, 곁에서라면 설령 숨이 끊어져도 괜찮아. 행복해."

"에르비스……."

"어젯밤, 그렇게 생각했어. 그래, 알게 됐어. 그러니까 무슨 일이 있어도 나에게 다른 사람 같은 건 말하지 마. 결코 생각도 마."

왜냐면 에르비스는 또 하나 확실한 것을 깨달았기 때문이다.

"하지만……."

"남편을 배신하는 아내가 될 바에는 자결하겠어!"

"에르비스."

자신이 이 정도로 분노하며 떨면서도 공포를 느낀 것은, 내일 없어질지도 모를 목숨에 대한 것 때문이 아니었다. 삶에 대한 집착 때문도 아니었다.

혹시라도 여기서 죽는다면, 더 이상 폴테스를 만날 수 없다. 이대로 평생 만날 수 없게 되어버리고 만다. 그런 것은 싫다는, 현실에 대한 공포였다.

"아니면 폴테스는 부담돼? 역시 나 같은 저주받은 여자애는 감당할 수 없어? 지금이라도 그만둘래?"

"그럴 리 없잖아. 그저 나는, 나는……."

"부탁이야, 폴테스. 나도 죽는 건 무서워. 하지만 널 만나지 못한다는 게 훨씬 더 무서워."

그렇게 생각하자, 에르비스는 설령 목숨이 붙어 있더라도 그를 만날 수 없게 된다면 그걸로 끝이라고 생각했다.

"설령 목숨을 위해서라고 해도, 다른 사람과 무슨 일을 하게 된다면 난…… 두 번 다시 너를 만나지 않겠어. 그게 괴로워서 결국엔 죽겠지만."

폴테스를 볼 수 없다, 더 이상 만날 수 없다고 생각하면 그것이 에르비스에게 있어서는 사형 선고와도 같은 충격이었다.

"알았어. 알았다고, 에르비스. 쓸모없는 걸 말하고 말았군. 미안해."

"폴테스."

그렇다고 해서 이런 나날이 언제까지 계속될까, 지금의 둘로서는 알 수가 없었다.

아무 일 없이 계속된다는 보증도 없기에, 어느 누구도 미래는 알 수 없었다.

하지만 둘은 희망을 잃을 수 없었다.

에르비스에게 걸린 저주를 풀든지, 혹은 저주 따윈 없다는 것을 증명할 수 있다는 기대가 북쪽의 마경에 남아 있는 한.

서큐버스라는 존재가 남아 있는 한은.

7장
북쪽 마경의 진실

매일 밤 반복되는 사랑이, 언젠가부터 생명의 보증이 되어갔다.

아무리 서로 사랑하고 있어도, 날이 갈수록 에르비스와 폴테스에게 이 진실은 무거운 걸림돌이었다.

"그래, 너무 깊게 생각하지 말라니까. 내일도 알 수 없는 생명인데. 특효약은 없고, 치료의 여지도 없는 인간이 이 세상에는 셀 수도 없을 정도로 많아. 그걸 생각하면 서로 노닥거리는 것으로 오래 살 수 있다니, 얼마나 행복해. 애초에, 그걸 신경 쓰다 낙마라도 하면 어쩔 거야. 앞뒤가 안 맞잖아."

그걸 알아챘는지 둘에게 힘을 불어넣어 준 사람은 아라

였다.

들을 것까지도 없이 그렇다. 그건 알고 있었다. 하지만 에르비스와 폴테스가 이 저주에서 해방되기는 어려웠다.

차라리 저주에서 해방되기 위해서라는 어설픈 기대라도 없었다면, 좀 더 마음을 고쳐먹게 되었을지도 모른다. 어느 샌가 그런 식으로까지 생각하게 되었다.

특히 폴테스는 자신에게 참을성이 부족했기 때문에, 지금 하지 않아도 되었을 걱정과 불안이 멈추지 않게 된 것이라는 자기혐오로 가득 차 있었다.

그때 그러지 않았다면, 에르비스에겐 생일 직전까진 그나마 여유가 있었을 것이라고.

적어도 앞으로 반년은 있었을 것이다.

"자, 이제 덴스 실바라 영내다."

그럼에도 여행의 끝은 가까워지고 있었다.

에르비스 일행이 덴스 실바라의 관문을 넘자, 그곳에는 폴테스가 준비시켜 두었을 심부름꾼이 세 명 정도 기다리고 있었다.

"기다리고 있었습니다, 폴테스님. 도착하시길 목이 빠져라 기다리고 있었습니다."

"고맙다. 그래서 북쪽의 할멈은 찾은 거겠지?"

이미 중앙의 나라들을 거쳐 북쪽 영역까지 들어올 때부터, 폴테스와 그들은는 전서구로 왕래하기 시작했다. 얼마 안 되는 정보지만 최신 정황을 서로 알고 있으니 역시 정확하게 일이 진행됐다.

"네. 사정을 이야기하고 서큐버스에 대한 것을 자세히 알고 싶다고 전했습니다. 다만 자신이 알고 있는 한은 말해 줄 수 있으나, 솔 오리엔스 왕국의 왕족에게만 알려주겠답니다. 그 이외에는 설령 덴스 실바라 왕이 온다고 해도 무리라고 하셨습니다."

"그렇다면 문제없군. 솔 오리엔스 왕국의 공주도 같이 왔다. 자, 에르비스."

"네."

그럼에도 폴테스가 혼자서 여행을 나섰다면 여기서 돌아서게 됐을 것이다. 폴테스는 스스로 '가겠다' 고 말해, 결국 여기까지 온 에르비스를 자랑스럽게 소개했다.

"읏, 이분이……. 이렇게나 사랑스럽다니. 소문대로 대단히 아름다운 공주님이시군요."

"그렇겠지. 내 아내다."

"네?! 지금 뭐라고 하셨습니까?"

갑작스러운 결혼 발표에 놀란 종자들이 당혹해했지만 그건 전혀 신경 쓰지 않았다.

"자세한 이야기는 나중에. 어쨌든 하루라도 빨리 사실을 알고 싶다. 안내해라."

"네."

아라나 볼그 사비오에 비해 마이페이스인 폴테스인 만큼, 자신의 종자를 상대로 쓸데없는 반응에 신경 쓸 리도 없었다. 하지만 그렇다고 해도 갑자기 그런 말을 듣게 된 쪽은 동요를 감출 수 없다.

그런 종자들을 에르비스나 아라 쪽을 약간 동정하며 바라보았다.

관문을 지나친 덴스 실바라의 입구에서 북쪽 마경이라 불리는 산맥 기슭의 마을까지는 준마로 이동해도 이틀 정도가 걸렸다.

여름에도 얼음과 눈으로 뒤덮인 극한의 땅은 에르비스 일행에게 있어 처음 경험하는 것이었다.

도중에 방한복을 구해 갈아입었지만 그 추위는 가시지 않았다.

그 때문에 이보다 더한 오지에 산다고 하는 서큐버스의 존재가 그저 속임수라고 느껴졌다. 무슨 마법을 부리기에 살아남은 걸까. 도저히 불가능한 건 아니겠지만, 보통 사람이 이 이상의 추위 속에서 살아간다는 것은 생각조차 할 수 없었다.

"여기가 그 할머님의 집입니다. 꽤 이전부터 누워 계시는 일이 잦기에 지금은 마을 사람들이 교대로 형편을 봐주고 있다 합니다."

그러나 실제 마을에 들어서자, 에르비스들은 실제로 이런 땅에서 지혜를 모아 살아가는 사람들이 있다는 것을 알게 되었다.

집의 구조부터 보온법까지 전혀 달랐다. 동쪽이나 서쪽에 사는 에르비스 일행은 생각지도 못한 것이지만, 이 땅의 사람들이 집에서 나올 때에는 상당히 독한 술을 가지고 다녔다.

보온 수단의 하나로써 아이들도 당연하다는 듯이 술을 마시고, 목에는 항상 술이 든 조그만 병을 걸고 있었다.

"할머니, 손님이 왔어요. 자, 전에 찾아온 성 사람들. 새로운 사람도 있어요. 귀여운 아가씨도 함께요."

그렇게 에르비스 일행을 집 안으로 안내한 어린아이의 목에도 그게 걸려 있었고,

"호오…… 그런가. 그럼 들어오도록 해라."

집구석 침대에 누워 있는 노파의 머리맡에도 술병이 놓여 있었다.

"실례합니다. 폴테스 도라코라고 합니다. 잠시 괜찮을가요?"

폴테스를 선두로 에르비스들은 노파 쪽으로 다가갔다.

"응? 그 눈동자, 혹시 자네 덴스 실바라 임금님의 혈족인가?"

눕었던 몸을 일으키는 그녀는, 어쩌면 백 살은 이미 넘었다고 생각될 정도의 노파였지만, 폴테스의 모습을 보고는 기쁜 듯한 목소리를 내었다.

"네."

"오오, 역시 그런가. 지금은 '선택받은 사람의 증거'를

가지고 태어나는 사람이 부쩍 줄었다던데, 자네 같은 젊은 이에게서 볼 수 있다니 고마운 일이구만. 그래, 뒤에 따라온 사람들은 일행인가?"

기슭의 마을은 덴스 실바라의 소속이면서도 유일하게 법의 적용을 받지 않았다.

같은 나라의 영토 가운데서도 너무나도 지나치게 추워, 수도나 그 외의 마을과는 달랐다. 생활환경이 다른데 같은 법을 적용하면 평등하지 못하다고 판단한 과거의 왕이 이 마을만은 별도로 취급하기로 정했다.

나라에 도움은 주되 무리한 세금을 요구하지 않았다. 그렇게 정하는 것으로 그들의 생활방식을 존중해 준 왕가였기에, 이들에게 국왕의 혈족에 대한 인기는 높았다. 반대로 말하자면, 국왕의 혈족을 평소에 만날 기회도 전혀 없었기에 폴테스에게 있는 왕족의 증거를 본 것이 기쁜 모양이었다. 노파는 바로 마음을 열었다.

"네. 저의 아내와 친구입니다."

"호오. 어쩜 이리 거룩한 자들인가. 이런, 그쪽도 역시 어딘가에서 본 듯한 눈동자를 지닌 처녀로구먼……. 그 적갈색 머리칼, 그리고 눈동자……. 그대 양친 중 누군가는 남쪽 태생인가?"

다른 나라의 아름다운 기사나 아름다운 공주를 둘러보자 더욱 목소리가 들떴다.

세월에 따른 경험 덕인가, 역시 소문대로의 선인인가. 이런 오지에 살고 있다고는 생각지 못할 정도로 각국 사람들의 특징에 대해 해박했다.

"네. 제 어머니가 남쪽 태생이에요. 그것보다 할머니, 잠시 여쭐 것이 있는데 괜찮을까요?"

"무어지?"

"서큐버스에 대한 이야기를 알고 계신 것만이라도 괜찮으니까 들려주실 수 있나요."

"그 이야기라면 이전에도 대답했지. 설령 덴스 실바라 왕이 온다고 해도……."

그럼에도 중요한 이야기가 나오자 노파는 눈을 내리깔았다. 폴테스의 종자가 말한 대로 이것에 대해서는 제법 완고했다.

"저는 솔 오리엔스의 에르비스 그라시오조. 볼그 사비오 왕의 딸이며, 서큐버스에게 저주를 받은 여자입니다."

"뭣이라? 자네가 그 서큐버스의 저주에 걸린 아기인가?"

그러나 에르비스가 이름을 대자, 놀라 고개를 들었다.

"네. 그러니 부디 이야기를 해주세요. 저는 이 끔찍한 저주를 풀지 않으면 안 돼요. 처음부터 저주는 없었다고, 서큐버스 같은 건 존재하지 않는다는 증거를 보이지 않으면 안 돼요. 정말 북쪽 마경에 서큐버스가 있다면, 그걸 위해서라도 만나러 가야만 한답니다."

에르비스가 어째서 여기까지 왔는지를 설명하자, 노파는 크게 한숨을 쉬면서도 몇 번이고 고개를 끄덕였다.

"……그런가. 그대인가. 잘 알았다. 그러면 이 할멈이 알고 있는 것 모두를 말하마. 이걸로 나도 겨우 미련이 없겠구먼."

아무래도 에르비스에게 모든 것을 밝힐 모양이었다.

"다만 지금부터 이야기하는 것은 옛날이야기. 나이를 먹은 탓에 기억도 드문드문 남아 있는 정도야. 그리고 하나만 약속해 주었으면 하는 것이 있는데, 그래도 괜찮은가?"

"네. 어떤 약속인가요?"

에르비스는 한 발 두 발 앞으로 다가가 노파의 침대 앞에서 가르침을 청하듯 한쪽 무릎을 꿇었다.

"지금에 와서는 모든 걸 알고 있는 것은 서큐버스뿐. 진상은 아마도 모두 그녀 안에 있겠지. 그것을 감안하고 어떤 진실을 맞이하든 '용서하는 마음'만은 잃지 않겠다고, 타인에 대해서도, 자신이나 집안에 대해서도 절대 원망하는 일은 없을 거라고 약속할 수 있겠니?"

"네."

그러자 노파는 머리맡에 놓여 있던, 끈으로 묶여 봉인된 듯한 낡은 일기장을 꺼냈다.

"그렇다면 거기 앉거라. 조금 길어지겠군……. 따뜻한 수프라도 마시면서 이야기하도록 하지."

그렇게 곁에 있는 자리를 권하고는 그 일기장을 에르비스에게 넘겨주었다.

몇 시간 후의 일이었다.

그녀의 짧은 인생 동안 에르비스를 속박해 온 저주의 비밀은 생각지 못했을 정도로 어이없이 폭로되었다.

하지만 그만큼 커다란 충격이 에르비스를 엄습했으며, 그녀는 저주가 풀리는 것도 해방되는 것도 상관없다는 듯, 미소를 잃은 채였다.

넘겨받은 일기장을 끌어안은 채, 계속해서 소리 죽여 울 뿐이었다.

폴테스나 아라는 에르비스를 잠시 그대로 두기로 했다.

그렇게 잠시 진정되기를 기다리다, 이대로라면 새로운 저주를 불러들일 것 같은 걱정과 두려움에 제안을 하나 했다.

위험은 각오한 바였지만, 산맥 마을에서 더 안쪽으로 나아가 북쪽 마경이라 불리는 곳으로 가기로 한 것이다.

목표는 서큐버스. 그 실태와 진실을 두 눈으로 확인하기 위해서였다.

"이것이 서큐버스."

노파가 가르쳐 줘 닿게 된 장소엔 얼음 안에 잠자고 있는 아름다운 여자의 시체가 있었다.

나이를 가늠해 보자면 아라 또래쯤 될까?

녹지 않는 얼음 안에서 시간을 멈춘 서큐버스는 아무도 본 적 없을 정도로 아름답고도 요염한 자태를 갖추고 있었다.

"아니, 서큐버스 같은 게 아니야. 세레이야의 무덤이야. 어쩌면 솔 오리엔스에 들어와 아바마마와 결혼했을지도 몰랐을 사람. 그렇게 되지 않았기 때문에 어마마마를 불행의 구렁텅이로 떨어뜨리고 만 사람."

당장에라도 숨을 쉴 정도로 신선해 보이는 시체는 두터운 얼음 아래에 누워 있었다.

에르비스가 봉인을 푼 일기는 그녀의 것이었다. 노파가 알고 있는 이야기에 대입시킨다면 그녀가 이 땅을 처음으로 찾아온 건 열여덟 해 전. 볼그 사비오와 신시아가 만나고 얼마 지나지 않고 나서의 일이었지만, 그 찾아온 이유가 에르비스에게는 믿고 싶지 않은 것이었다.

"내가 원망을 받고 미움을 받아도 어쩔 수 없어. 그 정도로 어마마마가 심한 일을 벌인 사람이야!"

애당초 신시아와 세레이야는 중앙의 나라에 있는 명문 여학교에서 알게 된 유학생이자, 친구 사이였다.

한 살 위의 세레이야는 아름다울 뿐만 아니라 착실하며 머리도 좋아 누구나 동경하는 존재였다. 그리고 신시아 또한 사랑스러운 외모와 성격으로 누구나가 호감을 가지고 있는 존재로, 둘이 함께 있는 것만으로도 주변의 한숨을 자아냈다.

특히 세레이야에게서 느껴지는 요염할 정도의 아름다움은 비슷한 부류를 찾을 수 없을 정도여서, 그것을 언제나 최고의 말로 칭찬하고 있던 신시아는 그녀를 언니처럼 사모했다. 또한 그런 신시아를 세레이야는 동생처럼 귀여워해 둘은 마치 친자매같이 사이가 좋았으며, 면학에도 힘쓰고 있었다.

그러나 그런 그녀의 앞에 당시 대륙을 여행 중이던 볼그 사비오가 나타났다.

신시아는 한눈에 사랑에 빠졌다. 세레이야 역시 볼그 사비오를 연모하고 있었지만, 신시아의 마음을 눈치채고는 자신은 그를 좋아하지 않도록 노력했다.

그러나 너무나도 아름다운 세레이야에게 볼그 사비오의 마음이 흔들리는 것을 두려워한 신시아는, 생각 끝에 볼그 사비오가 데려온 그 나라의 왕자에게 살짝 말하고 말았다.

'그녀는 마성의 아름다움으로 남성을 홀리는, 서큐버스의 화신과도 같은 여자다. 친구 분들에게 주의를 줘라' 고 말이다.

신시아는 남몰래 세레이야로부터 볼그 사비오를 떼어놓을 수 있다면 그것으로 좋았다. 단지 그것뿐이었다.

그러나, 그것을 들은 왕자가 볼그 사비오에게 말을 걸려는 세레이야를 보고는 친구로부터 그녀를 떼어놓기 위해 말한 것이었다.

"소중한 친구에게 너 같은 마성의 여자가 다가가게 둘 순 없다. 꺼져라, 서큐버스!"

그 말은 금세 주위로 퍼져 세레이아는 마성의 여자 서큐버스로 찍히게 되었다.

단 한마디였지만, 그것이 그 나라의 왕자가 말한 것이라는 사실만으로도, 세레이야에게 있어서는 반론할 수 없을 정도의 위력을 가지고 있었다.

그리고 그 위력은 그녀를 볼그 사비오에게서 떼어놓았을 뿐만 아니라, 학교에서도 쫓겨나 결국은 고향에도 돌아가지 못한 채 북쪽의 끝까지 쫓겨나게 만든 것이다.

그 정도로 '마성의 여인 서큐버스'라는 낙인은, 그때까지 밝고 올바르게 살아간 그녀의 인생을 뒤바꾸었다.

그녀가 사람의 시선을 피하듯 이 북쪽 끝자락의 마을에 도달했을 무렵, 그녀는 모든 것을 잃은 뒤라고 한다.

귀족의 딸로서 살아오던 긍지, 사랑을 주었던 부모, 고향, 그리고 친구.

그것이 용서되지 않아 한 번은 원한과 괴로움을 담아 왕자에게로 향했다.

이렇게 된 거 철저히 마성의 여자로서 행동하고 유혹하여 그 몸에 접근해, 이 손으로 원한을 풀겠어!

목을 졸라 죽여 버리고 자기도 죽겠어! 라고.

그러나 왕자와 재회하면서 그녀는 알게 되고만 것이다. 자신을 여기까지 떨어뜨린 자가 누구인지, 음마 서큐버스로 만든 것이 누구인지. 그리고 그 충격이 낳은 증오는 그녀를 마음속 깊은 곳에서부터 바꿔놓았다.

스스로 서큐버스라고 이름을 대며 자학하게 된 것이다.

노파는 그런 세레이야가 불쌍하고도 가여워 한동안은 같이 살았다고 한다. 좀처럼 마음은 열지 않았지만, 자신을 잘 뒷바라지해 주었다 한다.

사랑은 버렸다, 원하지 않는다고 말하면서도 속으로는 너무나도 굶주려 있었다. 누군가를 사랑하고 사랑받는 나날을 되찾기를 원했다.

그러나 어느 날 갑자기 '동쪽에 다녀올게' 라는 말과 함께 사라졌나 싶더니, 돌아왔을 때에는 '바보 같은 화풀이를 하고 말았어' 라고 하며 웃었다고 했다.

그렇다, 세레이야는 솔 오리엔스의 여왕이 된 신시아와 재회함과 동시에 아기인 에르비스에게 저주를 거는 척을 한 것이다.

그러나 그걸로 기분이 풀렸냐면 그렇지도 않았다. 그저 바보 같은 짓을 해버렸다고 후회하고 있었다.

그것은 그녀의 일기장에도 적혀 있었다.

사실은 분명 신시아도 괴로워하고 있었을 것이다. 자신이 해버리고 만 말을 후회하고 있을 것이다.

그렇게 믿고 싶었던 기대를 확인하기 위한 것이었을 뿐이었다. 그리고 혹시 신시아가 후회하고 있다면 이젠…… 지나간 일이라고 말하고, 용서하고 싶었다.

"바보야, 신시아. 나도 참…… 동쪽 나라의 왕자보다 동생 같은 너의 미소가 더 소중했는데."

그렇게 전하고는 자신도 모든 것을 잊고 싶었다.

그저 자신이 잃어버린 모든 것을 손에 넣고, 게다가 가장 사랑하는 사람의 아이까지 낳은, 여자로서 행복의 절정을 맞은 신시아를 보니 충동이 일었다. 세레이야의 안에서 서큐버스로서의 증오가 '저주' 라는 행동으로 표출된 것이다.

그럼에도 세레이야는 북쪽으로 돌아올 무렵엔 후회하고 있었다.

결국 자신도 신시아와 다름없는 짓을 했다. 뿐만 아니라 아무런 죄도 없는 막 태어난 아기에게 서큐버스의 오명을 씌운 것을 거듭 후회하는 한편, 아무도 그런 억지는 믿지 않을 것이라고 생각했다. 분명 주변 사람들이 신시아와 아기를 지켜내 자신을 '서큐버스를 사칭한 미친 여자' 로 취급하고 끝나리라 믿고 있었다.

설마 그 후, 서큐버스의 저주를 믿은 볼그 사비오가 병사들을 파견하리라고는 생각지 못했다. 신시아가 마음의 병을 얻어 죽음에 이르리라고 생각지 못했으니까.

"미안해. 미안해, 세레이야! 용서해 달라고는 말하지 않을게. 얼마만큼 원망 받는다고 해도…… 나는 어쩔 수 없는 아이야."

"에르비스, 그건 틀려. 그녀는 너를 미워하지 않았어. 그저 왕비에게는 표현할 수 없는 마음, 노여움을 좀 더 알기

쉽게 전하기 위해 너를 이용했던 것뿐이야."

폴테스는 에르비스를 위로하면서 생각했다. 역시 북쪽 끝에 진실이 잠들어 있었다고.

"게다가 그녀는 너를 이용한 것을 후회하고 있었잖아. 왕비가 마음의 병이 들어 죽었다는 것을 알았을 때에도 자신의 탓이라고 후회해서……. 결국은 충동적으로 집을 뛰쳐나가 여기서 힘이 다해 죽고 말았어."

서큐버스는 존재했으며, 거기에 더해 모든 것이 '진심 없는 거짓'에서 시작되었다는 진실마저 확실히 이 땅에 새겨져 있다고.

"매우 평범한 인간다운 최후다. 결코 자신은 마녀가 아니라고, 애당초 너에게 저주 따위 걸 수 없는 인간이었다는 것을 스스로 증명하며 여기 잠들어 있는 거야."

"결국 왕비가 마음의 병이 든 것은 자신이 일으킨 죄를 의식해서였군."

아라도 그것에 동의했다.

"아마도 왕비님에게 있어서는 사소한 거짓이었어. 사랑의 라이벌을 떨어뜨리고 싶은 마음에서 일으켜 버린 배려 없는 거짓말. 이건 그 나이대의 소녀라면 한두 번쯤 해도 이상하지 않은 일이야. 그저 그것이 큰일이 되어버린 것은 얄궂게도 그녀가 너무나도 아름다웠기 때문이겠지."

라루우도 그에 같은 의견이었다.

"이 세상 사람이라고는 믿어지지 않는 요염함과 미모,

풍만한 몸으로 너무나도 많은 남자들을 사랑의 포로로 만들어, 질투하는 동성의 추한 일면을 끄집어내고 말았어. 그리고 소문이 소문을 부르듯 그녀를 희대의 요부로 만들어 그 후에는 전설의 악마 서큐버스로까지 끌어올려 버렸지."

그렇게 잠에 든 모습마저 사람을 매료시키기에 충분할 만큼 아름다움다웠다. 분명 신시아는 누구보다 그녀의 매력을 알고 있었다.

그렇기에 볼그 사비오의 마음을 빼앗기는 것을 두려워한 나머지, 그녀의 본심이 보이지 않았던 것이다. 볼그 사비오의 마음마저 그 당시에는 보이지 않았을지도 모른다.

"하지만 그녀는 몸으로 가르쳐 주었어. 인간이 얼마나 잔인한 동물인지, 다른 사람을 상처 입히고 때에 따라서는 마음을 닫을 때까지 몰아넣고 마는지. 그리고 깊게 생각한 나머지 있지도 않은 저주를 만들어내, 사람들을 저주하고 거짓을 진실로 바꾸어놓지. 풍부한 감정과 상념을 가지면서도 약한 생물이야. 어리석고 한심하며, 아직도 부족한 부분이 너무나도 많은 '인간' 이라는 짐승이라고."

폴테스는 자신에게도 걸려 있던 저주의 진상을 되돌아보며 문득 생각했다.

에르비스에게 걸려 있었던 서큐버스의 저주. 그것이 사실 무엇이었는지는 이미 왕비가 답을 보여줬는지도 모른다. 에르비스를 생각한 나머지 더욱 중요한 것을 놓쳤을지도 모른다고.

"폴테스……."

"그러니까 에르비스. 그녀들이 곳곳에 남긴 미련은 분명 너만이 소화할 수 있어. 너라면 가능해. 말려들었을 뿐인 네가 이 둘을 용서하는 것으로, 그녀들도 겨우 진짜 안식에 들 수 있다고 생각하지 않아?"

서큐버스의 저주도 원래는 모두 사람들이 만들어낸 것이었다. 그렇기에 인간의 손으로만 밝힐 수 있고, 해결할 수 있는 것이기도 했다.

"에에. 그렇네. 하지만 이것은 이미, 내가 어쩔 수 없는 것이라는 기분이 들어. 내가 세레이야에게 해줄 수 있는 것은 단 하나."

에르비스는 그곳에 무릎을 꿇고, 양손을 대고 세레이야의 얼굴을 들여다보았다.

"미안해, 세레이야. 부디 용서해 줘. ……어머니는 마지막에 그렇게 말을 남기고 돌아가셨어요. 그러니까 부디 용서해 주세요. 대신 이 일기, 당신의 마음은 제가 어머니에게 전할게요. 반드시 전해서 용서를 받을 테니까 부디 편안히……."

얼음 아래 잠든 그녀의 이마를 향해 키스하고 마음속으로부터 기도한 뒤 그곳을 벗어났다.

산맥에서 마을을 향해 산을 내려오자, 아라가 기합을 넣듯이 말했다.

"그럼 돌아갈까. 분명 볼그 사비오 왕도 걱정하고 계실 거야. 거기다 돌아가는 길은 안심하고 '혼자 자게 해줘' 라고 말할 수 있게 됐고 말이야, 에르비스."

"아, 아라!"

이런 상황에도 분위기를 띄울 셈인가 보다.

직구를 받은 에르비스는 새빨개져서는 버둥거렸다.

"하지만 그 전에 폴테스님의 친가로 돌아가 인사를 할 필요가 있는 게 아닐지? 이제부터 솔 오리엔스에 돌아간다는 것은 지금까지와는 의미가 다릅니다. 폴테스님은 데릴사위로 들어가게 되는 셈이니……."

그러나 문득 라루우가 현실적인 문제를 제시했다.

"그런가, 라고 말하고 싶지만…… 그쪽은 괜찮아, 폴테스?"

말하고 보니 그것도 그렇다. 아라가 물으며 폴테스에게 시선을 보냈다. 그러자 폴테스는 여전히 불안한 미소를 띠웠다.

"괜찮고 뭐고 간에, 이렇게 귀여운 아내를 얻었으니 자랑만 하면……."

"뭐가 귀여운 아내야! 자랑이냐! 너는 나를 이어 왕이 될 몸이다. 자유를 허락한 건 올해까지다. 볼그 사비오에게 가 있는 것은 불쌍한 여자애가 성인이 될 때까지라고 약속했을 텐데! 그럼에도 누굴 데릴사위 따위로 보낸다는 거냐. 보낼 리가 없지. 너는 덴스 실바라의 차기 국왕이다!! 그 점을 알고는 있느냐!"
웃어넘기려는 그때, 갑자기 뒤에서 노성이 들려 일제히 돌아봤다.
"윽, 덴스 실바라 왕."
"차기 국왕?"
아라와 라루우의 목소리가 겹쳤다.
"어째서 아바마마가 이런 곳에?"
"죄송합니다. 역시 결혼했다고 들어서 보고하지 않을 순……."
"어째서가 아냐!! 까부는 것도 적당히 해라, 폴테스!"
동행한 심부름꾼을 노려보는 폴테스에, 무심코 양손을 맞대고 그에게 사과하는 심부름꾼. 그런 둘의 대화마저 덴스 실바라 국왕의 격노에 묻혔다…….
"으, 폴테스? 이건 대체 어떻게 된 일이야?"
에르비스는 영문을 모른 채 허둥댔다.
"혹시나 하는 이야기지만, 그는 신분을 감추고 솔 오리엔스로 간 게 아닐까나?"
비밀이란 것은 이렇게 까발려지면 의미가 없다. 이젠 말해도 된다고 판단했는지 아라는 혼란스런 부자를 곁눈질하며 에르비스에게 설명했다.
"신분을 감춰?"
"그래. 그의 본명은 폴테스 도라코 카이자라 덴스 실바라. 때가 되면 국왕으로 내정되는 왕위 계승자이며, 카이자라라는 것은 그 칭호. 그것도 왕가의 친척이라기보단 현 국왕의 아들인 것 같고. 현재 국왕이 물러나겠다고 말하면 오늘이라도 덴스 실바라의 국왕이 될 입장에 있다는 것이겠지."

"덴스 실바라의 국왕님!"

에르비스는 데굴데굴 굴리던 두 눈을 크게 뜨며 외쳤다.

"요컨대 에르비스 너와 같은 위치라는 거야. 다만 그는 선택받은 자야. 눈동자의 색을 계승한 것도, 현 국왕의 피를 이었기 때문도 아닌, 이후로도 나라를 지키고 번창시킬 것이라고 국회에서 인정받아 왕위를 약속받은 자야. 그게 조금 다른 점이지만."

"에, 그럼……."

"그래. 역시 사위로 가는 것은 무리가 아닐까 생각하는데…… 라고 해도, 너도 외동딸이니……. 이거, 어떤 전개로 흘러갈지……."

아라와 라루우는 얼굴을 마주 보며 어깨를 떨구었다.

"한 나라의 왕이신 분이 그렇게 흐트러지지 마십시오."

"결혼은 고사하고, 사위로 가는 것도 절대로 용서할 수 없다. 며느리를 들이는 것도 아직 이르거늘, 절대 데릴사위로 팔려 가는 것만큼은 용서 못해. 설령 그것이 볼그 사비오가 있는 곳이라고 해도!!"

그 후 몇 번이고 눈에 전기가 튀는 듯해, 에르비스는 사람들 눈은 신경 쓰지 않은 채 말을 주고받는 국왕 부자를 향해 힘이 빠진 목소리로 중얼거렸다.

"그, 그런……."

산 넘어 산이라더니, 이걸 보고 하는 말이었다.

에필로그
잠들지 못하는 숲의 신부

에르비스가 폴테스와 함께 솔 오리엔스에 돌아오고 한 달 후의 일이었다.

대륙에서 가장 빠르게 봄을 맞이하는 나라답게 역시나 여름도 제일 먼저 절정을 맞이했다.

"자, 준비되었어요, 공주님. 어쩜 이리 아름다우실까요. 그야말로 대륙 제일의 신부세요."

"정말 이런 날이 오다니, 꿈만 같아."

오늘은 폴테스의 생일이었다. 기왕이면 볼그 사비오처럼, 폴테스도 자신의 생일을 결혼하는 날로 잡자고 청한 것을 계기로 에르비스는 거리낌 없이 폴테스와 결혼, 신부가 되는 날을 맞이했다.

"와아!"

이리스나 마야를 비롯한 시녀들의 기쁨은 무도회 정도의 소란이 아니었다.

애당초 에르비스의 저주가 풀리고 거기에 폴테스라는 신랑까지 데려올 때부터 이렇게 떠들고 싶었던 만큼 오늘은 참을 수 없었다.

"그건 그렇고, 여행에서 돌아온 공주님들과 함께 덴스 실바라 왕이 쳐들어왔을 땐 어떻게 되나 싶었어요. 이대로 전쟁이 일어나나 했다니까요."

이리스는 무심코 푸념까지 늘어놓았다. 기회를 놓칠세라 크게 한숨도 쉬었다.

"그렇네. 지금 생각해도 가슴이 조마조마해. 아바마마끼리 원래 사이가 좋았던 만큼 봐주는 게 없으니까."

그것도 그랬다. 겨우 마음을 가볍게 하고 고국으로 돌아가는 여행길에는, 덴스 실바라 부자의 아주 시끄러운 다툼이 시종일관 이어졌다.

폴테스는 별개로 치더라도 현 국왕인 부친까지 나라를 비워도 괜찮을지는 생각해 볼 일이었지만, 에르비스도 꺼내지 못한 말을 아라가 물을 리 없다.

아라가 말하지 않았기에 라루우나 폴테스의 심부름꾼은 입을 여는 것도 생각할 수 없었고, 결국 폴테스가 '돌아가'라고 몇 번이나 청했지만 덴스 실바라 국왕이 완고하게 거부하고 그대로 솔 오리엔스까지 동행한 것이다.

그러나 그런 부자 간의 싸움은 귀여운 정도로, 진짜 난장판은 그때부터였다.

"며느리를 내놓으라고? 에르비스는 우리 솔 오리엔스의 단 하나의 왕녀, 새벽의 왕의 후예다! 그런데 다른 나라의 며느리로 내보낼 리가 없지. 첫째로, 내 허가도 없이 출가하기 전의 딸아이를……! 읏, 폴테스가 책임을 지고 사위로 오는 게 당연히 맞지."

겨우 귀국한 딸아이를 안아줄 틈도 없이 덴스 실바라 왕이 선전포고라고 생각될 정도로 '둘의 결혼 조건'을 제시해 오는 것에, 볼그 사비오는 뚜껑이 열렸다.

분명 에르비스의 결혼 상대로 폴테스를 처음부터 원했던 것은 자신이지만, 그건 어디까지나 데릴사위로서의 이야기로, 그 이외는 논외였다. 어떤 형태로라도 에르비스를 평생 손에서 떠나보낼 생각 따위는 없었던 만큼, 며느리를 내놓으라는 말을 들으니 화가 나지 않을 수 없었다.

볼그 사비오는 진심으로 덴스 실바라 왕을 향해 칼을 뽑을 정도였다.

"무슨 말이냐. 그쪽이 새벽의 왕의 후예라고 한다면, 우리는 선택받은 자 중에서도 골라낸 차기 국왕이다. 그것도 오 년 동안이나 솔 오리엔스에 맡겨뒀으니 이젠 충분하잖나. 이 이상 폴테스를 여기에 둘 순 없다. 며느리를 함께 데리고 돌아가겠어!!"

하지만 이런 것을 친구끼리는 닮는다고 하는 것인가, 덴스 실바라 왕도 지지 않았다. 검까지 뽑지는 않았지만, 서로 맞붙어 싸우게 될 것은 시간문제였다.

"뭐라고옷~!"

"두 분 다 적당히 하십쇼. 그런 건 어찌 되든 상관없잖습니까."

뭐 이리 어른스럽지 못한가. 중재에 들어간 폴테스였지만, 애당초 한쪽은 자신의 부친이다. 어른스럽지 못한 것은 유전일 것이다.

"상관없을 리 없지. 너는 다음 국왕이다. 이 이상 제멋대로 구는 건 용서하지 못한다."

"그래. 이 마당에 와서 태도를 바꾸지 마라. 우리 공주는 차기 여왕이라고!"

역시나, 아버지와 장인어른 양쪽에서 야단맞고, 비난 받는 폴테스 역시 지금 폭발할 것 같았다.

방 한쪽에서 부들부들 떨고 있는 에르비스가 '어떻게 좀 해봐' 라는 시선을 보내지 않았다면 틀림없이 부친들과 똑같이 되었을 거다.

그러나 폴테스는 감정을 죽이고 사태를 수습하려 했다.

"그럼 이렇게 하죠. 저도 에르비스도 어차피 언젠가는 왕위에 앉을 몸입니다. 그러나 지금은 아직 어느 나라에도 왕에 걸맞은 아바마마들이 계십니다. 별일이 일어나지 않는 한은, 아직 이삼십 년은 건재하시잖아요? 그동안 저와 에르비스가 뒤를 이을 아이들을 낳아 키우면 될 일 아닙니까."

억지로 갖다 붙인 듯한 변명이지만, 현재 국왕인 부친들이 젊은 것은 사실이었다.

아무리 차기 국왕이니 왕녀니 해도 그 둘이 건재하다면 폴테스와 에르비스가 옥좌에 앉을 일은 없다.

그럼에도 불구하고 이런 걸로 얽매이게 되어도 곤란하다. 지금이라도 죽을 것 같은 부친의 부탁이라면 생각이라도 해보겠지만, 죽여도 죽지 않을 것 같은 두 사람이 이러니 혀만 찰 뿐이다.

실제로 볼그 사비오가 젊은 나이로 왕위에 오른 것을 감안한다 치더라도, 덴스 실바라 왕이 왕위에 오른 것은 폴테스가 성인일 때의 일이다. 아직 칠 년도 채 지나지 않았다.

그러니 폴테스가 말한 대로 지금부터 최저 이십 년은 힘낼 수 있다. 볼그 사비오는 더할지도 모른다.

"그래서 에르비스를 닮은 아이를 솔 오리엔스의 왕으로, 저를 닮은 아이는 덴스 실바라의 왕으로 앉히면 아무 문제도 없겠죠. 그뿐만 아니라 대륙 최고의 핏줄을 지닌 아이들이 각자의 나라에 번영과 동맹을 가져다줄 겁니다. 바라는 대로 된다는 거죠."

그럼 그걸로 된 것 아니냐며 폴테스는 둘을 잘 구슬렸다.

양쪽 다 전통과 핏줄이 진한 왕족이다. 그렇다면 더 좋은 핏줄, 말로 치자면 최고의 새들브레드 종을 준비하겠다고

하면 군말 없이 납득할 거라고 생각했던 것이다.

"으~음."

"하지만……."

그러나 정말로 그 말에 입을 다무는 모습을 보니, 내 부모지만 정말 못 말리겠다는 심정으로 머리를 감싸게 됐다.

"뭣하면 그 한 명을 내 양자로 들이지, 이 헬로스 왕이."

"안 줘!"

"귀찮아지니까 그대는 끼어들지 말라."

아무래도 무도회 날부터 줄곧 눌러앉아 있었던 듯한 헬로스 왕까지 나서자, 두통뿐만 아니라 편두통까지 날 것 같았다.

"거기에 뭣하면 두 분이 지금부터 아이를 가지셔도 괜찮지 않을까 싶습니다. 두 분 다 왕비님이 먼저 돌아가셔서 이미 긴 세월을 독신으로 계셨죠. 차라리 젊은 처라도 들여서 다시 한 번 꽃을 피우시는 건 어떻습니까?"

이건 이제 적당한 선에서 끝내자. 폴테스는 그렇게 생각하고 화제를 자신들에게서 부모 쪽으로 돌렸다.

"아니, 그건……."

"역시 그거는……."

애처가로 통하던 두 사람은 아직 재혼을 생각할 수 없다는 투였지만, 그럼에도 화제만은 전환할 수 있었다.

"그럼 건강에 유의하시고, 지금부터 당분간은 왕의 책무를 다하시길."

그로부터 며칠간은 둘에게 잡혀 있었지만, 결국은 폴테스의 '아이가 태어나면 양쪽의 왕으로' 라는 의견이 존중받아, 무사히 오늘을 맞이하게 된 것이다.

"정말, 폴테스님이 잘 끝맺어주셔서 다행이에요. 거기다 여러 이유를 붙여서 결혼 후에도 당분간은 솔 오리엔스에서 지낼 수 있도록 손써주시고요."

이리스는 생각하는 것만으로도 지쳤는지 완전히 힘이 빠졌다.

"으응. 내가 모르는 땅으로 갈 것을 생각하면, 폴테스가 여기에 있는 편이 좋을 것 같다고 말해줬어. 자기도 이 땅에 정이 들었다면서 말이야."

에르비스도 그것은 마찬가지였는지 '하아' 하고 한숨은 쉬지 않았다. 모처럼의 웨딩드레스가 허사가 되고 만다.

"멋진 신랑이세요."

"정말로 멋진 낭군님을 맞아들이게 되셔서 저희들도 기쁘게 생각합니다."

거기다 시녀들도 폴테스를 환영해 주었다. 마음으로부터 기뻐하며 웃어주었다. 그러니 자신도 웃어야 한다. 이것은 에르비스에게 있어 기쁜 사명감이다.

"슬슬 시간이 됐어. 에르비스, 준비는 다 됐어?"

그때 노크와 함께 폴테스의 목소리가 들려왔다.

"에에, 폴테스."

에르비스는 정장 차림의 폴테스를 일 초라도 빨리 보고

싶어 스스로 방문을 열고 나섰다.

"예뻐. 너무나도 잘 어울려."

문 너머에 있는 이는 무엇을 해도, 무엇을 시켜도 완벽한 집사. 지금은 최고의 신랑이었다.

"고마워, 폴테스도 멋져."

"오늘부터 정식 부부야. 지금 이상으로 서로 사랑하자."

"꺄앗!"

여행에서 돌아왔을 때부터 오늘을 맞을 때까지, 귀찮을 정도로 부친들에게 잡혀 있었던 폴테스는 에르비스에게 키스 정도밖에 할 수 없었다. 아무리 저주가 풀렸다고는 해도, 이것은 그에게 있어 상당한 스트레스와 욕구를 쌓이게 했고, 지금도 주위의 눈을 신경 쓰지 않고 끌어안고선 미소 지으며 작은 엉덩이를 쓰다듬어 왔다.

"폴테스도 참."

"누가 뭐래도 어쩔 수 없어. 에르비스가 두 나라 분의 왕자와 공주를 낳아주지 않으면, 아바마마들이 또 난리를 칠 테니까 말이야."

오늘 밤부터는 양쪽 국왕 공인으로 동침하게 된다. 부부가 함께인 방에서, 하나의 침대에서 자고 일어나게 된다. '이렇게 된 거, 애 만들기에 힘써라' 라는 부친들의 독촉도 있었다.

하지만 이건 서큐버스의 저주보다 무서운 저주가 아닐까?

혹시 오늘 밤부터는 제대로 잠들지 못하는 건 아닐까? 하고…… 에르비스는 행복한 걱정을 했다.

『잠들지 못하는 숲의 신부』 끝

작가 후기

안녕하세요. 이번에 본 책을 사주셔서 정말로 고맙습니다.

마리로즈 문고로는 '처음 뵙는' 휴가입니다.

이번에 연이 닿아서 판타지틱한 공주님 장르를 쓰게 되었습니다.

그동안, 회사에서 정신없이 일하고 있는 거친 남자(덧붙여 말하자면 가난함도 함께 붙어 다닐지도 모름)들을 주역으로 쓰는 일이 많아서 공주님 설정이라고 들었을 때부터 신이 났답니다(웃음).

그도 그럴 게, 공주님이랑 왕자님이라고요!

무도회라고요!

기사나 성이나 말도 나오고, 당연하게도 공주님을 사랑하는 국왕이나 가신들도 줄줄이 있고요. 반짝반짝, 푹신푹신한 일념으로 귀여운 글을 쓰다니 이미 과거의 유물인 줄 알았는데!!

줄곧 잊고 있던 세계관만으로도 도중에 의미 없이 웃었답니다.

왜냐면 이렇게까지 반짝반짝, 푹신푹신한 와중에 이런 소재(어떻게 봐도 이상한 저주!)는 어때?! 하고요.

거기다 아침부터 야무지게 이 인분을 먹어치우는 공주라니 뭐하는 거야?! 하고……(땀).

아니, 식욕 왕성하고 활기차며 기가 센 아이는 어떤 의미로 제 간판 주역입니다만.

그저 혹독한 저주라도 걸어놓지 않으면 판타지 에로망스가 되지 않을 거라 생각해 이전부터 묵혀둔 설정을 사용해 봤습니다만, 이걸 '묵혀뒀다' 고 단언하는 게 이미 이상해!! 그렇죠. 응, 역시 난 이상해……(땀).

거기에 에르비스를 지극히 아끼는 사람들에게만 신경을 써서 그런지, 폴테스는 완전히 욕구불만이 된 것 같은 기분이 듭니다.

집필 중에 몇 번이나 그에게 클레임을 받았는지도 모르겠습니다.

'어찌 됐든 좋으니까 빨리 우리들을 부부로 만들어줘' 하고요.

거기다 러브신으로 제대로 흘러가질 않아서, 독설가인 그는 저에게 대들었습니다.

"뭣, 무도회같이 플롯에 없던 신을 멋대로 넣었군. 나를 변태 집사로 만들 셈이냐?! 애당초 설정 자료 만들 때 볼그사비오 같은 건 없었는데, 멋대로 조연 늘려서는 부친 모에로 내달린 끝에 장인 vs 사위 같은 시추에이션을 끼워서는! 이 살다드라는 매는 대체 어디서 튀어나온 거야? 썬더라는 말도 그렇고. 그런데 강아지에게 이름이 없는 것은 불쌍하잖아. 어차피 이름 붙일 거면 조사 좀 해."

이러쿵저러쿵…….

이러쿵저러쿵…….

이러쿵저러쿵…….

"정말, 차라리 아라는 없애 버리고 얼른 북쪽 마경으로 가게 해줘."

뭐, 이런 느낌입니다.

미안해, 폴테스. 하지만 에르비스 쪽에서 사랑해 줬으니 별수 없잖아!!

이것이 되묻는 걸까요……(땀).

이건 언제나, 어디까지나 '제 안에 있는 폴테스'와 주고받은 겁니다. 절대로 아름다운 비주얼을 지닌 폴테스님이 아닙니다(웃음).

지금도 표지 컬러의 견본을 앞에 두고 있습니다만…… 아라라기 선생님! 이번에는 정말로 반짝반짝, 푹신푹신하고 화려한 세계 & 캐릭터들 감사드립니다!!

정말, 폴테스의 멋짐과 아라의 반짝반짝함이란……♡

서큐버스는 초미인이고, 무엇보다 에르비스~~~♡ 정말로 귀여워요! 너무 사랑받아서 녹아버릴 것 같은 여자아이로 인해 제가 몰랑몰랑합니다(아, 사어(死語) 작렬……).

도중에 암초에 걸린 일도 많았고, 대단히 귀찮게 해드렸습니다만, 후기를 쓸 수 있어서 다행이야 하고 눈물이 나올 정도의 사랑스러움입니다.

설마 마리로즈의 의뢰로 '장인어른 vs 데릴사위 분투'의 이야기를 담당하게 될 줄은 생각도 못했어! 라고 놀란 것도 기억합니다만, 그건 정말로 죄송합니다.

하지만 이번에는 함께해서 기쁘고 즐거웠습니다. 또 기회가 있다면 부디 못 본 척하지 말아주세요.

그리고 이건 담당자님에게 말할 건입니다만(땀), 정말로 첫 마리로즈 작품인데 몇 번이나 미궁에 빠진 채로 돌아오지 못해 죄송했습니다(엎드림). 제가 북쪽 마경에서 동사 직전이었다…… 라든지 그런 일이 몇 번 있었죠. 그래도 이렇게 기회를 받아 마음속으로부터 즐겼답니다. 고마워요. 질리지 않으셨다면, 다시 불러주시면 행복할 것 같아요(웃음).

그래도 제 일이라 정말 죄송합니다만, 가까운 시일 내에 이번엔 다른 회사에서 '현대판 일하는 여성의 현장 로맨스♪'를 내게 되었답니다.

기본적인 '몇 번이고 굴하지 않는 주역'이 간판 콘셉트라 서점에서 만나신다면 부디! 사주신다면 기쁠 것 같아요. 상세한 건 홈페이지에도 알려 드리니까 그쪽에도 놀러 오시면 행복할 것 같습니다.

그럼 마지막까지 함께해 주셔서 정말로 고맙습니다.

또 어딘가에서 만날 수 있기를 빌며.

휴가 유키♡

역자 후기

안녕하세요. 처음 뵙겠습니다. 『잠들지 못하는 숲의 공주』의 번역이 한창일 때에는 명절 분위기였는데, 이제 완연한 봄이 되어버렸네요(…). 시간이란 게 이렇게 잘 가는 것인가 느끼고 말았답니다.

작업이 막바지에 다다랐을 무렵이 온 민족의 명절 설날이었는데요, 가족과 어르신들을 모셔놓고도 제대로 명절 분위기를 내지 못해 죄스럽네요. 노트북을 붙잡고 바삐 일을 하는 제 모습을 지켜보며 '하하, 저 미친 것이 드디어 사람이 됐구나' 하고 좋아하셨는데, 그것 역시 죄송합니다. 미묘하게 나쁜 짓 하는 기분이었어요.

하지만 저 자신은 친지들을 옆에 두고 19금 서적을 번역

하는 그 기분이 참으로 묘했답니다. 버틸 수가 없다는 게 이런 때를 두고 하는 말인가 봐요.

여하튼 부족한 실력으로 이런 대작(!)을 맞이하여 얼마나 죄송했는지……. 나름 최선을 다했습니다만 일정에 이리저리 휘둘리는 저 개인의 부족함을 반성할 수 있었던 작품이었습니다. 다음에는 더 정진해서 매끈한 번역을 선보일 수 있도록 노력해야겠어요. 히히.

작품 이야기를 조금만 하자면 무도회 파트에서 작렬하는 각종 드레스 관련 용어들(!) 덕분에 잠시나마 푹신함이 넘쳐나는 기분(과 동시에 깊은 빡침)으로 즐겁게 작업했던 기억이 나네요.

개인적으로는 무엇보다도 줄거리가 너무 마음에 들어서(헛?!) 즐겁게 작업했는데요. 한번 관계하고 나면 하루도 거르지 않고 관계해야 하다니, 마치 키아누 리브스 주연의 1994년 작 『스피드』라는 영화가 생각나더라고요! 서큐버스의 저주에 걸린 에르비스의 기구한 운명이 50마일 이상으로 계속 달려나가야 하는 영화 속 버스 같아서 마음이 아팠답니다.

하지만 에르비스는…… 아, 그러고 보니 후기 먼저 읽으시는 분들도 많다고 들었으니 여기서의 스포일러는 자제해야겠군요. 과연 에르비스의 운명은 어떻게 전개될 것인지 본편을 즐겨주세요(얼렁뚱땅)!

나름 고통과 즐거움이 공존하는 작업이었는데, 이 작품 보시는 분들 모두 행복해지셨으면 좋겠습니다, 라는 말과 함께 물러가고자 합니다. 모두 행복하세요!

지수

TL 로맨스 원고 공모

한국 TL을 선도해 나가는
AIN-FIN 메르헨-엘르 노블에서
뜨겁고 은밀한 사랑 이야기를 찾습니다.

장르 : TL 로맨스(현대, 판타지, 시대물 무관)
분량 : 200자 원고지 기준 700매 내외

보내주실 곳 : ainandfin@naver.com

채택되신 작품은 계약 후 교정 작업을 거쳐 정식 출간됩니다!

많은 참여 부탁드립니다.

프린세스 파이러트

백작 영애는 밀애에 빠진다

이오리 미나 글
아마노 치기리 그림
김하나 옮김

영국의 몰락한 귀족의 딸 엘레인은 유괴되어 사막의 나라 샤미아프의 하렘으로 팔리게 된다. 어떻게든 벗어나 보려다 우연히 발견한 비밀 통로를 지나자, 그곳은 왕의 욕실이었다. 자객으로 오인받아 호위병들에게 붙잡힌 엘레인을 아슬아슬하게 구해준 건, 바자르에서 만났던 멋진 남성이었다. 하지만 살고 싶다면 그와 혼례를 올려야 한다는 이야기를 듣게 되는데……?!

〈숙녀에게도 꿈꾸던 동화-메르헨이 있다〉 메르헨노블

잔학왕과 철부지 공주의 결혼

모리야마 유키 글
아사히코 그림
정우주 옮김

특산품인 초콜릿과 와플, 풍부한 다이아몬드 산지로 번영한 모다브 왕국의 왕녀 아델리느는 애지중지 소중하고도 자유분방하게 자라왔다. 그러나 나날이 커져가는 이웃 나라의 위협 때문에 갑자기 볼프스베데 황국의 황제에게 시집가게 되고 만다. 황제는 황비를 잇달아 처형한다고 소문난 잔학왕. 곤혹스러워하는 아델리느였지만 타고난 느긋함으로 황제에게 맞서는데……?!

〈숙녀에게도 꿈꾸던 동화-메르헨이 있다〉 메르헨노블